À L'OMBRE DES CERISIERS

DÖRTE HANSEN

À L'OMBRE DES CERISIERS

Traduit de l'allemand
par Élisabeth Landes

KERO

Titre original :
ALTES LAND

MIXTE
Papier issu de sources responsables
FSC® C003309
FSC www.fsc.org

Pocket, une marque d'Univers Poche, est un éditeur qui s'engage pour la préservation de son environnement et qui utilise du papier fabriqué à partir de bois provenant de forêts gérées de manière responsable.

ISBN 978-2-266-27092-2

À mes compagnons
de la maison aux pommes.

1

Les cerisiers

Certaines nuits, quand la tempête venait de l'ouest, la maison gémissait tel un navire ballotté sur une mer houleuse. Les rafales de vent s'acharnaient en hurlant sur les vieux murs.

Ça craque et ça crie comme une sorcière qui crame, se disait Vera, *ou un enfant qui s'est coincé les doigts.*

La maison gémissait, elle ne sombrerait pas. Son toit hérissé tenait encore bien sur ses poutres. Les mousses vertes proliféraient dans le chaume, mais il ne s'affaissait qu'au faîte.

Sur les colombages de la façade, la peinture s'était écaillée et les poteaux de chêne brut ressemblaient à une ossature grise, incrustée dans les murs. Les intempéries avaient altéré l'inscription du pignon, Vera savait ce qui était écrit en platt : *Mienne est cette maison et pas tant mienne, qui après moi viendra la dira aussi sienne.*

C'était la première phrase de ce dialecte parlé dans le nord de l'Allemagne qu'elle avait apprise, quand elle était arrivée de Prusse orientale à la main de sa mère, dans une ferme de cette région qu'on nomme « le Vieux Pays ».

La seconde émanait d'Ida Eckhoff en personne, elle avait donné le ton des années de vie commune qui allaient suivre : « Y va en venir encore combien d'vous aut' Polacks ? » Sa maison était bourrée de réfugiés, trop c'était trop.

Hildegard von Kamcke n'avait aucun don pour les rôles de victime. Fièrement adossée à trois siècles de noblesse prussienne, elle s'était installée la tête haute et grouillante de poux dans la glaciale chambre de domestique jouxtant le hall qu'Ida Eckhoff leur avait attribuée.

Elle avait fait asseoir l'enfant sur la paillasse, posé son sac à dos et, d'une voix tranquille, avec une diction irréprochable de chanteuse lyrique, elle avait ouvert le feu : « Il faudrait maintenant à ma fille quelque chose à manger, je vous prie. » Et Ida Eckhoff, forte de six générations de paysans du cru, veuve de son état et mère d'un soldat blessé au front, de riposter : « Moi, j'donne rien ! »

Vera venait d'avoir cinq ans, elle était assise frigorifiée sur la couche exigüe, ses bas de laine mouillés la grattaient, et la manche de son manteau était trempée d'une morve qui lui coulait continuellement du nez. Elle vit alors sa mère se dresser à la frôler près d'Ida Eckhoff et commencer à chanter, un fin vibrato dans la voix et un sourire narquois aux lèvres : « *Je ne sais pas lire, encore moins je sais écrire, enfant en guise de mentors, on ne m'a donné que des porcs*... »

Ida fut tellement sidérée qu'elle en resta clouée sur place jusqu'au refrain. « *Ce fut toute ma vie ma seule poésie ! Ah ! c'est le cochon ! Cet animal si doux si bon, auquel nous devons le jambon* », chantait Hildegard von Kamcke en déployant dans sa chambre de bonne toute la gestuelle de l'opérette, et elle chantait toujours quand Ida Eckhoff, écumante de rage, s'était rassise depuis longtemps à la table de sa cuisine.

La nuit tombée, quand la maison fut plongée dans le silence, Hildegard traversa doucement le hall et se glissa dehors. Elle en revint avec une pomme dans chaque poche et une tasse de lait tiède. Lorsque Vera eut tout bu, Hildegard essuya la tasse dans l'ourlet de son manteau et alla la replacer sans bruit dans le hall, puis elle se coucha sur la paillasse à côté de sa fille.

Deux ans plus tard, Karl Eckhoff revenait d'un camp de prisonniers russe, la jambe droite raide comme une trique, les joues si creuses qu'on aurait dit qu'il en mordait l'intérieur, et Hildegard von Kamcke en était toujours à voler son lait.

« Moi, j'donne rien. » Ida Eckhoff était une personne de parole, mais elle savait pertinemment que *cette femme* se rendait chaque nuit à son étable. Et elle finit par déposer un broc dans le hall à côté de la vieille tasse. Inutile qu'il en tombât la moitié à côté par-dessus le marché lors des épisodes de traite nocturne. Elle cessa aussi de retirer le soir la clé de l'entrepôt à fruits, et il lui arrivait de donner un œuf à l'enfant pour avoir nettoyé le hall avec le balai bien trop grand pour elle ou lui avoir chanté *Le Pays des forêts sombres*, l'hymne de la Prusse orientale, en équeutant les haricots.

En juillet, quand vint la récolte des cerises et que les fermes enrôlèrent tous les enfants pour effaroucher les immenses nuées d'étourneaux qui fondaient sur les fruitiers, Vera parcourut les rangées d'arbres en trépignant comme un petit tambour à ressort, en tapant sur une vieille casserole avec une cuiller en bois, et en braillant à tue-tête l'incessante ritournelle des airs que sa mère lui avait appris – *La Chanson du Cochon* exceptée.

Ida Eckhoff vit ainsi la fillette déambuler des heures et des heures dans le verger, ses cheveux bruns s'enroulant peu à peu en tortillons trempés de sueur qui collaient à son crâne. Vers midi, le visage enfantin avait viré au rouge pivoine. Vera ralentit le pas, se mit à trébucher, mais sans cesser de tambouriner ni de chanter, elle continua à marcher en titubant comme un petit soldat épuisé, et finit par s'écrouler la tête la première dans l'herbe fauchée entre les rangées de cerisiers.

Le silence subit attira l'attention d'Ida, qui fila au grand portail, et aperçut la fillette évanouie dans la cerisaie. Elle secoua la tête avec humeur, courut aux arbres, chargea l'enfant sur son épaule comme un sac de patates, et la trimballa jusqu'au banc de bois blanc qui trônait à l'ombre d'un grand tilleul à côté de la maison.

Ce banc était tabou pour les domestiques et les réfugiés : il avait été le banc de noces d'Ida Eckhoff, et il était à présent son banc de veuve. Excepté elle et Karl, nul n'était censé l'occuper, et voilà qu'y était couchée maintenant l'enfant de Polacks avec un coup de chaleur, et qu'il fallait la ranimer.

Karl sortit en boitant de la grange, mais Ida avait déjà couru remplir un seau d'eau fraîche à la pompe. Elle prit le torchon qu'elle portait toujours sur l'épaule, le plongea dans l'eau, le plia en une sorte de bandeau, et l'appliqua sur le front de l'enfant. Karl souleva ses pieds nus et allongea ses jambes sur l'accoudoir blanc.

De la cerisaie leur parvenaient au loin la stridence des crécelles et le martellement des couvercles de casseroles. Ici, près de la maison, où tout était bien trop silencieux maintenant, les premiers étourneaux se risquaient déjà dans les arbres. On entendait des bruits de becs et des froufrous dans les branches.

Autrefois Karl leur tirait dessus avec son père ; ils arpentaient les allées entre les espaliers, fusil de chasse en main, et criblaient de plomb les nuées noires, ivres de colère. Le ramassage des petits oiseaux morts qui s'ensuivait vous dégrisait. Une grosse fureur qui se soldait par de piteuses touffes de plumes !

Vera revint à elle, eut une nausée, tourna la tête de côté et vomit sur le banc de noces immaculé, sous le majestueux tilleul d'Ida Eckhoff. Elle sursauta d'effroi quand elle s'en rendit compte, voulut bondir, mais le tilleul tournoyait, la cime aux feuilles en forme de cœur dansait au-dessus de sa tête, et la large main d'Ida la recoucha sur le banc.

Karl ressortit de la maison avec un verre de lait et une tartine beurrée, il s'assit sur le banc à côté de Vera, et Ida attrapa la cuiller en bois et la casserole cabossée pour chasser les volatiles effrontés qui se répandaient dans son verger et dévoraient allègrement le bien d'autrui.

Karl nettoya le visage de l'enfant avec le torchon humide. Quand Vera vit qu'Ida était partie, elle but vite le lait froid et s'empara du pain. Puis elle se leva, esquissa une petite révérence chancelante, et s'en alla trottiner sur le pavé brûlant, les bras écartés comme une funambule sur sa corde.

Karl la vit repartir aux cerisiers.

Il alluma une cigarette, essuya le banc et lança le torchon dans l'herbe. Puis il renversa la nuque, tira une grande bouffée, et forma de jolis ronds de fumée qui s'élevèrent en planant vers le faîte du tilleul.

Sa mère continuait à se déchaîner entre les rangées d'arbres avec sa vieille casserole.

Toi, tu ne vas pas tarder non plus à mordre l'herbe avec un coup de chaleur, pensa Karl.

Mais Ida courut ensuite à la maison chercher le fusil, et se mit à tirer dans le tas, elle canarda le ciel jusqu'à ce qu'elle ait nettoyé les cerisiers du dernier petit vorace, du moins pour un temps. Et son fils, qui avait deux bons bras et une jambe valide, resta sur son banc à la regarder faire.

Il est entier, Dieu soit loué ! avait pensé Ida Eckhoff en le voyant claudiquer vers elle sur le quai de la gare, huit semaines auparavant. Il était maigre certes, mais il l'avait toujours été, il avait l'air fatigué, il traînait la patte, mais ç'aurait pu être bien pire. Friedrich Mohr, lui, avait récupéré son fils sans bras et se demandait ce qu'il allait bien pouvoir faire de sa ferme. Quant à Paul et Heinrich, les petits gars des Buhrfeindt, ils étaient tombés tous les deux. Ida pouvait donc s'estimer heureuse de ramener son fils unique à la maison en si bon état.

Le reste, ces hurlements la nuit et les draps parfois mouillés le matin, ce n'était pas grave. Les nerfs, avait dit le docteur Hauschildt, ça passerait bientôt.

En septembre, quand vint la récolte des pommes, Karl était toujours assis sur le banc d'Ida à fumer. Il soufflait de jolis ronds vers la cime dorée du tilleul, tandis que, en tête de la file des cueilleurs qui progressaient entre les rangées, panier après panier, s'activait Hildegard von Kamcke. La Prusse l'avait habituée à des étendues autrement plus vastes avait-elle déclaré, et Ida résista, une fois de plus, à l'envie d'expédier illico presto cette pimbêche au diable. Mais elle avait besoin d'elle. Elle se cassait les dents sur cette femme mince qui enfourchait tôt le matin sa bicyclette comme un pur-sang, et partait à la traite avec un port de reine. Qui trimait dans le verger jusqu'à ce qu'il n'y ait plus une pomme sur l'arbre, et maniait la fourche à l'étable comme un gars, en chantant des arias de Mozart, ce qui n'impressionnait nullement les vaches…

Mais plaisait beaucoup à Karl, assis sur son banc.

Et Ida, qui n'avait pas versé une larme depuis que le fossé de drainage avait emporté le corps inerte de son Friedrich comme une croix flottante, huit ans plus tôt, pleurait maintenant à la fenêtre de sa cuisine en voyant Karl dresser l'oreille sous le tilleul.

« *Si tu ne sens pas l'appel de l'amour…* » chantait Hildegard von Kamcke en pensant probablement à un autre qui était mort. Et elle savait tout comme Ida que ce Karl assis dehors sur le banc n'était plus celui que sa mère avait attendu des années durant.

Le robuste Karl Eckhoff, l'héritier en qui l'on mettait tant d'espoir, était resté à la guerre. C'est son sosie de carton-pâte qu'on lui avait ramené. Aimable comme un voyageur de passage, cet étranger que son fils était devenu envoyait des ronds de fumée dans le ciel, assis sur son banc de noces. Et la nuit, il hurlait.

Quand ce fut l'hiver, Karl fabriqua en sifflotant une voiture de poupée pour la petite Vera von Kamcke, et à Noël, la comtesse réfugiée prenait place pour la première fois avec sa fille toujours affamée à la grande table de la salle à manger d'Ida Eckhoff.

Au printemps, quand tomba la neige des cerisiers en fleur, Karl jouait de l'accordéon sur son banc, et Vera lui tenait compagnie.

Et en octobre, après la récolte des pommes, Ida Eckhoff alla s'installer dans le logis dévolu aux vieux parents, dotée d'une belle-fille qui imposait le respect – et qu'elle haïssait.

Mienne est cette maison et pas tant mienne...

La vieille devise valait pour les deux femmes. Elles étaient de la même trempe et se livraient des luttes acharnées, dans cette maison qu'Ida ne voulait pas donner et que Hildegard ne voulait plus quitter.

Les cris, les imprécations, les claquements de porte, le fracas des vases de cristal et des tasses à filet d'or s'insinuèrent au cours des ans dans les fissures des murs, leur fine poussière se déposa peu à peu sur les lattes du plancher et les poutres du plafond. Par nuit calme, Vera les entendait encore, et quand la tempête se levait, elle se demandait si c'était réellement le vent qui hurlait avec une telle rage.

Elle n'a plus très fière allure, ta maison, Ida Eckhoff, se disait-elle.

Devant la fenêtre, le tilleul agitait ses branches et en secouait la tempête.

2

La flûte enchantée

Le plus dur, c'étaient les journées portes ouvertes une fois par semestre, quand les trois à cinq ans affluaient avec leurs parents dans la grande salle d'étude, et que Bernd arborait sa chemise en jean bleu clair. Et dans les cheveux, l'élastique bleu ciel assorti.

Bernd n'était pas du genre à laisser les choses au hasard, il aimait juste s'en donner l'air. Les lunettes rondes, la barbe et le catogan argentés : autant de signes destinés à inspirer confiance. L'éducation musicale précoce était une affaire qui requérait beaucoup de doigté.

Quand les parents du quartier Ottensen de Hambourg débarquaient aux journées portes ouvertes avec leurs enfants, ce n'était pas pour tomber sur un prof ringard en nœud pap. Bernd incarnait le type même du presque quinqua créatif, attentif, cool mais professionnel. Rien à voir avec les cours de la Mairie.

En avant la musique se portait garant d'une conception exigeante de l'éducation musicale précoce, et quand

Bernd prononçait sa petite allocution de bienvenue, il y glissait soigneusement une série de mots-clés, dont le tout premier était « ludique ».

Assise en tailleur sur le parquet de la salle d'étude dans le grand cercle des visiteurs, Anne souriait de toutes ses dents, la flûte traversière dans son giron ; elle en était à sa huitième journée portes ouvertes et ferma très brièvement les yeux quand Bernd prononça les mots « en douceur ». Il ne manquait plus que « talent », « potentiel » et « facultés cognitives ».

La fillette assise sur les genoux de sa mère à côté d'elle avait à peine trois ans, elle grignotait sa galette de riz et s'ennuyait en battant des pieds ; elle fixa Anne un moment, puis se pencha vers elle et tendit ses mains poisseuses vers la flûte. Sa mère la regarda faire en souriant. « Tu veux souffler dedans, ma chérie ? »

Anne vit la petite bouche humide où collaient des restes de galette, serra bien fort son instrument des deux mains et respira un bon coup, elle sentait un mur de colère monter en elle et avait très envie d'abattre sa flûte, soprano, argent massif, sur le crâne enfantin – ou mieux encore, d'en frapper cette mère affublée de collants à rayures et d'un fichu à fleurettes. Laquelle fronçait maintenant les sourcils, outrée que sa gamine ne puisse baver et souffler à loisir dans un instrument professionnel qui valait 6 000 euros.

On se calme, se dit Anne, *la petite n'y est pour rien.*

Elle entendit Bernd arriver au terme de son petit discours : « … et tout simplement, le PLAISIR de la musique ! » Le mot de la fin, leur signal. Elle se leva, afficha son plus beau sourire de scène et traversa le cercle pour le rejoindre. Anne et la flûte enchantée, Bernd à la guitare, le montage classique, trois fois l'air de Papageno à la flûte traversière, puis une petite intro à la guitare, « Et maintenant tous les enfants peuvent aller prendre un triangle ou une paire de claves et les parents chantent, vous connaissez sûrement les paroles, on y va… trois, quatre : « *Quels sons merveilleux, quels sons ravissants, tralalalala...* »

Tandis que les enfants tapaient sur les instruments et que les parents chantonnaient avec plus ou moins de bonheur, Anne arpentait d'un pas dansant la salle d'étude avec sa flûte, et Bernd ondulait derrière elle tout sourire en chantant et en jouant.

Il parvenait ce faisant à branler continûment du chef avec enthousiasme. Bernd était un vrai professionnel.

Ses journées portes ouvertes étaient impeccablement chorégraphiées, et cela payait. À Hambourg-Ottensen, les cours d'En avant la musique étaient presque aussi demandés que les jardins ouvriers raccordés au réseau d'électricité, les listes d'attente étaient très longues.

Anne pouvait s'estimer heureuse d'avoir eu le job. Normalement, Bernd ne recrutait que des enseignants diplômés ou lauréats du conservatoire. Ayant interrompu ses études, elle n'avait théoriquement aucune chance, mais Bernd avait vite constaté que son jeu l'emportait aisément sur celui des enseignants dûment formés ; qui plus est, elle collait tout à fait au « style du cours ».

Ce qui signifiait qu'elle était plutôt agréable à regarder, quand elle déambulait avec sa flûte et ses boucles brunes à travers la grande salle d'étude, dans une robe « pas trop longue » – tel était le dress-code de Bernd pour les journées portes ouvertes.

« N'oublions pas que ce sont les papas qui paient les cours ! » Cependant, la robe ne devait pas être trop courte non plus, « il ne faudrait tout de même pas chagriner les mamans ! »

Bernd souriait jusqu'aux oreilles et clignait de l'œil en disant cela, mais Anne le connaissait depuis bientôt cinq ans maintenant. Il ne plaisantait pas.

Elle détestait la chemise en jean bleu clair et le catogan, et elle se détestait elle-même quand elle faisait son show de joueur de flûte de Hamelin, tandis que les futurs élèves d'En avant la musique martyrisaient impitoyablement les instruments chers à Carl Orff dans la grande salle d'étude.

Elle se sentait aussi débile qu'une hôtesse de *La croisière s'amuse* chargée d'apporter le gâteau et ses bougies magiques à la table du capitaine.

Du moins, dans la série, les passagers de la croisière battaient-ils des mains en mesure.

« Tu es vraiment obligée, Anne ? »

Mais pourquoi avait-elle décroché la veille au soir ? Elle avait vu le numéro de sa mère s'afficher sur l'écran et avait quand même pris la communication. Grave erreur, toujours.

Marlene avait d'abord parlé quelques minutes avec Leon, mais il n'était pas encore très bon au téléphone, il opinait du chef ou secouait la tête vers l'appareil quand sa grand-mère lui posait une question. Anne devait donc mettre le haut-parleur et traduire les réponses muettes de Leon.

elle eut grandi, le grand tour des boutiques bras dessus bras dessous, le bonheur.

Ça faisait encore mal d'y penser. Ainsi qu'à son père, à son sourire, ses mains sur ses épaules quand elle rentrait à la maison avec un premier prix, de grandes mains qui trahissaient ses origines paysannes. « Des mains de cul-terreux », disait Marlene, affectueusement, les jours fastes.

Comme si ce n'était absolument pas un problème que son époux soit un parvenu, un gars de la campagne qui avait certes perdu son odeur d'étable dans les amphis et les bibliothèques, mais dont les « r » roulaient encore de temps à autre dans la gorge, comme en bas allemand. Marlene sursautait à chaque fois. « Un vrai garçon de ferme. »

Anne, elle, adorait. Dans ces moments-là le professeur Enno Hove était accessible comme rarement. Il était son p'pa – sans qu'elle ait à parler pointu.

« Ce talent, elle le tient de moi ! »

Marlene avait renoncé à la carrière musicale, quand elle s'était trouvée enceinte à vingt et un ans. Telle était du moins sa vision des choses.

Ce ne fut pas un grand renoncement au demeurant, précisait régulièrement grand-mère Hildegard. « Disons que ce fut un petit sacrifice. Marlene, mener une carrière, Dieu du ciel ! »

Anne en revanche semblait en avoir l'étoffe, Hildegard von Kamcke elle-même n'en doutait pas. L'école supérieure de musique, naturellement, puis quelques premiers concerts dans des écoles et des centres culturels, et pour son quatorzième anniversaire, son propre piano à queue.

Il était presque trop grand pour le salon, un Bechstein, d'occasion certes, mais ses parents n'en avaient pas moins dû prendre un crédit. Au bras l'un de l'autre, ils écoutèrent pieusement Anne inaugurer le précieux instrument, dont l'austère laque noire avait la solennité d'une promesse.

Thomas, son petit frère, avait alors sept ans, il venait de passer en CE1, avec quatre dents branlantes ; bizarrement elle s'en souvenait encore.

Anne lui avait montré tout petit ses premiers morceaux au piano. Thomas sur ses genoux, ses petits doigts potelés sur les touches ; il apprenait vite, bientôt ils jouèrent à quatre mains.

À huit ans il l'avait rattrapée.

À neuf il était meilleur qu'elle.

Audition au conservatoire, l'examinateur n'en croyait pas ses oreilles. Leur mère au comble de l'exaltation, leur père presque figé de respect. Un enfant prodige !

L'univers transfiguré par le rayonnement de cet enfant.

Tu avais tout, Anne.

D'abord tout, puis plus rien. Plus de lumière. Éclipse totale à seize ans. Nul ne voyait plus l'enfant douée quand le génie entrait en scène.

Après son numéro de joueur de flûte de Hamelin, ce fut la course pour aller récupérer Leon au jardin d'enfants, et elle arriva quand même très en retard.

Elle se faufila, cramoisie, dans la salle du groupe de Leon, où il jouait aux Duplo tout seul, déjà habillé, tandis que l'éducatrice qui balayait sous la table la saluait d'un froncement de sourcils.

Anne, qui s'était habituée à lancer « Bon après-midi ! » à la cantonade au lieu de se confondre en excuses, cueillit Leon et l'emporta précipitamment, telle une bombe à retardement susceptible d'exploser à tout instant.

Elle lui acheta un petit pain, prit pour elle un capuccino à emporter et poussa la voiture d'enfant vers le Fischerspark, se joignant au convoi des mères modèles de Hambourg-Ottensen, qui quittaient chaque jour leur immeuble haut de plafond pour aérer leur progéniture, leurs courses bio dans le filet d'une poussette dûment testée, un gobelet de café à la main, et, dans une chancelière en pure laine d'agneau, un petit enfant brandissant une chose à base de céréales, dégoulinante de salive.

Il semblait que lui soit échu, fortuitement comme tout dans sa vie, le statut de mère de famille dans un quartier urbain branché.

L'après-midi était froid, le ciel d'un gris minéral ; ils ne feraient pas long feu dans ce Fischerspark que toutes les mères nommaient « Fischi », mais après une matinée au jardin d'enfants Leon avait besoin de prendre l'air.

Le groupe des Coccinelles ne sortait pas assez, on remettrait le sujet sur la table à la réunion de parents, mais elle n'avait pas l'intention d'y aller.

Anne sortit Leon de la poussette et lui donna sa pelleteuse Playmobil ; elle s'assit sur un banc et le regarda marcher vers le bac à sable, où s'affairait un petit garçon armé d'un moule en forme de tortue. Il avait déjà produit une collection impressionnante de reptiles et comptait manifestement affecter le reste du bac à sable à la suite de sa production.

Leon resta planté devant le bac avec sa pelleteuse sans oser y pénétrer. Anne détourna les yeux, le mieux étant de ne pas s'en mêler.

Deux bancs plus loin, une femme acclamait sa fille à chaque barreau franchi de l'échelle du toboggan, elle portait une parka bardée de cordons et de fermetures Éclair et des Camper.

Au square, la plupart des mères portaient des Camper. Leurs semelles imprimaient de longues empreintes sinueuses et trouées dans le sable des jeux quand elles rapportaient bravement les tétines et biberons que leurs rejetons balançaient des poussettes.

Leon était toujours au bord du bac à sable, il avait passé une jambe au-dessus du rebord, mais ne s'aventurait pas plus loin, car le garçon aux tortues défendait bruyamment son territoire.

« T'as pas le droit ! C'est que pour les tortues ! »

Leon jeta un regard à Anne puis, comme elle acquiesçait, passa l'autre pied dans le bac à sable et y posa sa pelleteuse. Le garçon aux tortues se mit à hurler et tenta de le repousser.

Anne vit une femme enceinte se lever d'un banc un peu pesamment et se diriger en souriant vers le bac à sable. Elle se pencha vers Leon en inclinant légèrement la tête de côté. « Écoute, tu ne pourrais pas aller creuser ailleurs ? Ce serait gentil. Regarde, Alexander était là avant toi, et il fait de si belles tortues ! »

Anne bondit vers le bac à sable.

Elle se connaissait assez pour savoir qu'elle ne l'emporterait pas dans une joute verbale avec une super-mère de Hambourg-Ottensen, elle rejoignit donc Leon en silence dans le sable – non sans écraser malencontreusement quelques tortues et en anéantir d'autres en s'agenouillant –, puis elle donna un baiser à son fils.

« Allez, Leon, vas-y ! Tu veux que je t'aide ? » Elle fit mine de lui prendre la pelleteuse. Leon rit, s'empara de son jouet et commença à creuser.

Anne s'assit sur le rebord du bac à sable et le regarda faire.

La mère du garçon aux tortues la fixa, écœurée, son fils assourdissant entretemps l'ensemble du square, si bien qu'Anne ne put comprendre ce qu'elle disait. Elle vit juste la femme retirer son gamin hurlant du bac à sable, l'asseoir dans sa poussette avec des paroles consolantes, et déguerpir.

Voilà qu'ils avaient pourri la journée du malheureux Alexander, de sa maman enceinte, et à coup sûr du bébé dans son ventre.

Anne pria pour qu'ils ne débarquent pas à la prochaine journée portes ouvertes d'En avant la musique.

3

Rester

Deux femmes, un fourneau, c'en est une de trop. Ida et Hildegard le savaient bien, et, d'accord pour une fois, avaient exigé que l'appartement d'Ida Eckhoff soit doté d'une cuisine et de deux plaques chauffantes.

Et c'était tout de même devenu l'enfer.

Elles avaient transformé la maison en champ de bataille.

Hildegard buvait chaque matin son thé dans les tasses du service d'Ida en porcelaine de Hutschenreuther, qui étaient bien trop précieuses pour servir tous les jours. Peu à peu, elles perdirent leurs anses, leurs filets d'or s'estompèrent au cours de grossières vaisselles – ou elles se brisèrent sur le terrazzo de la cuisine.

Quand Ida arrachait les mauvaises herbes de *ses* massifs devant *sa* fenêtre, les giroflées plantées devant celle de sa bru disparaissaient du même coup, et quand Hildegard brossait et repeignait la clôture blanche devant la maison, Ida se postait le lendemain dans la rue avec un pot et des pinceaux pour repeindre le tout.

Hildegard invitait les voisines à prendre le café, dressait les couverts à gâteau en argent d'Ida sur la grande table, et « oubliait » le couvert de sa belle-mère. Elle ôta sans un mot les rideaux à motifs de roses d'Ida dont elle fit des chiffons, et en suspendit de nouveaux.

Ida, qui n'avait pas encore donné la ferme à Karl, était encore la patronne, et elle avait l'argent : elle congédiait les gens que Hildegard avait recrutés pour la saison des récoltes et engageait de nouveaux saisonniers. Et elle leur cuisinait sur ses deux plaques de « vrais repas de chez nous » afin d'épargner aux cueilleurs ces « minables » crêpes, quenelles et autres raviolis que « bricolait » sa Prussienne de bru.

Karl, pris entre deux fronts – les projectiles lui frôlaient constamment les oreilles –, semblait hors d'atteinte. Il sifflotait doucement et restait dans son monde, qui était paisible.

L'hiver, il s'asseyait sur le banc, sans veste ni bonnet, et regardait tomber les flocons de neige. Il tendait les mains, les laissait atterrir et les examinait à la loupe jusqu'à ce qu'ils aient fondu. Vera l'observait parfois de la fenêtre : il remuait les lèvres mais elle ne pouvait pas distinguer s'il parlait aux flocons ou à lui-même.

L'été, il suspendait pour Vera une longue balançoire à la branche du tilleul, mais la plupart du temps c'est lui qui l'occupait : il fumait, tournait doucement de-ci de-là, les yeux rivés au sol, et regardait les fourmis qui grouillaient dans l'herbe. Quand Vera venait, il la poussait très haut dans les airs jusqu'à ce que ses pieds touchent les feuilles dans la couronne de l'arbre, et ne s'arrêtait que lorsqu'elle en avait assez.

Karl fabriqua pour elle dans la grange une paire d'échasses – puis une deuxième pour Hildegard, qui trouvait cela puéril et refusa d'abord de les essayer. Mais en fin de compte, elle s'entraîna tant et si bien qu'elle battait presque toujours Vera à la course.

Hildegard en train de rire, ce n'était pas fréquent.

Vera apprit à se rendre invisible : elle s'éclipsait dans l'étable, ou jouait avec les chatons dans le grenier aux céréales quand ça bardait encore à la maison. Quelquefois elle allait chez Heinrich Lührs et l'aidait à cueillir des pissenlits pour ses lapins, des géants gris avec lesquels il se faisait pas mal d'argent quand ils étaient bons pour la casserole.

« Alors, c't'encore Stalingrad à la maison ? » demandait Hinni. Le bruit courait que chez les Eckhoff on s'écharpait assez souvent à faire trembler les vitres, mais les Lührs n'avaient rien à leur envier.

Le père de Hinni aimait la bouteille, et on ne savait jamais dans quel état il allait rentrer. L'idéal, c'est quand il était un tout petit peu éméché, alors il aimait la Terre entière et couvrait sa femme de baisers. Mais deux schnaps plus tard, c'était Stalingrad chez les Lührs aussi.

À la maison, Vera ne disait que le strict nécessaire, on pouvait faire trop de bévues en parlant. Avec elle et Karl, Ida parlait uniquement platt – elle savait que cela horripilait Hildegard. Quand Vera répondait en platt, il ne fallait pas que sa mère entende. Et quand elle répondait en allemand standard, Ida se détournait.

Vera essayait donc de s'en tirer en hochant ou en secouant la tête et en haussant les épaules, c'était moins risqué.

Quand Hildegard n'était pas là, Vera allait souvent chez Ida. Elles jouaient à la bataille dans sa petite cuisine en mangeant des tartines de ce kaffeebrot dur comme du bois que Vera trempait dans son lait. Parfois Ida lui montrait ses trésors, son costume du Vieux Pays avec toutes ses chaînettes, ses boutons, ses boules d'argent, et Vera avait le droit de chausser la coiffe noire en faisant bien attention, et de se regarder dans le miroir.

Mais il fallait avoir les yeux clairs pour ces costumes, trouvait Ida Eckhoff, et elle retirait bien vite la coiffe à la petite fille.

Elle lui apprit à broder, le point de croix et le point plat, et pour ses neuf ans lui offrit un bracelet en argent qu'elle ne devait pas montrer à sa mère.

Vera le cacha dans le grenier à blé, à l'intérieur d'une vieille boîte où se trouvait aussi le petit collier d'ambre de sa grand-mère de Königsberg.

Et elle faisait bien attention à ce que sa mère ne l'entende pas dire « oma Ida. »

Lors d'une froide matinée, peu après le neuvième anniversaire de Vera, Hildegard fit enlever par six ouvriers l'énorme armoire en chêne sculpté qui n'avait pas bougé de sa place depuis deux cents ans, pour installer un piano.

Ida Eckhoff perdit ce matin-là ce qu'il lui restait de maîtrise de soi et gratifia sa bru d'une magistrale paire de gifles.

Hildegard les lui retourna aussi sec, boucla sa valise

et celle de sa fille, enfila son manteau et alla chercher Karl. « Ta mère ou moi. »

Et Karl boitilla sur sa jambe raide jusqu'à la cuisine d'Ida, s'assit à la table de sa mère, et lui prit la main en regardant le verger par la fenêtre. Son pouce caressait le dos de la main maternelle comme pour en lisser la peau ridée ; il ne la regardait pas, il regardait par la fenêtre, et quand il parla enfin, sa voix était enrouée.

Puis il se mit à pleurer.

Ida Eckhoff ne savait pas quoi faire, assise près de son fils qui avait couché ses bras sur la table et pleurait comme un enfant ; elle ne le connaissait plus, il parlait aux flocons et s'enfuyait la nuit devant les Russes. Il n'était plus qu'un Karl de carton-pâte, à qui ils n'avaient assurément ôté ni bras ni jambe, mais à peu près tout le reste.

Cette maison est mienne, mais qu'avait-elle encore à faire dans cette maison ?

Ce soir-là, Hildegard joua du piano. *La Marche turque*, encore et encore. Elle frappait sur les touches, enfonçait la pédale, martelait son instrument comme si elle voulait le mettre en pièces.

Hildegard leur balançait des rafales de notes sur son piano neuf ; personne n'entendit Ida aller chercher un tabouret dans le hall, une corde à linge dans la remise, puis monter l'escalier du grenier. Ni lancer la corde au-dessus d'une poutre et la fixer solidement, puis monter sur le tabouret, vérifier le nœud coulant et sauter.

Karl entendit choir le tabouret et pensa qu'ils avaient encore une martre dans la maison.

Vera entendit le fracas et espéra que ce n'étaient pas les deux chats qu'elle logeait en douce dans le grenier à blé.

Hildegard jouait du piano et n'entendit donc pas Vera se glisser hors de son lit, traverser le hall pieds nus, et monter l'escalier à pas de loup.

Oma Ida portait son costume du pays et semblait danser dans les airs.

Hildegard ne s'apaisa pas quand Ida Eckhoff fut six pieds sous terre. Sa fureur changea simplement de direction et fondit désormais librement sur Karl et sur Vera, qui se ratatinèrent de plus en plus dans cette tempête perpétuelle, deux créatures courbées sous le vent.

Vera finit par se redresser, à l'âge de quatorze ans, lorsque sa mère fut enceinte et fila avec le père de sa petite fille, qu'on appela Marlene.

Karl ne se redressa pas, il passa le restant de ses jours les épaules rentrées, tel un chien battu qui redoute une volée de coups.

Ce qu'il subsistait de Karl après la guerre, ce petit reste d'homme, s'était définitivement brisé dans l'ouragan Hildegard.

Quand elle se fut installée à Hambourg-Blankenese avec sa nouvelle enfant et son architecte, la sœur d'Ida Eckhoff s'occupa de vendre le bétail et d'affermer les terres.

Elle déposa l'argent à la caisse d'épargne et versa dès lors, chaque mois, à son neveu et à sa réfugiée de fille la somme dont ils avaient besoin pour vivre. La fillette faisait presque pitié, sans mère désormais, seule avec un demi-père qui était un véritable enfant !

Mais Karl soufflait de jolis ronds de fumée vers la cime du vieux tilleul, il s'entendait avec les flocons et les oiseaux, même quand ils dévoraient ses cerises, et l'été, quand Vera revenait de l'école, elle allait s'asseoir à côté de lui sur le banc, et ils épluchaient les pommes de terre ensemble.

Karl fit cadeau à Vera de sa vieille carabine, de ses jumelles et de sa gibecière de chasse. Elle apprit à tirer en un rien de temps.

À l'école, cela faisait longtemps qu'on ne lui cherchait plus noise. Non parce qu'elle était meilleure que les autres, ce qui n'avait pas d'importance. Mais parce qu'on savait ce qu'on risquait quand on traitait Vera Eckhoff de « graine de Polack ». Alfred Giese était le dernier en date à avoir essayé. Avec son nez tordu par un coup bien senti, il avait l'air encore plus crétin qu'avant.

Lui s'était arrêté après la troisième, mais « la graine de Polack », elle, décrocha son bac avec mention très bien au lycée de jeunes filles de Stade ; Karl vint à la remise des diplômes, tout flottant dans son vaste costume, et il se redressa presque sur sa chaise dans la grande salle du lycée quand on tendit le document à Vera. Elle portait son bracelet en argent et son collier d'ambre, et le soir elle donna une fête dans le hall d'Ida Eckhoff, avec quelques copines de classe.

Elles burent du punch aux fraises et Karl joua de l'accordéon ; ça, il ne l'avait pas désappris ; puis Hinni Lührs et ses frères entendirent la musique et vinrent se joindre à eux.

Plus tard, le vieux Lührs fit irruption lui aussi, beaucoup plus tard, en rentrant du bistrot. Il passa en chancelant la nouvelle porte latérale que la sœur d'Ida Eckhoff venait de faire refaire, traversa le hall en titubant, esquissa quelques pas de danse hésitants, et siffla le reste du punch à même le grand saladier de verre.

Quand il l'eut vidé, il fixa Karl dans les yeux d'un regard torve et laissa choir le saladier. « Et qu'est-ss' tu vas faire maint'nant, ss'pèce de lavette ? »

Karl ne fit rien, les yeux rivés aux touches de son instrument, il continua à jouer lentement.

Heinrich tenta d'entraîner son père vers la porte et de le pousser dehors, mais le vieux le jeta au sol d'une bourrade. Heinrich cria, tomba sur les mains et les genoux dans les éclats de verre, sur quoi Vera courut au fond à l'armoire de chasse, en sortit sa carabine et mit en joue Heinrich Lührs le vieux.

Hinni criait de plus belle, et son père déguerpit en titubant et en jurant.

Karl se figea quand il vit tout ce sang. Il se leva brusquement, l'accordéon sur le ventre, gagna la cuisine et ferma la porte.

Vera saisit Hinni aux épaules pour le relever et l'extraire du tas de bris de verre. Il criait toujours, couvert de sang. Elle le poussa doucement sur une chaise et ôta les éclats de verre, l'un après l'autre, de ses mains puis de ses genoux. Ses amies allèrent chercher des pansements et une bassine d'eau à la cuisine, où Karl, assis à la table, fumait placidement, il n'avait plus rien à voir avec tout cela.

Le sang et les cris, il n'avait plus rien à voir avec ces choses-là.

Heinrich et ses frères n'osèrent pas rentrer chez eux ce soir-là. On les hébergea dans les anciennes chambres des domestiques, mais ils dormirent mal dans leurs lits poussiéreux ; ils ne savaient pas si leur mère avait eu le temps de verrouiller la porte de la chambre à coucher.

Les filles de Stade chuchotèrent longtemps encore dans le vaste lit de noces d'Ida Eckhoff, qui était celui de Vera depuis que Karl vivait dans l'appartement d'Ida.

Et Vera resta assise avec Karl à la table de la cuisine et fuma ses premières cigarettes, jusqu'à ce que les merles et les mouettes s'éveillent dehors et que Karl se risque enfin dans son lit.

Alors, elle alla dans le hall attendre Heinrich Lührs, le plus jeune des frères, le meilleur. Et balaya ensuite les éclats de verre, quand elle vit qu'il ne venait pas.

Voilà ce qui arrivait quand on osait toucher à cette maison. On lui remplaçait une vieille porte latérale toute pourrie et on le payait par du sang et des bris de verre dans le hall.

Et ils s'en étaient encore bien sortis, ils avaient frisé le désastre, Vera le savait.

Il s'en était fallu d'un cheveu qu'elle n'abatte le vieux Lührs comme un lapin.

On déplaçait une armoire en chêne massif qui était là depuis deux cents ans, et le soir même quelqu'un était suspendu, mort, à une poutre du grenier.

Karl et Vera ne touchèrent plus à la maison du jour où Hinni Lührs s'était retrouvé à quatre pattes dans les éclats de verre, les mains ensanglantées, ils laissèrent tout tel que. Ne déplacèrent plus les meubles, ne remplacèrent pas les vieilles fenêtres à croisillons, n'ôtèrent pas les vieux carreaux des murs.

Ils ne posèrent pas de nouvelles dalles sur les sols en terrazzo et ne refirent pas le vieux chaume de roseaux.

Et ils ne montèrent pas au grenier à blé pour chasser la martre qui y sévissait.

Ils n'étaient pas fous.

Vera partit étudier à Hambourg, « faire sa madame », disait la sœur d'Ida, mais c'est ce que voulait Karl, il n'était toujours pas déchu de ses droits, et l'aurait-il été que ça n'aurait servi à rien.

La petite réfugiée qu'il avait adoptée hériterait de la propriété de toute façon. Peut-être se trouverait-il encore un fils de paysan prêt à se marier avec une Eckhoff.

Mais quel homme du Vieux Pays doué de raison aurait bien pu s'aviser d'épouser Vera Eckhoff ? Elle partait aux aurores chasser dans les vergers, affublée du vieux loden de Karl, et abattait les lièvres et les chevreuils. Elle disait bonjour quand ça lui chantait, laissait son beau-père malade des nerfs nettoyer les vitres tandis qu'elle restait le nez dans ses livres, et si Dora Völckers disait vrai, elle s'était baignée l'été dernier nue comme un ver dans l'Elbe, à Bassenfleth !

Une fille de dix-huit ans !

Après quoi elle était restée à fumer dans le sable. « Et vas-y que j'fume comme un pompier. Tout' nue. »

Ses fils avaient eu du mal à s'en remettre, racontait Dora Völckers, c'est pas parce qu'on était belle fille qu'on avait le droit de se conduire comme ça.

Et une réfugiée en plus !

« Jamais qu'elle en trouv'ra, de mari ! » Sûr et certain.

Vera ne pouvait pas laisser la ferme trop longtemps toute seule. Elle avait presque terminé ses trois premiers semestres universitaires quand Karl fit tomber par terre un de ses innombrables mégots, un jour de grosse chaleur, et mit le feu à la vieille grange où se trouvaient encore les échasses de Vera et sa voiture de poupées.

Les pompiers arrivèrent vite, les flammes ne purent gagner le chaume. Karl Eckhoff avait eu de la chance. « Plus de chance que de raison. »

Quand, après avoir terminé ses études de dentiste, le docteur Eckhoff vint enfin retrouver Karl et sa ferme, une voiture d'enfant dorait au soleil à côté chez les Lührs. Heinrich, le plus jeune, le mieux, était devenu le fils modèle de son ivrogne de père ; son fils aîné s'appelait aussi Heinrich.

Hinni faisait tout comme il faut, il avait épousé des terres, un magot et une femme douce comme un agneau : Elisabeth Buhrfeindt, vieille noblesse rurale, blonde, frêle et posée. *Qu'est-ce que tu t'imaginais, Vera Eckhoff ? Qu'on allait attendre après toi ?*

Elisabeth aussi faisait tout comme il faut. Elle plantait des fleurs, cueillait les cerises et ratissait chaque jour son sable jaune. Elle peignait la clôture en blanc, et quand fut venu le temps d'avoir un enfant, elle mit au monde un garçon. Trois fois, comme la mère de Heinrich.

Hinni semblait revivre la vie de ses parents en mieux, sans coups ni gnôle, comme pour effacer ainsi la tache honteuse qu'y avait imprimée Heinrich Lührs le poivrot.

Lui n'avait pas fait de vieux os, il avait au moins

rendu ce service à ses enfants, et Minna Lührs vécut ses meilleures années après avoir enterré son mari.

Vera la voyait parcourir le jardin l'été au bras de sa belle-fille, elles en contemplaient chaque plate-bande, chaque massif de vivaces, chaque rose. Vera les voyait s'arrêter à chaque plante, hocher la tête et se parler à voix basse, cela lui rappelait les visites à l'hôpital, les bonnes sœurs en blanc, et Vera se prenait parfois à souhaiter pouvoir se joindre à elles, être une sœur elle aussi – ou qui sait une fille.

Le temps d'un tour de jardin, ne plus être l'autre, l'étrangère. Que Minna et Elisabeth la prennent par le bras – comme si elle était des leurs.

Karl ne s'en était pas bien tiré sans Vera, il se lavait rarement et oubliait de manger. Pendant les nuits, les Russes revenaient toujours le hanter, il redoutait ses rêves et n'allait plus se coucher.

Vera le trouvait, la nuit, quasiment sur le point de tomber de sa chaise de cuisine, exténué mais éveillé, un gros livre sur les machines agricoles ou la construction des digues devant lui, la tête presque couchée sur l'épaule, sa cigarette dans la main droite, consumée jusqu'au filtre.

Quand elle ouvrit son cabinet au centre du village, elle emmena Karl avec elle en allant travailler. Il restait dans la salle d'attente, lisait les vieux magazines et faisait les mots croisés. Il saluait les patients d'un signe de tête, eux le connaissaient, ils savaient que Karl Eckhoff était devenu un peu bizarre, ils le laissaient tranquille.

À dix heures, l'assistante de Vera lui préparait une tartine et une tasse de thé, puis il allait s'étendre sur un canapé que Vera lui avait installé dans une petite pièce du fond.

La porte restait entrebâillée, Karl pouvait l'entendre parler aux patients, il entendait crier la roulette, parfois aussi un enfant, il entendait les pas rapides de l'assistante sur le sol en lino, la sonnette à la porte, le téléphone. Il entendait cliqueter la machine à écrire, et sur ce matelas de petits bruits paisibles il pouvait dormir.

À midi, il boitillait de nouveau jusqu'à la ferme, faisait bouillir des pommes de terre et frire des œufs au plat ou du poisson pour Vera et lui, et après le repas elle allait s'allonger un peu avant de repartir à son cabinet.

Car Karl n'était pas le seul à mal dormir, la nuit, dans cette maison. Vera laissait la radio allumée, le soir, quand elle allait se coucher ; elle tentait de s'endormir avant l'arrêt des émissions mais sans y parvenir généralement. Elle était encore éveillée quand le poste n'émettait plus qu'un léger grésillement.

Elle se relevait alors, allait rejoindre Karl à la cuisine et fumait avec lui, jusqu'à être si épuisée qu'elle n'entendait plus les vieux murs chuchoter.

Elle n'avait toujours pas confiance en cette maison, mais elle ne lui permettrait pas de l'expulser, la régurgiter, la rejeter tel un corps étranger, à l'instar de tous ces réfugiés qui avaient quitté au plus vite les grandes demeures paysannes pour s'installer humblement, pleins de gratitude, dans leur petite maison des lotissements, et qui veillaient scrupuleusement à ne plus être à la charge de quiconque, leur vie durant.

Si Hildegard von Kamcke avait légué quelque chose à sa fille, c'était bien son absence d'humilité.

Sa mère s'était refusée à adopter l'attitude déférente des démunis. On les avait chassées de leur pays, on leur avait tout pris, c'était déjà bien assez horrible. Les paysannes à la Ida Eckhoff n'avaient qu'à partager, la ferme, la maison, et si ça les dérangeait, céder la place.

« La tête haute », avait appris Vera.

Mais ce n'étaient pas uniquement les leçons de maintien de Hildegard von Kamcke qui avaient fixé Vera dans ce village, dans cette vieille maison à colombages.

Elle s'était échouée dans la maison d'Ida Eckhoff comme une noyée sur une île. Elle était toujours entourée de cette eau, et cette mer lui faisait peur. Il lui fallait demeurer sur cette île, dans cette ferme où elle ne pouvait certes pas prendre racine, mais où elle s'était accrochée, agrippée aux pierres, pareille à une mousse ou un lichen.

Ni croître, ni fleurir, juste rester.

Et ce n'était un mystère pour personne qu'elle resterait. Karl avait vendu des terres et lui avait donné l'argent pour son cabinet. Vera Eckhoff soignait ses patients au cœur du village, et comme tous les dentistes elle était crainte, elle n'était pas aimée.

Elle n'avait aucune raison non plus de s'interdire le discret plaisir qu'elle éprouvait à se pencher sur la molaire enflammée d'un paysan du coin, assis les mains moites sur son fauteuil, lequel avait oublié depuis longtemps qu'il croisait, jadis, les réfugiés sans un bonjour et avait lancé, un jour, une pomme pourrie de son jardin à la tête aux boucles noires d'une petite fille qui accourait – « T'veux une pomme ? » – et bien ri ensuite.

Elle soignait les rejetons de ses anciens camarades de classe, plombait leurs dents de lait cariées et les gratifiait, s'ils ne pleuraient pas, d'une bille ou d'un ballon gonflable de son tiroir.

Elle extrayait les chicots noirs des vieux qu'elle avait connus dans la fleur de l'âge, et leur fabriquait des dentiers qui leur donnaient un air étrangement sérieux, et avec lesquels ils parlaient autrement, en chuintant, plus pointu.

Chaque année après la Saint-Hubert, elle trouvait dans sa salle d'attente un ou deux jeunes gens qui avaient perdu des dents ou s'en étaient brisé dans une bagarre, et quand venait leur tour, ils fixaient obstinément le plafond, pétrifiés dans le fauteuil parce qu'ils avaient honte d'être couchés, la bouche béante, tout près d'une jeune femme aux beaux yeux bruns, à sa merci, et vulnérables – Vera Eckhoff les aimait bien comme ça.

Mais il y en avait un qu'elle leur préférait de loin, un qui ne venait pas à son cabinet, qui ne voulait pas voir la dentiste mais la femme aux boucles noires.

Quand il arrivait de Hambourg dans sa voiture bleu foncé, Karl quittait la cuisine en sifflotant tout doucement. Il savait qu'il n'avait pas de souci à se faire. Elle ne le quitterait pour personne.

Il n'y avait pas d'heureux élu pour Vera, elle n'en cherchait pas et elle ne voulait pas non plus être choisie par un homme qui l'aurait entraînée loin d'ici, de cette grande maison froide à laquelle elle s'accrochait comme une mousse.

De temps à autre, elle vivait de belles journées et de belles nuits en compagnie d'un homme avec femme et enfants, qui n'attendait pas plus d'elle qu'elle de lui.

Du haut de son échelle, Hinni Lührs se dévissait le cou dans son cerisier quand elle partait avec son inconnu en direction de l'Elbe, tandis qu'Elisabeth plongeait dans ses massifs.

Vera se promenait avec lui main dans la main, ils marchaient au bord du fleuve, s'asseyaient côte à côte dans le sable, portaient des lunettes de soleil, fumaient, riaient. Vera savait qu'on n'est jamais seul au bord de l'Elbe. Peu lui importait qu'on voie le docteur Eckhoff embrasser un inconnu. Elle était libre, elle le payait assez cher.

La culpabilité, elle en laissait le poids à l'homme, elle-même n'en avait pas. Elle ne prenait rien à l'autre femme, elle ne demandait pas qu'on le lui laisse, elle ne faisait que l'emprunter, elle le restituait ensuite en bon état, comblé.

Il n'était pas le seul non plus, d'autres inconnus surgissaient puis disparaissaient de nouveau. À Hambourg, Vera Eckhoff n'avait pas employé son temps qu'à l'étude.

Elle faisait très attention à ce que jamais ne vienne un homme aux intentions sérieuses, sa vie était assez sérieuse comme cela, avec Karl qui s'en remettait à elle comme un enfant, et la maison qui la tenait entre ses murs épais.

Le soir, après le travail, Vera faisait sa ronde le long de l'Elbe, à travers les vergers, sur les chemins de terre. Elle marchait à grandes enjambées, semblant mesurer le pays, compter les mètres et les kilomètres de son monde. Telle une sentinelle, elle arpentait les champs et la rive, « M'dame le docteur patrouille », et l'impression était encore plus forte depuis que l'accompagnaient ses grands chiens qu'elle avait achetés en se remettant à la chasse.

Par la suite, encore plus tard, elle fit ses rondes à cheval, et le bruit des sabots martelait la rue du village. Quand on ne la voyait pas, on l'entendait, dans toutes les maisons : c'est Vera Eckhoff qui passait, encore une fois. Chaque jour, dans ses longues virées en soirée ou très tôt le matin, elle jaugeait le monde autour d'elle, en dompteur qui tient le manège à l'œil et ne peut se permettre de tourner longtemps le dos à une bête de sa meute.

Elle contemplait le fleuve docile dans son lit, les maisons sur la digue, les arbres dans les champs. Elle pouvait dire le nom de tous les oiseaux, sans exception, elle savait où ils couvaient, quand ils migraient, et quand ils revenaient. Elle voyait et revoyait les lièvres et les chevreuils courir dans les vergers, elle les connaissait, avant de tirer. Au printemps, elle comptait les agneaux qui étaient nés dans la nuit sur la digue. Elle passait devant les stations hydrauliques en brique sur les rives des canaux de drainage, elle savait quel était le niveau de l'eau et combien de colonies d'abeilles abritait Heinrich Lührs dans ses rangées de cerisiers.

Il ne fallait pas qu'il lui échappe, ce paysage où elle n'avait pas de racines, mais où elle s'était fixée.

Et mieux valait ne pas se trouver en travers de son

chemin quand Vera Eckhoff filait au grand galop le long de l'Elbe, sur une de ses juments imprévisibles.

« Eh, la cavalerie, fais gaffe ! » criait Heinrich Lührs en saluant au garde-à-vous, la main gauche sur la couture de son pantalon en velours côtelé, quand elle passait à côté de sa ferme sur son cheval, tôt le matin.

« Va t'faire voir, Hinni Lührs ! » répliquait Vera en partant au trot vers la digue. Au retour elle se ferait un plaisir de traverser son sable jaune soigneusement ratissé.

Néanmoins, on ne savait jamais qui l'emporterait d'elle ou des trakehners dans la lutte quotidienne qui les opposait. Ils parvenaient quelquefois à éjecter Vera de sa selle, et à l'expédier dans les roseaux qui bordaient l'Elbe. Puis ils reprenaient sans cavalière le chemin de l'écurie, Vera Eckhoff devait alors fouler de ses lourdes bottes le sol ratissé de Heinrich Lührs, et Hinni de se gausser pendant des jours sur « l'dragon à pied ».

Mais c'est ce que voulait Vera. Tout comme elle voulait ses deux grands chiens de chasse gris qui terrorisaient facteurs et livreurs de journaux. Un jour, ces derniers s'étaient lassés de se faire courser tous les matins comme du gibier par deux braques de Weimar bien dressés. Vera avait dû fixer sa boîte aux lettres devant la clôture, au bord de la route. Et elle avait collé dessus une pancarte dénichée dans la réserve à insecticides de Heinrich Lührs : une tête de mort noire sur fond jaune : *Danger de mort !* Mais les hommes qui prennent leurs jambes à leur cou comme des fillettes devant les chiens n'ont apparemment pas le sens de l'humour. Paul Heinsohn en tout cas saluait du bout des lèvres maintenant, lorsqu'il passait devant la maison sur son vélo de la poste.

Quand Vera était dans les parages, ses chiens étaient d'une tranquillité exemplaire. Elle était le chef de meute, ils lui obéissaient au doigt et à l'œil, restaient sagement couchés sous la table, se faisaient caresser par elle, mais ce n'était pas la peine de le crier sur les toits. La mauvaise réputation de ses chiens lui était plus précieuse que n'importe quel système d'alarme. Qui ne les connaissait pas n'approchait pas de la propriété, et c'était très bien comme ça.

Vera Eckhoff voulait aussi cette maison, bien qu'elle soit tolérée de mauvaise grâce dans ses murs par cette patronne de pierre et de chêne, tyrannique et imbue d'elle-même.

Elle ignorait combien de personnes avaient déjà vécu dans ces murs froids, il devait bien y avoir eu neuf ou dix générations. Qui avaient fêté leur mariage, conçu, mis au monde, perdu leurs enfants et exposé leurs morts dans ce hall plein de courants d'air. Des jeunes femmes étaient entrées dans la maison en robe blanche par « la porte de la mariée », et l'avaient quittée un jour dans leur cercueil – par cette même porte étroite qui n'avait pas de poignée extérieure, et ne s'ouvrait que pour les mariages et les décès.

Il fallait avoir grandi dans ces maisons pour ne pas y avoir peur le soir venu, quand les murs commençaient à chuchoter.

Certaines nuits, dans le vieux grenier à blé, grinçait une corde à la poutre du plafond, comme ployant sous une lourde charge. De vieilles voix lui soufflaient des ordres que Vera ne comprenait pas. Elles la dénigraient et paraissaient se moquer d'elle.

Vera avait toujours eu froid dans cette maison, et pas qu'au début, quand elle logeait avec sa mère dans la chambre des domestiques, près de la grande porte du hall, qui était la pièce la plus froide de la maison, la plus éloignée de la bonne chaleur du foyer d'Ida Eckhoff.

Par la suite aussi, quand, à force de batailler, elles avaient gagné en confort, au fil du temps, en passant de chambre en chambre.

Vera continua à se geler lorsqu'elles eurent conquis la cuisine et les chaudes pièces près du poêle. Cela faisait longtemps qu'elle avait apprivoisé le froid. Le froid la tenait éveillée.

Cette maison n'était pas faite pour les gens qui aimaient la chaleur et le confort. C'était comme avec les chevaux et les chiens : il ne fallait pas montrer de faiblesse, pas se laisser intimider par ce colosse qui s'étalait de toute sa largeur, depuis près de trois cents ans, sur cette terre de polders.

Vera ne se laissait pas abuser par sa façade couturée de cicatrices et son toit de chaume un peu hirsute : la maison avait beau être amochée, elle serait encore là quand Vera l'aurait quittée depuis longtemps par la porte de la mariée, les pieds devant.

Le soir, quand la nuit tombait, Vera laissait entrer ses chiens à la cuisine, et ils restaient là tous les trois, comme pour veiller un malade.

4

Fine Woodworking

Bernd commençait toujours les entretiens avec ses collaborateurs par la même question à laquelle la sagesse commandait de ne pas réagir : « Pourquoi sommes-nous ici ? » Il entendait livrer la réponse lui-même. « Nous sommes ici, Anne, parce que j'ai reçu un mail assez véhément. »

Il l'avait imprimé, et il s'étalait à côté de lui sur son bureau, deux pages et demie, moult points d'exclamation, parenthèses et points d'interrogation.

La mère de la fillette aux galettes de riz, bien entendu. « Scandalisée ! » que sa petite Clara-Feline n'ait pu souffler à pleine bouche dans une flûte traversière à la journée portes ouvertes.

Anne regarda par la fenêtre. Le grand peuplier devant l'entrée avait retenu un sac en plastique dans ses branches dénudées. Le vent s'acharnait sur la mince poche verte, la martyrisait à plaisir.

Bernd ôta ses lunettes, posa ses coudes sur le bureau et enfouit le bout de son nez entre ses mains jointes. S'il y avait une chose qu'il haïssait, c'était qu'on pourrisse l'ambiance aux journées portes ouvertes. Anne ne le regarda que lorsqu'il posa la deuxième question.

« C'est quoi, ton problème ? »

Ses « explications » avec ses collaborateurs étaient savamment composées, elles commençaient toujours en douceur. Dans deux minutes il s'exciterait brièvement, *molto vivace*, là ça restait supportable, la phase redoutée ne venait qu'ensuite.

Tout ça le tuait littéralement. L'énergie que lui pompait ce travail quotidiennement, on n'en avait pas idée, et ce bordel, là maintenant, cette agressivité, toutes ces ondes négatives ces mauvaises vibrations. Ça le rendait malade, ça le minait, il allait se remettre à pleurer. Lever légèrement les yeux, les refermer et secouer la tête comme au ralenti. *Doloroso.*

La crise de larmes était aussi indissociable des « explications » que la chemise en jean des journées portes ouvertes.

Le problème d'Anne, c'était sa colère. Un déferlement de vagues écumantes, déchaînées, des lames de fond. Un océan de colère, et son bateau qui prenait l'eau.

Les enfants qui venaient à ses cours n'y pouvaient rien s'ils s'appelaient Clara-Feline ou Nepomuk, si leurs parents les exhibaient comme le Saint Graal dans les rues d'Ottensen, et les traînaient d'activité d'éveil en activité d'éveil.

Quand on les emmenait à trois ans aux cours d'En avant la musique, ils suçaient joyeusement leur flûte à bec et tapaient à qui mieux mieux sur les xylophones et les synthés, mais au plus tard huit semaines après, leurs parents venaient réclamer un entretien pédagogique.

Ils arboraient toujours le même gentil sourire d'autodérision, mais l'ambition qui pointait derrière rayait les lames du parquet.

Le cours de musique devait d'abord être amusant, certes, mais le synthé était-il vraiment l'instrument idéal pour Clara-Feline ?

Anne ne les contredisait jamais, elle proposait d'emblée un instrument sophistiqué, hors du commun, la harpe, le bugle… « pour que votre enfant soit suffisamment sollicité », les parents étaient ravis.

C'est ainsi qu'il en était convenu avec Bernd, il lui importait que les enseignants d'instruments exotiques trouvent aussi à s'employer.

En avant la musique était une usine à rêves. Les jeunes enfants y arrivaient normalement doués et en ressortaient petits prodiges, tout était question de définition, Bernd gagnait un paquet d'argent grâce à ce tour de passe-passe, les scrupules ne l'étouffaient pas. Anne se demandait parfois ce qu'il advenait ensuite des harpistes ou des joueurs de bugle en herbe.

Un jour ou l'autre ils tomberaient forcément sur un enfant de leur âge qui savait vraiment jouer, la vérité ferait mal.

Au début elle faisait encore des rêves, atrocement criminels : cancer incurable pour Thomas, accident, coma, assassinat. Dans ses rêves il se volatilisait, disparaissait, mourait, et tout redevenait comme avant, puis elle se réveillait, et la déception la dévastait, car il était toujours là, à lui faire de l'ombre. Et c'était encore plus dévastateur qu'elle se soit tellement réjouie dans son rêve.

À l'état de veille, on ne pouvait pas le haïr, même Anne n'y parvenait pas. C'était un garçon qui ne demandait jamais rien – il avait déjà tout –, son âme était limpide et nette, aucune zone d'ombre, pas de poussière dans les coins. Et aucune idée des abîmes d'horreur dans lesquels se débattaient les autres.

Anne ne pouvait plus se mettre au piano, sauf lorsqu'elle était seule dans la maison, et même alors elle s'interrompait souvent au milieu des morceaux. Elle s'entendait et sentait ses doigts écorcher les passages difficiles que Thomas jouait avec virtuosité, comme en rêve.

Et même lorsqu'elle parvenait à exécuter sans faute une difficile sonate de Beethoven, quand son jeu était assuré et « sensible », ainsi que l'y exhortait son professeur de piano, la musique sonnait tout autrement qu'avec Thomas, quels que soient son application et l'amour qu'elle portait à cette pièce. Comme si la musique, elle, n'aimait pas Anne.

Quand Thomas était au piano, les sons paraissaient lui venir du ciel, il les attirait, comme certaines personnes attirent les chats ou les enfants. « Tu connais ça, Anni, demandait-il, quand ce n'est pas toi qui joues la musique, mais la musique qui joue à ta place ? »

Il n'était pas son ennemi, il était son frère, et il ne comprenait rien.

Lui claquer le couvercle du piano sur les doigts et les entendre se briser. Certains rêves avaient la vie dure.

Le piano noir n'était plus à elle, ils n'en parlaient jamais, mais Anne le sentait et le lui céda, on est bien obligé de rendre un enfant adopté quand arrivent les vrais parents.

Elle essayait de ne pas voir les regards de Marlene quand Thomas jouait et qu'elle filait dans sa chambre, ou la gaieté impuissante de son père le soir, quand ils étaient tous les quatre à table – toujours des bougies, toujours des fleurs – et qu'il prenait tout d'un coup conscience qu'une fois de plus il n'avait été question que de Thomas, de son concert, son audition, sa répétition.

Il s'éclaircissait la gorge, pliait sa serviette, mettait ses coudes sur la table et lui souriait.

« Et comment s'est passée ta journée, ma grande ? »

Elle inventait quelque chose, qui n'était jamais vrai, et personne ne s'en apercevait.

Et que sa maison s'était écroulée, qu'elle marchait chaque jour sur ses cendres, ça non plus personne ne s'en apercevait.

À seize ans, trop tard en fait, elle exhuma sa flûte traversière du grenier, son premier instrument oublié depuis longtemps, et Marlene lui trouva immédiatement un professeur, « la meilleure, Anne ! », qui la fit travailler trois fois par semaine. Elle s'exerça jusqu'à ce que des douleurs aux coudes l'empêchent de dormir.

Au bout de deux ans, elle jouait la *Partita pour flûte seule* sans une faute et réussit le concours d'entrée au conservatoire, flûte en matière principale, piano en matière secondaire.

Thomas alla lui cueillir des fleurs dans le jardin, et son père tint à fêter l'événement, il se disait si fier d'elle, il semblait y croire lui-même. Comme si c'était un succès extraordinaire. Comme si son petit frère ne venait pas, lui, de se produire pour la première fois au prestigieux Laeiszhalle de Hambourg.

Marlene sourit et embrassa Anne – sans la regarder dans les yeux.

Au bout de cinq semestres, elle remisa la flûte traversière au grenier et mit ses partitions au panier. Elle s'étendit devant le piano à même le parquet au point de Hongrie bien ciré et écouta Thomas jouer Schumann.

Nostalgie incurable d'un chez-soi qui n'existait plus. Une expulsée qui ne savait plus où était sa place.

Elle ne parla de l'apprentissage d'ébéniste-menuisier qu'une fois le contrat signé, quelques jours après son vingt et unième anniversaire. Son père, qui élevait rarement la voix, se lança au pied levé dans une violente diatribe sur les accidents à la presse à plaquer et au ciseau, les doigts coupés à la scie circulaire, les globes oculaires percés par les copeaux de bois, les orteils écrasés, les baisses d'audition irréversibles et les déplacements de vertèbres ; un de ses frères était menuisier et il s'était drôlement esquinté au fil des ans.

La résistance de Marlene était déjà passablement émoussée, elle se contenta de secouer la tête, résignée.

Carsten Drewe, maître ébéniste à Hambourg-Barmbek, recrutait de préférence des apprentis de sexe féminin, il ne supportait pas bien les gars en formation. Le problème qu'il avait avec les hommes en général se manifestait en particulier avec son père, un robuste octogénaire qui, à sept heures tapantes chaque matin, enclenchait la scie circulaire. Quand Carsten arrivait à l'atelier, vers sept heures et demie, et voyait le vieux qui avait commencé à lui découper les feuilles de contreplaqué, il en avait déjà plein le dos.

Carsten rêvait de bois massif, de cuisines en érable du pays, d'escaliers de chêne aux courbes harmonieuses et de commodes en merisier encaustiquées, mais il vivait du contreplaqué et des fenêtres en PVC. Ça le mettait hors de lui que des clients, qui n'avaient rien mais alors rien compris, veuillent remplacer le parquet de leur vieille entrée typique en bois massif par du stratifié ; il en perdait parfois son sang-froid, tant cette merde de contreplaqué le débectait.

Au-dessus de l'atelier se trouvait une pièce poussiéreuse où les apprentis de l'entreprise Drewe pouvaient loger gratuitement. Elle sentait la sciure et l'huile à bois, et elle était bourrée comme un garde-meuble, Carsten y conservant les chaises, meubles de chevet et secrétaires de sa fabrication personnelle. Le plus encombrant était un lit à baldaquin monumental en chêne sauvage, son chef-d'œuvre – « Assemblé sans colle ! Totalement démontable ! Pas une seule vis ! » –, dont la tête était ornée d'une rosace en marqueterie, et qu'entouraient de lourds rideaux en velours rouge cousus par sa mère. Le lit paraissait conçu pour y enfanter des monarques.

« Ça peut donner quelque chose d'assez douillet », dit Carsten, mais pour fumer il fallait aller dans la cour. Ses parents logeaient juste à côté de l'atelier, et si Karl-Heinz Drewe était vraiment bonne pâte il ne plaisantait pas avec les mesures anti-incendie.

« Prends bien soin de toi. Donne des nouvelles. » Marlene ne voulait plus rien savoir des projets puérils d'Anne, elle n'irait pas voir à quoi ressemblait ce trou à Barmbek où sa fille pensait maintenant devoir résider.

Elle l'aida tout de même à faire son sac à dos, claqua le coffre de la voiture, puis tourna les talons et rentra dans la maison. Rien à faire. Effets indésirables de la présence d'un enfant prodige, ainsi voyait-elle sans doute les choses. L'enfant prodige, quant à lui, pleurait à chaudes larmes dans l'entrée sans pouvoir s'arrêter.

Le professeur Hove conduisit lui-même sa fille à l'entreprise Drewe, il avait toutefois enlevé sa cravate. Il serra la main de Carsten et de ses parents et se fit montrer l'atelier tranquillement par Drewe senior, recensant discrètement les mécanismes de sécurité sur la scie circulaire : protecteur de lame, couteau séparateur et protecteur antirebond, poussoir, tout y était, et la tribu Drewe au complet semblait physiquement indemne. C'était déjà ça. Même la chambre au-dessus de l'atelier n'avait pas l'air aussi minable qu'il l'avait craint, et c'était provisoire, dit Hertha Drewe, Carsten libérerait bientôt le petit logement séparé qu'il occupait chez ses parents, « et la p'tiote s'y installera ». Elle avait fait du gâteau à la crème et aux amandes grillées, son bienenstich, on prenait toujours le café à trois heures.

Assis dans sa chemise blanche entre Karl-Heinz et Carsten sur la banquette d'angle de la cuisine, le père d'Anne commençait à comprendre qu'un contrat d'apprentissage chez les Drewe était plus ou moins un contrat d'adoption. Une idée peut-être complètement inepte, mais qui lui semblait sans danger.

Hertha lui déposait dans son assiette une part de gâteau après l'autre, il n'avait pas l'air de s'en apercevoir, ni de remarquer que sa tasse à café se remplissait régulièrement, et il n'entendait pas non plus qu'à cette table de cuisine couverte d'une toile cirée à carreaux, les « r » lui roulaient tout le temps dans la gorge. Ils roulaient librement et personne ne s'en formalisait, cela ne frappait qu'Anne, laquelle ne disait mot, collectant du bout de l'index les miettes de gâteau dans son assiette et ne lâchant pas des yeux le motif bleu du service à l'oignon, afin de juguler son envie de pleurer.

Avant de remonter en voiture, Enno Hove plaqua ses mains de cul-terreux sur les épaules de sa fille et la secoua un peu gauchement. « Allons, tu n'es pas au bout du monde ici, Anne. »

Mais bien sûr qu'elle l'était. Lorsque Anne fondit en larmes, la famille Drewe s'égailla dans la nature.

L'apprentissage chez les Drewe vous enseignait la vie ; dans la famille, les rapports de force variaient quotidiennement. Le père et le fils pouvaient s'ignorer trois jours durant, quand Carsten avait encore explosé à la vue d'une penderie en contreplaqué.

« Ce genre d'étagère de merde, je le ferais pas même si j'étais raide défoncé ! » Ce n'étaient pas tout à fait les propos qu'attendait la clientèle prête à faire refaire son salon chez son menuisier attitré.

Karl-Heinz, lui, sortait régulièrement de ses gonds en recevant les bons de livraison de Natur-Depot, où Carsten commandait « pour des sommes astronomiques » ses vernis écologiques et ses huiles pour meubles. Hurlements à l'atelier, puis quelques jours de silence mortel, après quoi on se remettait à scier, à raboter et à poncer dans la bonne humeur – jusqu'à la prochaine engueulade. Cela faisait deux décennies et demie qu'ils perpétuaient ce mode de fonctionnement.

Quinze ans auparavant, lors des trente ans de Carsten, Karl-Heinz Drewe avait mis l'entreprise au nom de son fils. À ce jour, il avait encore un peu de mal à accepter que Drewe junior puisse avoir son mot à dire.

Dans les phases de vociférations, Carsten balançait les lattes et les mètres à la ronde, pâlissait, tremblait de rage, et finissait par déguerpir chez sa copine Urte, qui le calmait avec des massages d'huiles aromatiques et des pilules homéopathiques à la fève de Saint-Ignace. Urte enseignait dans une école Steiner-Waldorf et vivait avec deux femmes dans une colocation dont la devise était l'estime et l'attention réciproques, tout en ayant avec Carsten une relation en dents de scie fort compliquée. Le cœur du problème était de savoir si les contradictions qui marquaient leurs rapports étaient supportables ou si elles devaient être surmontées.

Carsten était parfois dépassé par les innombrables contradictions de sa vie. Bois massif et parquet stratifié ; roulades au chou à midi et régime vegan au dîner ; le futon rigide d'Urte et les draps en pilou moelleux de Hertha ; le cirque avec le vieux et les bonnes bières éclusées ensemble sur le banc en soirée devant l'atelier, quand tout rentrait dans l'ordre. Les concerts de musique pentatonique à l'auditorium de l'école Steiner-Waldorf d'Urte et les soirées puzzle avec ses parents : Ravensburger, cinq mille pièces, la grande barrière de corail. À trois, ils le finissaient en un rien de temps.

Quand le torchon brûlait entre le père et le fils, Hertha ne s'en mêlait pas.

« Je fais pas de commentaires ! Pas un ! » Ça la mettait certes en boule de voir Carsten, fou de rage, filer chez Urte, mais là non plus pas de commentaire. « Pas un ! »

Urte avait dit maintes fois à Hertha ce qu'elle pensait des conflits de générations et des difficultés à couper le cordon dans la famille Drewe, mais toutes ces salades bassinaient Hertha, car les phrases d'Urte commençaient inévitablement par « Je pense que… ». Qui plus est, ça ne la regardait en rien, c'étaient des affaires de famille, « De quoi j'me mêle. »

Sur le thème des petits-enfants Hertha ne disait plus rien non plus. Urte avait passé l'âge, et c'était très bien ainsi, les enfants seraient devenus zinzins avec une mère pareille. Mais Carsten, lui, n'était pas trop vieux, il lui manquait juste la femme adéquate, Hertha ouvrait bien les yeux, mais ça ne se trouvait pas sous le pas d'un cheval.

Carsten Drewe était un patron patient, il ne s'énervait jamais quand Anne commettait des erreurs. Et, par principe, ne faisait jamais balayer l'atelier ou ranger l'entrepôt à ses apprentis, ces trucs de réac entre patron et apprenti le gonflaient totalement. Ces histoires de balayage dans l'artisanat, ça frisait les rapports sadomaso. « Oui, patron. Tout de suite, patron », c'est comme ça qu'on fabriquait des valets, des lèche-cul, des cireurs de pompes, pas de ça chez lui ! D'ailleurs Carsten trouvait qu'on balayait trop en général ; Karl-Heinz, lui, voyait les choses un peu différemment – « Mais je t'en prie, p'pa, le balai est là-bas ! »

Anne ne supportait pas bien de voir Drewe senior balayer l'atelier le soir après sa journée de travail, le dos tout voûté ; elle s'emparait du balai dès que Carsten se rendait chez les fournisseurs ou rédigeait les factures au bureau avec Hertha, il fallait juste ne pas se faire prendre, parce que, là, pour le coup, il s'énervait. « Et par une femme, en plus ! Tu veux pas repasser mes slips tant que tu y es ? Tu veux que je t'appelle "poulette" ? C'est pas Dieu possible, ces histoires, enfin ! »

Au bout d'un an et demi d'apprentissage, Anne était capable de mener à bien toute seule les rendez-vous problématiques. Pendant qu'elle présentait les échantillons de stratifié aux clients ou prenait les mesures des nouvelles fenêtres en PVC, Carsten restait dans la voiture de l'entreprise à lire ses revues spécialisées, *Fine Woodworking* ou *Le Travail du bois*, fumait des cigarettes qu'il roulait lui-même, et se plongeait dans de longs articles sur les chaises en noyer courbé ou l'assemblage des tiroirs pivotants. Ça ne le gênait pas qu'Anne le traite de « shooté au bois massif », on pouvait s'estimer heureux quand elle desserrait les dents, celle-là ; à force de ne pas servir, sa voix rendait un son de charnière rouillée.

« Ma voix, elle a toujours été comme ça ! »

Qu'à cela ne tienne. Il ne s'embarquait plus dans ce genre de débat. Il était son boss, pas son psychiatre.

Même Hertha n'arrivait pas à savoir ce qu'Anne pouvait bien fabriquer tout le temps toute seule dans sa chambre.

Parfois elle restait faire un puzzle après le dîner, Hertha mettait alors une quatrième coupelle sur la table, pour les chips.

L'ouvrage de compagnon d'Anne fut un tabouret de piano tournant en merisier qui enchanta Carsten. Tant que ses apprentis réaliseraient de pareils objets, il n'aurait pas encore perdu la bataille contre toute cette merde de bois industriel. Il fit des photos, dont une d'Anne, et à cette occasion écrivit son premier reportage pour la revue *Le Travail du bois*, une double page. Elle lui prit davantage de temps que n'en avait mis Anne à concevoir et confectionner son tabouret, mais il ne faisait pas les choses à moitié.

Karl-Heinz découpa l'article à sa parution et le colla au ruban adhésif sur la porte vitrée de l'atelier. « Ça par contre, c'est vraiment pas indispensable, p'pa ! », mais l'article resta en place, Hertha le décollait juste brièvement pour faire les vitres.

Anne le vit tout de suite, passablement jauni, quand, au bout de trois ans et demi, elle revint de son tour des pays et se présenta à l'atelier des Drewe, en costume noir de compagnon.

Bernd prit un mouchoir dans le tiroir de son bureau, nettoya ses lunettes un peu embuées par les pleurs, s'essuya brièvement les yeux et respira un bon coup. « Tu sais, Anne… »

Il poursuivait son affaire comme prévu, maintenant venait le tour de la chronique « vingt-quatre ans d'En avant la musique à Hambourg-Ottensen, un homme qui vit ses rêves ».

Le grand monologue de Bernd débordait d'émotion,

même en laissant l'enfance de côté il durait dix bonnes minutes. Anne regarda l'heure. Le jardin d'enfants fermait dans cinq minutes.

Lentement elle se leva, lui posa une main furtive sur le bras et s'éclipsa.

Quand elle ferma la porte derrière elle, elle entendit Bernd se taire un instant, puis continuer à parler à voix basse.

5

Film muet

Les mouettes étaient de retour. Non qu'il les aime particulièrement, elles iraient se ruer massivement cet été sur le cerisier de Vera, puis repartiraient vers l'Elbe en passant au-dessus de chez lui et en souillant son jardin.

L'arbre, il fallait l'enlever de toute manière, ce vieux machin devant sa maison, le tronc était tout mangé de lierre, ses branches poussaient en dépit du bon sens dans toutes les directions, Vera se refusait obstinément à le tailler. Maintenant il était si grand qu'on ne pouvait plus jeter le filet dessus en été.

Il ne lui était pas resté une cerise de cet arbre l'année dernière, elle laissait les oiseaux faire ce qu'ils voulaient. « R'garde pas, Hinni. » C'était vraiment ce qu'on avait de mieux à faire, quand on avait le malheur d'être le voisin immédiat de Vera Eckhoff : ne pas regarder.

Heinrich Lührs faisait de louables efforts pour ne pas voir sa pelouse hirsute, pleine de mousse, ses taupinières, ses massifs biscornus envahis d'herbe, et sa haie de troènes effrangée. Il ne comprenait pas qu'on puisse laisser ainsi tout aller à vau-l'eau.

« R'garde pas », facile à dire !

Quand Vera partait en voiture, Heinrich allait vite dans son jardin tailler quelques roses ou mettre un tuteur au groseillier à maquereaux qui pendouillait lamentablement. Le matin, il attendait parfois qu'elle soit partie au trot sur son cheval extravagant en direction de l'Elbe pour passer brièvement chez elle poser quelques pièges dans ses taupinières et pulvériser un coup de désherbant sous sa haie ; Vera ne s'en apercevait pas, et il fallait bien le faire, sous peine d'être envahi lui aussi par l'herbe aux goutteux et par les taupes, qui, elles non plus, ne s'en tenaient pas aux limites de la propriété. Vera voulait vivre dans une jungle, grand bien lui fasse, lui, non.

Les mouettes étaient de retour, les premières s'étaient déjà installées sur la petite île de l'Elbe où elles resteraient tout l'été à couver et apprendre à voler à leurs vilains oisillons. Heinrich Lührs les entendait le matin à six heures et demie, en allant chercher le journal du jour dans sa boîte.

Quand les mouettes arrivaient, c'était la fin de l'hiver. Encore un.

Il préparait toujours ses tartines la veille au soir, une de pâté, une de miel, recouvrait l'assiette d'un film transparent et la plaçait au réfrigérateur. Il versait trois cuillerées de café moulu et de l'eau dans la cafetière électrique puis posait la tasse, la soucoupe et le sucre sur la table, si bien que le matin il n'avait qu'à allumer la cafetière avant d'aller à la salle de bains.

Elisabeth avait toujours fait comme ça, le matin il fallait faire fissa.

Depuis que Heinrich Lührs avait loué ses fruitiers à Dirk zum Felde, il pouvait lire le journal au petit déjeuner, et il allumait la radio : la cuisine était moins silencieuse.

Plus besoin de faire fissa, et les hivers s'étiraient en longueur.

Mais maintenant les perce-neige fleurissaient sous la fenêtre de la cuisine, il avait cueilli les cinq premiers aujourd'hui et les avait posés sur la table, dans le petit vase de cristal qui n'était pas plus grand qu'un coquetier. Elisabeth s'en était servi pour les pâquerettes, les violettes et les fleurs de pissenlit à tige très courte que les enfants arrachaient pour elle sur la digue quand ils étaient petits. Normalement, il était interdit de cueillir les fleurs de son jardin, elle ne plaisantait pas avec ça, mais les cinq premiers perce-neige allaient toujours dans ce petit vase, un pour chaque membre de la famille.

Il régnait un tel silence.

Non qu'ils se soient beaucoup parlé. Mais Elisabeth chantait, elle fredonnait sans cesse, en se levant, à la cuisine, au jardin, dans les fruitiers, toute la journée. Elle ne s'en rendait pas compte, mais il entendait toujours où elle se trouvait.

Quand elle ne fredonnait pas, il pouvait être certain qu'elle était fâchée contre lui. Parce qu'il avait été trop dur avec les garçons ou qu'il avait sali toute la maison avec ses godasses boueuses. Elle était aussi restée deux journées entières sans fredonner parce qu'il avait dansé une ou deux fois de trop avec Beke Matthes à la fête des fleurs. Alors qu'il ne s'était rien passé du tout, il l'aimait bien, Beke Matthes, mais pas *de cette manière.*

Depuis qu'Elisabeth ne fredonnait plus, pour la bonne raison qu'un artisan peintre de Stade qui roulait 40 kilomètres-heure trop vite l'avait fauchée sur la piste cyclable dans le grand virage, Heinrich Lührs vivait sans le son. Vingt ans de film muet, depuis qu'elle était morte.

« *Car il a ordonné à ses anges*..., avaient chanté ses amies du chœur à son enterrement – c'était son verset de confirmation –, *de te garder dans toutes tes voies...* », et là, Heinrich Lührs avait su qu'il ne remettrait plus les pieds à l'église. Au cimetière, oui, il y allait tous les samedis. Il entretenait la tombe, plantait des bégonias au printemps, rouges et blancs, toujours en alternance, comme Elisabeth l'avait fait dans son jardin.

Mais mourir à cinquante-trois ans sur le bord de la route tel un animal écrasé, sa femme ne l'avait pas mérité.

Et lui non plus. Heinrich Lührs avait passé des jours et des nuits à tourner et retourner chaque pierre de sa vie, et à chercher la faute, le crime qu'il devait avoir commis. Il ne l'avait pas trouvé. Il avait été un bon mari et un bon père. Sévère, oui, emporté parfois, mais pas mauvais. Il ne fumait pas, il ne buvait pas plus que d'autres et il n'avait pas d'histoires de femmes. Beke Matthes ne comptait pas, bien sûr. Il n'avait pas fait honte à ses parents, il avait toujours tenu son exploitation en ordre, à cent pour cent, il était consciencieux, travailleur, bon voisin. Il n'avait pas trompé le fisc, il ne trichait même pas aux cartes.

Les anges de Dieu pouvaient aller se faire voir. Ils avaient une drôle de conception de ce que signifiait « garder quelqu'un dans toutes ses voies et le porter sur les mains ». « Nous ne comprenons pas toujours les voies du Seigneur », avait dit madame le pasteur, mais Heinrich Lührs, lui, avait très bien compris : jouer des muscles, courber un dos bien droit, mettre un homme à genoux. Afin qu'il aille ensuite courir à l'église et apprenne à prier. Voilà de quoi il retournait !

Mais sans lui. Cette affaire-là n'était pas correcte, et il n'avait pas l'intention d'en prendre son parti. S'il n'avait pas mieux veillé sur sa ferme que ces anges sur sa femme, elle serait comme celle de Vera Eckhoff, à l'heure qu'il était !

« P'pa, moi non plus », avait dit Georg quelques jours avant qu'Elisabeth ne parte sur son vélo ; pourtant, des trois, c'est lui qui aurait été le mieux. Heinrich Lührs avait trois fils et pas de successeur.

Il ne savait pas si elle avait fredonné le dernier matin de sa vie.

6

Mailles lâches

Dans la salle du groupe des Coccinelles, les chaises étaient posées sur la table, le sol balayé, lavé, de nouveau sec, et Marion pliait à présent les serviettes dans la salle de change, ce qui n'était absolument pas son job. Elle n'était pas chargée de tenir cette maison, elle était la responsable pédagogique du groupe des Coccinelles, or, tout en tirant un peu plus violemment que nécessaire sur les innocentes serviettes, elle surveillait de l'œil Leon, qui, petit paquet oublié à la consigne, était resté dans le coin des jeux. Cela n'avait pas l'air de le gêner au demeurant, il était très occupé à édifier une tour, maintenant aussi haute que lui.

C'étaient toujours les mêmes parents qui arrivaient beaucoup trop tard, hors d'haleine, et adoraient faire tout un show d'excuses par-dessus le marché. Mais elle leur en avait bien fait passer l'envie.

Quand Anne fit irruption dans la salle, Leon donna un coup de pied dans sa tour, et les cubes allèrent voler à grand fracas dans toute la pièce. Marion appréciait modérément, surtout à trois heures huit de l'après-midi[1].

Marion éteignit la lumière en attendant qu'Anne ait fini de sillonner la pièce pour ramasser les cubes. Le trousseau de clés tintait dans sa main.

Anne attrapa Leon, « Bon après-midi, Marion ! », chopa ses bottes dans le couloir et sortit en vitesse, elle avait déjà fourré le bonnet, l'écharpe et les gants dans la capuche de la doudoune. Dans l'entrée, elle déposa Leon à côté de sa poussette pour finir de l'habiller.

Les mères de Hambourg-Ottensen étaient presque toujours pressées. Elles poussaient leurs voitures d'enfants comme des chariots à bagages, on aurait dit des voyageurs à l'aéroport, pressés de gagner leur porte pour ne pas rater la correspondance.

Anne voyait toujours les autres la dépasser au pas de course, elle avait couru un temps, elle aussi, à la baby-gym et aux bébés nageurs, mais elle se sentait aussi étrangère et déplacée dans ces groupes qu'une athée dans un groupe de prière.

Au bout de deux heures éprouvantes aux bébés nageurs, elle y avait envoyé Christoph, qui ne voyait pas d'inconvénient à sautiller en chantant dans la pataugeoire avec une douzaine de parents et de petits enfants se tenant par la main. Il allait à ce cours sans se plaindre, exactement comme il assumait son tour de gaufres à la fête de la crèche ou l'achat des couches au supermarché.

Christoph vivait avec eux en hôte enjoué, il ne

1. L'école maternelle publique n'existe pas en Allemagne, et nombre de jardins d'enfants ferment en début d'après-midi. *(Toutes les notes sont de la traductrice.)*

semblait pas vraiment réaliser qu'il était partie prenante de cette vie de famille, qu'elle le concernait réellement.

Quand ils se promenaient en ville tous les trois, Anne captait parfois leur reflet dans une vitrine, un homme et une femme avec un petit dans sa poussette, et elle s'efforçait de comprendre en quoi ils étaient différents des autres familles.

Ce n'était pas une question de vêtements ni de coiffure. Ils avaient bonne apparence, l'air comme il faut, dans l'image que leur renvoyait la vitrine, leur enfant était mignon, et Christoph posait sa main sur l'épaule d'Anne quand elle poussait la voiture.

Mais il y avait comme une hésitation lorsque Leon recrachait sa tétine sur le trottoir, ou commençait à pleurer parce qu'il en avait assez de la poussette, il leur manquait ce naturel qu'elle croyait percevoir dans les autres familles. Le réflexe de se pencher pour ramasser la tétine en continuant à parler, et de sortir presque incidemment l'enfant de la poussette pour le prendre dans les bras. L'art d'allaiter au bistrot devant un café latte décaféiné, la mère détendue à l'extrême, presque inerte, et à ses côtés le père devant son ordinateur portable, le bavoir sur l'épaule, la main posée sur le dos de sa compagne, qu'il caressait régulièrement, tout doucement.

Ces instantanés de la vie de famille dans les cafés et les parcs de Hambourg-Ottensen montraient à Anne ce qu'ils n'étaient pas : un petit paquet père-mère-enfant bien ficelé, un tissu familial à la trame serrée.

Ils étaient deux personnes avec un enfant, trois mailles crochetées au point lâche.

Parmi tous ces couples qui marchaient du même pas nonchalamment dans les rues du quartier, elle et Christoph avaient toujours l'air d'aller sur la pointe des pieds.

Elle n'était même plus si sûre aujourd'hui que Christoph ait boutonné sa chemise de travers par mégarde ce jour-là, peut-être l'avait-il fait exprès, finalement. Une chemise blanche aux manches retroussées, c'est la rangée de boutons décalés qui l'avait d'abord frappée chez lui. Il était assis derrière son portable à une table près de la baie vitrée, un de ces nombreux clients qui font du traitement de texte au café. Un homme au look un peu « mal repassé », deux rides qui s'étiraient joliment du nez aux lèvres, des cheveux blonds en bataille, et des doigts qui s'activaient sur les touches assez rapidement, jusqu'à la petite collision avec le bobby-car. Un bambin avait heurté la table – pour s'amuser, les tables, au café, étaient bien gênantes. « Oups ! mon chéri, avait dit la mère, ne te fais pas mal ! »

La Bionade déborda, l'ordi se mit à mousser, et Anne jeta son écharpe en coton sur la flaque.

L'ordi rendit l'âme quand même, mais la soirée fut très réussie.

Puis l'été.

Puis elle tomba enceinte.

Christoph écrivait ses polars régionaux comme les ingénieurs bâtissent leurs ponts : un bon plan, une solide structure, pas de fioriture. Il ne connaissait les pannes d'écriture que par ouï-dire, et il était totalement sourd aux petites piques de ses confrères, que les chiffres de vente de ses livres laissaient rêveurs. Eux souffraient mille morts pour pondre la nuit dans la douleur leurs minces recueils de nouvelles, et méprisaient l'éditeur *mainstream* de Christoph qui refusait poliment leurs textes tarabiscotés sans intrigue véritable. Ils le surnommaient « notre écrivain populaire » et souriaient jaune quand il était fêté en « héros local », lors des lectures publiques dans les cafés et les centres culturels.

Le lectorat de Christoph était fidèle et majoritairement féminin, Anne observait le visage des femmes qui l'écoutaient pendant ses lectures. Elles penchaient la tête sur le côté en souriant et en sirotant leur verre de vin, elles le voyaient tel qu'Anne l'avait vu : un bel homme un peu ébouriffé en chemise blanche.

Distrait, comme le sont traditionnellement les écrivains, il boutonnait même parfois sa chemise de travers, elles aimaient cela chez lui, ce côté juvénile, un peu bordélique, et Anne se sentait prise sur le fait.

La fermeture Éclair de la doudoune accrochait une fois de plus, Anne l'avait mal tirée, elle restait coincée à mi-hauteur. Plus moyen de la descendre ni de la remonter. « Je vais le faire », dit Marion qui avait maintenant fermé la porte d'entrée du jardin d'enfants et allait pouvoir *enfin* rentrer chez elle. Elle ôta ses gants, tira d'un coup sec la fermeture vers le bas et la refit coulisser vers le haut. « Voilà, bonhomme, à demain. »

Quand il ne pleuvait pas et qu'il n'y avait pas trop de vent, Anne amenait Leon dans les espaces verts des bords de l'Elbe, et ils regardaient les chiens, les grands à poil long qui s'ébattaient à travers les massifs comme des adolescents, et les teckels des veuves d'Altona, placidement couchés sous les bancs du parc, qui attendaient leur maîtresse en train de fumer.

Elle laissait parfois Leon monter pour cinquante centimes sur un âne à bascule bleu devant le supermarché bio, mais le truc ne marchait pas la plupart du temps, alors il demeurait un moment juché sur l'animal de plastique immobile en le secouant, avant de comprendre que l'affaire était sans espoir.

Anne restait plantée à côté de lui, indécise, molle, les journées s'étiraient en longueur, et il lui semblait qu'il pleuvait tout le temps.

La nuit, tout était différent. Quand Leon dormait, elle s'allongeait devant le petit lit dans sa chambre et caressait son visage perdu dans les rêves, les épaules frêles, les petites mains potelées, il sentait le lait, le sable chaud et le bonheur immérité.

Puis venait le jour avec son lot de couches et de biberons, les tétines, les gants et les bonnets qu'on perdait toujours, les rendez-vous chez le pédiatre, les moules à pâté de sable, les combinaisons en ciré, les sacs à langer, et soudain, elle ne trouvait plus trace de ce bonheur maternel et de cette gratitude, ils disparaissaient au fond des paquets de lingettes, sombraient dans le bassin des bébés nageurs et la bouillie de céréales.

Quand elle était au square avec des inconnues et voyait leurs yeux cernés, elle se demandait quelquefois s'il n'y en avait pas d'autres comme elle, de ces mères nocturnes qui, le jour, aspiraient à une autre vie. Si oui, elles ne l'avoueraient même pas sous la torture. Sur les bancs de square de Hambourg-Ottensen, on avait le droit d'être épuisée, stressée, mal peignée, pas maquillée même, tout cela était admis, mais exempte de bonheur maternel, ça jamais.

Il avait un peu gelé les jours précédents, l'allée de sable du Fischerspark était dure, sans trace de boue, une piste idéale. Anne prit le tricycle sur le porte-bagages de la poussette, et Leon l'enfourcha. Il filait allégrement, tout à l'ivresse d'un enfant qui va enfin plus vite que ses parents et ne connaît plus d'obstacles. Leon était un « Easy Rider » en casque à coccinelles, il ne freinait pas pour les mères de famille.

Au parc, il ne risquait pas grand-chose, les promeneurs s'écartaient à temps généralement, et quand il tombait, sa doudoune amortissait les coups. Le problème était le chemin du retour, lorsqu'ils avaient passé la zone piétonne, et qu'ils devaient franchir le Lessingtunnel sombre et puant, où crevaient les pigeons, et où Leon déboulait avec son tricycle sur le trottoir du milieu qui séparait les voies, et slalomait à toute allure entre les canettes de Coca froissées et les vieux cartons de hamburger. Anne galopait derrière lui en s'époumonant, « Halte ! Stop ! », comme si elle coursait un pickpocket. C'était bien sûr inutile, nul ne peut freiner un garçon de quatre ans ivre de vitesse.

Cet après-midi-là était bleu et froid, bien trop clair pour début février.

Quand elle tourna dans leur rue à bout de souffle, dix mètres derrière Leon, elle se rendit compte qu'elle avait oublié le rendez-vous chez le pédiatre.

Elle vit la Fiat blanche devant chez eux, une fois de plus, une fois de trop, et elle comprit enfin. Ouvrit la porte, laissa Leon dans le hall de l'immeuble, monta les quatre étages, et se retrouva comme une cambrioleuse dans sa propre entrée où se dressaient des bottes noires – qui ne lui appartenaient pas.

Christoph travaillait toujours à la cuisine avec Carola quand ils discutaient d'un projet de livre, c'était la meilleure éditrice qu'il avait jamais eue, aujourd'hui encore ils étaient attablés devant un verre de vin et une tasse de thé, comme d'habitude, seulement aujourd'hui, ils étaient nus. Anne vit d'abord les pieds aux ongles laqués de rouge. La cigarette de Carola tomba dans son verre de vin quand elle vit Anne.

En bas dans le hall, Leon braillait, son ego hypertrophié par cet après-midi triomphal en tricycle prenait maintenant des dimensions dictatoriales, il réclamait qu'on le porte. « J'y vais », dit Anne, et Christoph s'affala contre le dossier de sa chaise en fermant les yeux, comme si elle venait de prononcer son arrêt de mort.

Anne descendit l'escalier et prit Leon dans les bras, il cessa de crier sur-le-champ et se laissa transporter à l'appartement avec une mine d'enfant martyr.

Les cheveux de Carola étaient noirs et lui tombaient aux hanches, elle se battait dans l'entrée avec sa jupe qu'elle n'arrivait pas à fermer, *Les fermetures Éclair ce n'est pas mon fort à moi non plus*, pensa Anne, elle balaya la main hypocritement fraternelle que Carola voulait poser sur son bras, et mit le cap sur la cuisine, où Christoph n'était plus qu'à moitié nu mais restait blanc comme un linge. Anne ouvrit violemment la porte du balcon, balança les mégots de Carola, son paquet de cigarettes à demi plein et le briquet argenté par-dessus la balustrade, puis elle se laissa tomber sur une chaise.

Leon se réjouissait que Carola soit revenue les voir, il voulait regarder un album avec elle, ils le faisaient parfois, mais pas aujourd'hui, il trottina donc dans sa chambre, s'extirpa tout seul de sa doudoune, alluma le lecteur de CD et commença à danser sur sa musique préférée. « *Elle s'envola, oh ! là, sur son balai, oh ! lé, fit trois petits tours, bonjour, et disparut là-haut, tout là-haut.* »

Assise à la table de la cuisine, Anne, qui était toujours en manteau, puisait à grandes cuillerées dans un pot de crème à la noisette bio. Elle ne s'interrompit pas quand Christoph s'assit à côté d'elle et continua à se gaver de la mixture hors de prix bourrée de sucre de canne, jusqu'à ce qu'il lui prenne la cuiller des mains et referme le couvercle du pot. Elle posa alors la tête sur la table et ferma les yeux, l'oreille collée au bois zébré de cicatrices, et elle ne l'écouta pas quand il lui prit la main, parce qu'elle avait vu les pieds aux ongles rouges et les longs cheveux noirs qui tombaient aux hanches.

Blanche-Neige dans sa voiture blanche, et Anne, ma sœur Anne qui n'avait rien vu venir.

7

Phalène brumeuse

Quand elle eut enfin chargé les caisses de vêtements, les cartons de livres, son vélo, le tricycle de Leon, le gros bidon de jouets et son tilleul d'appartement dans le fourgon de location, c'était le début de l'après-midi.

On klaxonna dehors dans la rue, deux coups rapides, et Christoph s'éclipsa. Il sauta de sa chaise de cuisine, franchit le couloir presque au pas de course, puis ferma la porte tout doucement pour ne pas réveiller Leon.

Anne n'avait aucune idée du son que rendait le klaxon d'une Fiat, elle n'alla pas non plus à la fenêtre, elle ne voulait absolument pas le voir monter dans la voiture, et elle ne voulait surtout pas *qu'on la voie*. La femme quittée à sa fenêtre, quelle image lamentable.

Ces dernières longues journées de vie commune avaient ressemblé aux répétitions d'une nouvelle pièce. Le couple qui ne s'aime plus dans son ancien appartement. Les rôles étaient distribués, mais les textes pas encore bien sus. Ils jouaient piètrement le vieux classique « on s'est aimés puis on s'est quittés... ». Le mari infidèle, la femme trompée, les valises, les photos décrochées, les cris, les chuchotements, les pleurs, les yeux rouges, les figures blêmes.

Un petit drame en kit, pensait Anne, *plus grand, on n'a pas.*

Christoph l'avait suivie toute la matinée de pièce en pièce pendant qu'elle faisait ses bagages ; les épaules rentrées, les mains dans les poches de son pantalon, il avait joué le type gêné qui se sent fautif. « Anne, si tu as besoin de quoi que ce soit. » Son interprétation était minable, un amateur qui s'essayait à un rôle trop grand pour lui.

Il avait regardé un moment Leon dormir et versé quelques larmes, avait secoué la tête, posé ses mains sur les épaules d'Anne et pressé son front contre le sien. « Bon sang, Anne ! »

Et elle avait longtemps cherché une phrase bien sentie, capable de l'atteindre, de le couler, de lui ouvrir les yeux. Mais Christoph était très réveillé, Anne le savait. Il était amoureux, qu'est-ce qu'il y pouvait ?

Aucune raison donc de l'agonir d'injures, de balancer son ordinateur par la fenêtre, d'arracher du mur l'étagère de CD, de renverser la table de cuisine ou de tirer la nappe avec le petit déjeuner pour entendre s'entrechoquer les tasses et les assiettes, entendre le fracas des choses qui se brisent. Aucune chance de surfer sur ces derniers jours de vie commune portée par une rage puissante.

Elle était contente que ce soit fini. Contente de sortir de cet appartement, de cette ville, de ne plus voir l'infect tunnel aux pigeons, de ne plus moisir au square en compagnie de mères de familles nerveuses, et de ne plus voir l'homme à la chemise blanche. Elle allait marcher à travers champs. Prendre le large.

Leon se réveilla, Anne le sortit du lit, et sentit sa figure chaude de sommeil contre sa joue. Sur sa nuque frisaient quelques petites boucles mouillées de sueur.

Elle resta un moment ainsi, cet enfant souple et las dans ses bras, qui sentait bon le monde encore indemne.

Devant la fenêtre, le marronnier de la cour étirait ses branches dans le ciel décoloré. Elles tremblaient dans les vagues de brise qui traversaient la cour telles des bandes de maraudeurs. Devant la fenêtre de la cuisine, le moulin à vent de Leon crépitait dans la terre durcie des jardinières.

Anne porta Leon à la cuisine pour lui préparer son biberon, elle s'efforça de le faire machinalement, sans réfléchir, comme d'habitude, mais elle n'y parvint pas. Elle se voyait dédoublée, faire les choses pour la dernière fois : enclencher la bouilloire bleue, prendre le lait dans l'incommode réfrigérateur rétro de Christoph, sortir le biberon à motif de poissons du lave-vaisselle, le bouchon avec la tétine de la boîte à côté de l'évier. Et s'asseoir, Leon avec son biberon sur ses genoux, à la table de la cuisine éraflée, parsemée de taches d'huile et de vin – un vétéran sur pattes de bois qui avait survécu à deux colocations et maintenant à une petite famille.

Anne parcourut de l'index ses cicatrices, des taches de casseroles brûlantes, des entailles de couteaux qui avaient dérapé, le petit trou du tire-bouchon que Christoph avait enfoncé dans le plateau de la table, perdu dans ses pensées, quand ils avaient appris qu'elle était enceinte. Les coups de fourchette de Leon, les taches de pâte à modeler et de crayons de cire.

Une table pareille à un album de famille, une idée de foyer. Mais rester, elle n'avait jamais su. Elle avait fui une fois et n'était plus jamais arrivée.

Dans son pays régnait maintenant un enfant prodige, il trônait à son piano noir à elle tel un Roi-Soleil ; elle ne pouvait pas revenir. Elle était maintenant un corps flottant, un organisme qui se faufilait dans le courant, une particule de plancton dans la mer.

Un être en itinérance. Trois ans de tour des pays, la plupart du temps elle avait voyagé seule, c'était si facile, une tournée sans fin : tous les quelques jours une scène nouvelle, quelques représentations et on continuait sa route.

Arriver, briller, s'éclipser, comme autrefois aux concours des Jeunes Talents musicaux, un jeu d'enfant, même avec les hommes – juste un jeu, facile. Le tout était de réussir sa sortie, avant que les choses se compliquent et que le vernis soit égratigné.

Elle était devenue très bonne à ce jeu, passée maître dans l'art et la manière de partir et de poursuivre son chemin.

Mais on marchait bien plus difficilement avec un petit garçon sur les bras.

Anne enfila sa doudoune à Leon, puis ils quittèrent l'appartement en portant ensemble la cage du lapin nain. « Le dernier éteint la lumière, Willy », dit-elle avant de fermer la porte et de jeter la clé dans la boîte aux lettres. Mais le lapin n'était pas d'humeur à plaisanter. Il affichait dans son panier de voyage un air de prince mal luné boudant sa chaise à porteurs.

Quand ils furent enfin installés dans le fourgon blanc, la circulation était incroyablement dense, on aurait cru qu'il fallait évacuer la ville. C'était la fin de l'après-midi, l'exode massif des employés de bureau avait commencé ; devant le tunnel de l'Elbe les voitures des habitués s'accumulaient dans les deux sens, et Anne, qui avait peu conduit depuis l'examen du permis, vingt ans plus tôt, sentit ses mains devenir moites sur le volant.

Leon trouvait formidable de rouler dans un camion. Calé tout content dans son siège enfant, il balançait ses bottes en caoutchouc contre les coussins et chantait une chanson du jardin d'enfants pour rassurer le lapin nerveux, attaché dans son panier à côté de lui. L'humeur de Willy ne s'en trouvait pas sensiblement meilleure. Il se terrait dans sa caisse, les oreilles couchées, et tambourinait spasmodiquement de temps à autre avec les pattes de derrière.

Leon lui glissa un morceau de carotte à travers les barreaux de la cage. Comme Willy se détournait, il la mangea lui-même. Puis il goûta les crackers Vitakraft qu'ils avaient achetés lors de leur dernière visite à l'animalerie. Anne se demanda un instant si elle devait interdire à Leon de manger des aliments pour lapin. Une mère un peu professionnelle n'aurait pas laissé son enfant grignoter des granulés destinés aux animaux. Elle aurait avancé une masse de bonnes raisons, mais comme aucune d'elles ne lui venait à l'esprit elle laissa Leon manger les graines tout en guidant la voiture au pas dans le tunnel de l'Elbe. Elle s'efforçait d'ignorer le type d'à côté, qui se coupait les ongles en conduisant son Opel Astra avec les genoux.

Au bout du tunnel, il lança la pince de métal sur le siège du passager et donna un coup d'accélérateur.

Quand Leon vit les grues du port de containers, il pressa son visage contre la vitre et oublia les granulés du lapin. Tels de gigantesques sauriens, elles se dressaient sur le quai en étirant leurs encolures d'acier dans le ciel gris, elles semblaient attendre une proie. Ils prirent la direction de Finkenwerder, et Anne pensa aux excursions avec ses parents, aux dimanches dans le Vieux Pays, quand c'était la saison des cerises. Ils ne s'arrêtaient jamais aux boutiques des fermes ou aux petits stands de fruits des bords de route.

« Je ne vais tout de même pas acheter des cerises alors que nous en avons chez nous », disait Marlene. Que les arbres des Eckhoff ne lui appartiennent pas à elle, mais à Vera qui avait hérité de la propriété, et qu'elle ne soit qu'une hôte dans la grande vieille ferme était une chose que la mère d'Anne se refusait à admettre à la saison des cerises.

Le coffre rempli de seaux vides, ils accouraient à la ferme les dimanches de juillet, « jouer les saisonniers », se moquait Vera, qui ne leur en plaçait pas moins toujours les échelles contre les arbres et leur sortait les vieux bleus de travail.

Quand les parents avaient disparu dans les branches des cerisiers, et Thomas chez les voisins qui élevaient des lapins géants, Anne s'élançait dans le tilleul sur la vieille balançoire de Vera ou caressait prudemment les deux trakehners qui paissaient dans l'enclos et chassaient à coups de queue les mouches d'été. C'étaient de beaux chevaux nerveux, que personne n'osait monter hormis sa tante.

Après avoir cueilli les cerises, ils s'asseyaient sur le banc de Vera à côté de la maison pour manger le gâteau que la mère d'Anne avait apporté – chaque bouchée en était un reproche muet à l'intention de sa sœur aînée, mais Vera savait faire la sourde oreille aux allusions. Elle offrait en tout et pour tout à ses hôtes le jus de pomme de Heinrich Lührs qui trônait dans un bidon sur la table – et du café qui semblait droit sorti d'une asphalteuse. Ce goudron noircissait les tasses, et sa surface chatoyait comme une flaque d'essence. Les parents d'Anne avaient tenté à maintes reprises de boire ce breuvage, le coupant d'eau chaude, ajoutant du lait, y mettant du sucre, et ils essayaient de l'avaler le plus chaud possible, car, refroidi, il était encore sensiblement plus infect. Seule Vera l'aimait – et ce drôle d'opa Karl qui restait toujours prostré sur le banc. La mère d'Anne avait fini par capituler et par apporter, ces dimanches de juillet, outre le gâteau, une thermos de café ! Un reproche muet auquel, tout comme à l'autre, Vera restait complètement sourde.

Sur le trajet du retour, les cerises dans le coffre et son père au volant – l'air étonnamment cool avec ses lunettes de soleil –, sa mère fumait à côté de lui et s'échauffait rageusement contre sa sœur qui laissait la maison se détériorer, contre les mauvaises herbes, la clôture pas repeinte, les cerisiers non taillés, les cadres de fenêtre pourris, les taches de brûlure et de café sur les nappes brodées main d'Ida Eckhoff, et ce vieux mal tenu dont la place était à l'asile. Les mains de sa mère battaient l'air comme si elle dirigeait une pièce de musique atonale. L'excentricité de Vera ! L'arrogance de Vera ! Les horribles cabots de Vera ! Il arrivait que la cendre de sa cigarette vole jusqu'aux enfants assis sur la banquette arrière.

Dans le souvenir d'Anne, toutes les visites au Vieux Pays se terminaient par des cerises dans le coffre et des diatribes sur le siège avant. Et son père, qui trouvait cette belle-sœur obstinée divertissante et connaissait le tempérament volcanique de son épouse, allumait deux cigarettes avec l'allume-cigare et baissait un peu la vitre en souriant : « Calme-toi, Marlene. »

En roulant avec Leon en direction de Stade, elle pensa soudain qu'elle ne connaissait ce paysage que l'été.

Pour la première fois, elle voyait le Vieux Pays dans sa froide nudité, ses armées de fruitiers alignés dans la lourde terre, déployant d'interminables rangs dégarnis, et entre eux le sol dur et gelé des polders. Dans les sillons profonds creusés par les tracteurs, l'eau de pluie formait des flaques de glace blanche. De grands rapaces dont elle ignorait le nom s'accrochaient aux branches, comme si leur poids les empêchait de voler. Sur les digues et dans les fossés, l'herbe était hirsute et blafarde, un paysage sans couleur, sauf sur le sentier où brillaient les vestes jaune fluo d'un groupe d'enfants qui trottinaient sagement derrière leurs éducatrices, en rang par deux, le long de la route. Deux petits garçons qui marchaient en fin de file sautillèrent sur la glace d'une flaque avec leurs bottes en caoutchouc, et Anne essaya de se représenter Leon à cette promenade de jardin d'enfants, tenant d'une main un autre petit, et dans sa main libre, une pomme de la ferme qu'ils venaient de visiter.

Il fallait qu'elle demande où l'on trouvait ces vestes jaunes.

Peu avant Lühe, Leon se réveilla, il avait faim mais, entretemps, Willy avait mangé les carottes et les crackers. Anne bifurqua vers l'embarcadère de Lühe et gara le fourgon à côté d'un camion de frites qui avait dû être blanc un jour. *Réjouis-toi, tu es dans le district de Stade !* était-il écrit au-dessus du ponton qui menait à l'embarcadère désert ; à sa droite et à sa gauche, les fanions gelés frottaient contre les barres auxquelles ils étaient accrochés.

Anne acheta des frites avec du ketchup et posa la barquette en carton sur le siège entre elle et Leon. Un immense porteur de containers remontait l'Elbe, voguant lentement en direction de Hambourg. Leon, qui le regardait en mâchant ses frites, fit tomber de la sauce. Anne essuya le ketchup sur le siège et alla chercher une deuxième portion, plus une sucette pour Leon, et pour elle un café dans un gobelet en plastique qui sentait la friture. Mais elle aurait même bu la mixture goudronnée de Vera pour pouvoir rester assise avec Leon, fasciné par les bateaux, dans cette voiture qui sentait la baraque à frites.

Le ciel se colorait de rouge quand ils atteignirent enfin le « village tout petit petit », dont Leon avait parlé à ses camarades du jardin d'enfants pendant son petit déjeuner d'adieu au groupe des Coccinelles.

Ils passèrent lentement sur la route verglacée devant la ferme briquée comme un sou neuf de Heinrich

Lührs. Avec ses massifs soigneusement repiqués, ses chemins pavés et ses carrés de gazon, le jardin devant sa maison était aussi net qu'une cour de caserne. Derrière la clôture en bois se dressaient au garde-à-vous ses rosiers, qu'il avait enveloppés de sacs de jute pour les protéger du gel. Ils faisaient penser à des prisonniers promis à l'exécution.

La ferme de Vera disparaissait presque derrière la haute haie de troènes effrangée. Et cela valait mieux, le spectacle qu'elle offrait risquant fort de heurter les esprits dans le Vieux Pays. Pour Heinrich Lührs et les autres paysans du village, l'ordre et la symétrie étaient les deux piliers de l'estime de soi. Qui laissait sa ferme se délabrer ne pouvait être lui-même qu'une épave – ou une bien étrange créature, comme Vera Eckhoff.

Anne s'engagea sous le haut portail d'apparat[1], qui ne méritait plus son nom depuis bien des décennies. Les chiens de Vera s'étant adoucis avec l'âge, il restait ouvert la plupart du temps. Tout vermoulu, il oscillait de travers dans ses gonds, un miracle qu'il tienne encore debout.

Elle venait de sortir Leon et Willy du véhicule quand elle entendit un grincement derrière elle sur le pavé.

Un tracteur d'enfant John Deere vert avec chargeur frontal se rangea en marche arrière dans l'entrée. Le conducteur était à peu près de l'âge de Leon et portait une combinaison de travail d'aspect professionnel et une casquette de la caisse d'épargne. Lentement, il descendit de son engin, marcha vers eux le bras tendu

1. Portail richement orné qui avait une fonction de représentation, témoignant de l'aisance des propriétaires de la demeure.

et ouvrit son poing où gisait un grand papillon mort. Il renifla, essuya un fil de morve dans sa manche et dit : « Un nuisible, phalène brumeuse. » Puis il le laissa tomber, le piétina énergiquement pour plus de sûreté, tourna sur son axe en appuyant sur son talon jusqu'à ce que le papillon soit dûment broyé, effleura du doigt la visière de sa casquette et s'en fut en pédalant.

Leon, qui avait suivi la scène en silence, se dirigea vers le papillon écrasé et murmura « phalène brumeuse », comme s'il venait d'apprendre son premier mot en langue étrangère.

Le pourfendeur de parasites venait juste de disparaître derrière les troènes quand un tracteur rouge avec sa remorque, grandeur nature cette fois, déboula sous le portail. Il freina et stoppa derrière le fourgon blanc. L'homme au volant était robuste et portait une casquette à oreillettes. Sans éteindre le moteur, il croisa les bras sur le volant de son tracteur et toisa Anne et Leon.

« Bon. J'ai mes arbres, là derrière. Il faut que je puisse entrer et sortir. Ôtez votre caisse de là. »

Leon entreprit de mettre en sûreté son lapin, qui était dans le passage, et se mit à traîner sa cage sur le pavé. Willy n'en parut pas ravi, Anne, elle, resta plantée à côté d'eux, prise de court.

Elle aurait aimé se fendre d'un bon mot sur la casquette débile du type ou d'une remarque sur le savoir-vivre – une de ces phrases par laquelle on remet vertement en place les individus de cette espèce.

Elle lui viendrait à l'esprit après coup, quand il serait trop tard, comme toujours.

Elle tourna les talons sans mot dire, monta dans le fourgon et le gara sur le côté. Espérant que le tracteur avait un rétroviseur, elle fit un doigt d'honneur.

8

Théâtre paysan

Dirk zum Felde en avait ras le bol. Ras la casquette. Visiblement il en débarquait tous les jours. Des citadins en quête de sens qui sillonnaient la région, hagards, et lui barraient la route à tort et à travers.

La semaine dernière, Burkhard Weisswerth avait débarqué dans sa ferme en remorquant on ne sait quels journaleux, juste pour prendre quelques photos. Il avait bramé « Bien l'bonjour ! », lui avait tapé sur l'épaule comme un pote et ânonné une réflexion dénuée de sens sur le temps qu'il faisait : c'était la coutume « à la campagne », ils aimaient ça, « les gens d'ici ».

« Dirk, mon vieux, ça t'ennuie que je remonte une minute sur ton tracteur ? »

Burkhard Weisswerth était certes incapable de conduire l'engin, mais il faisait un effet bluffant sur les machines agricoles, son pantalon de velours côtelé de chez Manufactum[1] négligemment fourré dans ses bottes en caoutchouc naturel, les manches de sa

1. Concept store allemand proposant un choix de marques de

chemise retroussées, les yeux très légèrement plissés sous le large bord de son chapeau mou, le regard perdu dans le lointain. L'image même du gentleman farmer. Le look exact des hommes qui ont une vision du monde.

Il y avait deux ans et demi de cela, Burkhard Weisswerth avait été remercié de son job de chef de rubrique avec une indemnité acceptable, et quitté le quartier chic de l'Isestrasse, à Hambourg, pour une ancienne ferme au bord de l'Elbe. À présent il écrivait des livres sur la vie à la campagne et rédigeait des chroniques dans un magazine slow-food. Il était fréquemment interviewé par d'anciens collègues et posait pour les photos avec un agneau, un porcelet, ou une poule dans les bras. Une fourche ou une botte de carottes faisait aussi l'affaire – mais le top, c'était avec un voisin du genre de Dirk zum Felde, cet agriculteur « rugueux » avec son tracteur rouge.

Burkhard Weisswerth adorait ces types « merveilleusement authentiques ». Et cela faisait longtemps qu'il était l'un d'eux ! Il aimait se faire photographier près d'eux, épaule contre épaule, les mains bien enfoncées dans les poches du pantalon, plongé dans une conversation sur le gel nocturne ou la rotation des cultures. Comme s'il n'y avait pas le moindre appareil photo à l'horizon. Il émaillait ses phrases de petites expressions en platt : « Ben ç' alors ! », « J'te l'fais pas dire ! », et lançait en guise d'adieu un bref « À tantôt ! » bien sonore.

Burkhard Weisswerth savait comment fonctionnaient

textiles, de meubles et d'objets design classiques, s'adressant à une clientèle aisée.

ces gens « magnifiques, pas du tout cérébraux », tous ces paysans pur jus, taiseux et têtus, qu'il dépeignait d'une plume un peu ironique et si divertissante. Ils existaient vraiment ! Et Weisswerth connaissait la vie à la campagne un peu mieux que ces journalistes du Baumwall où s'agglutinaient les sièges des rédactions, qui savaient tout juste prendre leur combi familial jusqu'à la ferme bio du coin, pour faire caresser à leurs enfants les petits veaux élevés sous la mère.

Dirk zum Felde n'avait pas le temps de poser avec les engins agricoles. Son pulvérisateur était fin prêt, mais Burkhard Weisswerth continuait à faire l'important sur son tracteur, le regard perdu au loin. Le photographe avait déjà dû prendre des centaines de clichés. L'appareil cliquetait sans interruption, on se serait cru à Cannes sur le tapis rouge et non dans la ferme d'un gars du Vieux Pays qui demandait juste qu'on le laisse enfin bosser.

« Allez, Burkhard, descends du tracteur, il faut que je traite les fruitiers. »

Clac-clac-clac. Clac-clac-clac. Clac-clac-clac.

« Écoute, on n'a pas encore fini, dit le photographe sans décoller l'œil de son appareil. Dis donc Burkhard, lui, là, il devait pas être sur la photo ? »

« Lui, là. » À ces mots, Dirk zum Felde s'était un peu crispé. Il avait dégagé d'un coup de pied au cul le photographe d'on ne savait quel magazine slow-food, et avait fait suivre le trépied. Burkhard Weisswerth était alors descendu de son plein gré du tracteur, assez vite même, et le type aux lunettes noires qui était resté tout le temps sur le côté à se geler avait dû revenir en courant récupérer son chapeau.

Dirk zum Felde en avait marre de ces crétins bottés de caoutchouc hors de prix qui se sentaient obligés de s'installer à la campagne.

Il ne leur arrivait que les retoqués de la ville, qui avaient échoué. Les universitaires et les « créatifs » de second choix, trop ébréchés pour la « qualité urbaine ». Les losers qui tentaient de prendre un nouveau départ sur les marchés de producteurs.

Au début, quand les premiers avaient débarqué et qu'il ne se doutait pas encore qu'ils annonçaient une invasion en règle, Dirk précisait de temps à autre que lui aussi avait fait des études et habité en colocation. Il n'était pas de ces ploucs munis tout au plus d'un CAP pour lesquels on les prenait manifestement, lui et les autres gens du cru.

Il avait mis un moment à piger pourquoi ils ne voulaient pas l'entendre. Il leur gâchait le paysage. Un ingénieur agronome qui gérait une exploitation du Vieux Pays selon les techniques modernes, traitait ses pommiers et les abattait sans autre forme de procès quand ils ne donnaient plus, c'était quasiment une autoroute à quatre voies dans un film d'époque. Il détonnait. Il dérangeait.

Et eux le dérangeaient ! Ces créatifs urbains déjantés qui affluaient dans les villages pour « se ressourcer », puis arpentaient les vergers avec leur golden retriever et rôdaient devant les anciennes fermes délabrées et les chaumières d'ouvriers agricoles. Et quand, au printemps, dans un jardin abandonné, un pommier hors d'âge se décidait à une dernière floraison, c'était la fin des haricots ! Ils avaient pris goût à la chose et s'incrustaient comme des tiques, comme ce Burkhard Weisswerth et sa femme.

Ces gonzesses survoltées de la ville en quête de sens réclamaient à grands cris un toit de chaume délabré, comme leurs filles jadis réclamaient un poney. Ils étaient si mignons ! Il leur en fallait un ! Promis, elles s'en occuperaient ! Et elles se mettaient alors à retaper leurs ruines de brique pour des sommes faramineuses, à planter un « jardin paysan » et à installer des ateliers de céramique dans les anciennes étables.

Et quand ça ne suffisait pas à calmer leur ardeur, ils s'achetaient des brebis et entreprenaient de fabriquer eux-mêmes leur fromage, et tous, tous sans exception, tous ces néoruraux mus apparemment par une même compulsion secrète, faisaient de la gelée de pomme à l'ancienne.

Et voilà que lui, Dirk zum Felde, venait leur saboter leur musée en plein air, avec son tracteur et sa cuve bourrée de fongicide pour traiter ses fruitiers soigneusement sélectionnés.

Burkhard Weisswerth ne remonterait pas de sitôt sur son tracteur dans son grotesque pantalon de velours côtelé. Dirk n'avait nullement l'intention de jouer les figurants ou les machinistes dans son théâtre paysan.

Et la dernière chose, mais alors la dernière dont il avait besoin aujourd'hui était cette cruche qui prenait toute la place dans la cour de Vera Eckhoff avec son fourgon blanc, et bloquait l'accès au verger. Immatriculée à Hambourg, évidemment. Sweat à capuche et grosses pompes, évidemment. Il connaissait le genre. Un personnage nouveau dans le grand théâtre paysan.

Il ne lui donnait pas trois semaines pour lui servir on ne sait quel breuvage issu du commerce équitable dans une tasse en terre cuite dépourvue d'anse et lui demander sans avoir l'air d'y toucher : « Au fait, qu'est-ce que tu pulvérises comme ça sur les fruitiers ? » Ce qui bien entendu ne serait pas une question mais juste le prélude à son petit sermon écolo, et au bout de dix minutes grand maximum elle lui chanterait les louanges des variétés anciennes de fruits et de légumes.

Et lui, le gros plouc qui ne savait pas faire une addition et pulvérisait bêtement du méchant poison sur ses pauvres malheureux arbres était alors censé se frapper le front de la paume de la main et s'exclamer : « Bon sang de bonsoir ! Je n'y avais jamais réfléchi ! Mais tu as raison ! Quel idiot j'étais ! Je me mets tout de suite au bio ! »

Ces championnes de la croisade écolo ne savaient pas distinguer une boskoop d'une jonagold et n'avaient sûrement jamais goûté une finkenwerder herbstprinz bien véreuse et toute rabougrie. Sinon elles auraient su que ces vieilles variétés à la con ne mouraient pas sans raison. Elles pouvaient bien nourrir leurs gosses au panais, aux bettes et à l'épeautre et bouffer tous ces vieux trucs tant qu'elles ne l'obligeaient pas à s'avaler ce bazar et qu'elles le laissaient faire son boulot.

Dirk zum Felde dépassa le fourgon blanc et mit le pulvérisateur en marche. Dans le rétroviseur il vit la femme à la capuche disparaître dans le brouillard du produit.

9

Réfugiés

Vera Eckhoff ne savait pas grand-chose de sa nièce, mais elle savait reconnaître un réfugié quand elle en voyait un. La femme au visage fermé qui sortait ses trois cartons du fourgon de location était manifestement venue chercher autre chose qu'une expérience nouvelle et du bon air pour son fils.

Dehors sur le pavé de sa cour se trouvaient deux sans-logis. Et un animal, dans une cage en plastique que le petit garçon était en train de traîner vers la grande porte.

Anne avait emmitouflé son fils comme un Bibendum. Le petit pouvait à peine bouger dans sa combinaison fourrée, il marchait les bras écartés, et ses jambes frottaient l'une contre l'autre.

Vera retrouva soudain la sensation d'être empaquetée dans cinq couches de vêtements devant cette maison qui n'aimait pas les étrangers. Expulsée ou exilée, carriole ou fourgon, la différence n'était pas bien grande.

En traversant le hall pour ouvrir la grande porte, elle se revit face à Ida Eckhoff. Son expression de fureur le jour où avaient débarqué les Polacks.

Vera se dirigea vers Anne qui se tenait devant le coffre ouvert, et elles esquissèrent une étreinte maladroite. Mais comment saluer un petit garçon ? En le prenant dans ses bras et en le serrant contre soi ? En se baissant pour secouer sa menotte potelée ? En cherchant un bout de joue libre pour un baiser ?

« C'est Willy ! » dit Leon en désignant la cage du lapin. Vera s'accroupit devant la caisse, regarda le lapin, et ensuite l'enfant. Des boucles blondes lui retombaient sur le front presque jusqu'au nez, qui brillait, rougi, barbouillé de morve. Il ressemblait à tous les nez d'enfants autant que Vera puisse en juger. Personne n'avait eu les cheveux blonds dans sa famille, mais elle croyait reconnaître ses yeux bruns aux cils fournis. Un clin d'œil de l'Est. « Willy. Ah, ah ! Et toi, tu es qui ?

— Je suis le propriétaire, dit Leon, et il continua à remorquer la caisse sur le pavage en direction du hall.

— Dis à Vera comment tu t'appelles, Leon ! » lui cria Anne.

Il se retourna en riant.

« Mais tu viens de le dire, Anne, j'ai plus besoin ! »

Vera entendit ses chiens aboyer dans la cuisine. Ils détestaient être enfermés, mais deux chiens de chasse et un lapin, c'était une combinaison malheureuse, du point de vue du lapin en tout cas. Il lui faudrait recommander au petit de ne pas laisser son animal gambader partout et de penser à fermer la porte de sa chambre. Si fatigués soient-il, ses chiens ne laisseraient pas un lapin des villes suralimenté leur passer sous le nez.

Vera installa les deux réfugiés dans l'appartement d'Ida Eckhoff.

Quand Leon se fut enfin endormi sur le coup de neuf heures du soir, la cage du lapin par terre à côté de lui, Anne traversa le hall avec une bouteille de vin et alla frapper à la porte de la cuisine de Vera.

L'odeur qui venait de la cuisine la suffoqua. Vera était postée près de l'évier avec un tablier blanc en toile cirée et dépeçait un gros animal. « Entre, les verres sont là-dedans. » Respirant par la bouche, Anne s'empara de deux verres en cristal de Bohème dans le buffet de la cuisine, et enjamba prudemment les deux chiens couchés qui rongeaient des os bleutés. « J'ai fini dans un instant. » Anne s'efforça de détourner les yeux du seau où Vera avait jeté les restes de pelage, de viscères et de tendons. « Le tire-bouchon est là dans le tiroir », dit celle-ci en montrant la vieille desserte d'une main ensanglantée. Puis elle découpa un os à la scie égoïne, le lança aux chiens et mit un gros morceau de viande dans une bassine en plastique. L'animal était trop gros pour un lièvre, ce devait être un chevreuil.

Anne, qui avait l'impression que son estomac migrait lentement vers son gosier, se concentra sur la bouteille de vin, et s'affaira sans mot dire si longtemps avec le tire-bouchon que Vera finit par se tourner vers elle.

Quand elle vit la tête d'Anne, elle ouvrit précipitamment la fenêtre, fourra la bassine de viande et le seau avec les déchets dans le garde-manger et lava ses mains couvertes de sang. Puis elle prit un flacon d'eau-de-vie dans le buffet, ôta la bouteille de vin et le tire-bouchon des mains de sa nièce, lui versa une bonne rasade de kirsch dans son verre à vin et dit : « À ton ex ! » Anne siffla le schnaps et eut droit à un second.

Vera la tira vers la fenêtre ouverte et la fit inspirer et expirer dix fois très lentement. Le gibier sentait toujours un peu fort, elle-même ne s'en apercevait plus du tout.

Elles n'ouvrirent pas la bouteille de vin, elles en restèrent à l'eau-de-vie. Anne trouva la poire encore meilleure que la cerise, mais pas tout à fait aussi bonne que la mirabelle.

Elles trinquèrent dans les verres à vin en cristal de Bohème : « À mon ex ! » dit Anne alors que les chiens ronflaient depuis longtemps sous la table de cuisine, et comme elle trouvait cela très comique, elle vida quelques verres supplémentaires à la santé de « l'ex », jusqu'à ce que Vera la prenne par le bras pour l'aider à traverser le hall et la mène au salon d'Ida. L'horloge sur pied du hall sonnait deux heures.

Anne gloussait dans le fauteuil pendant que Vera dépliait le canapé, et s'endormit avant que le lit soit fait.

Vera lui enleva ses drôles de chaussures et posa ses pieds sur le tabouret. La chaussette droite était bizarrement raccommodée, on aurait dit que c'était le petit qui l'avait reprisée : la pointe noire était rassemblée autour du gros orteil par un gros fil de laine bleu entrecroisé en tous sens. Elle couvrit simplement Anne de la couette, sans enfiler la housse. Puis elle repartit dans sa cuisine chercher une bouteille d'eau, deux Alka-Seltzer et un seau vide, espérant que tout n'atterrirait pas sur le beau tapis ancien d'Ida Eckhoff.

Elle laissa la porte qui donnait sur l'appartement

d'Ida entrebâillée, puis elle fit du café, renoua son tablier en toile cirée et continua avec le chevreuil.

Quand Anne émergea quatre heures plus tard de son fauteuil, le souvenir de l'animal dépecé aux os bleutés ressurgit aussitôt – et ensuite l'odeur.

Elle visa tant bien que mal le seau qui était sur ses genoux, et vomit à en avoir les larmes aux yeux. Vera avait laissé le lampadaire allumé, mais il lui fallut un moment pour savoir où elle se trouvait. Elle reposa le seau avec un gémissement et voulut se lever, mais les coups de marteau dans sa tête la reclouèrent sur les coussins.

Elle s'empara à tâtons des cachets et de la bouteille d'eau sur la table, dépiauta les deux Alka-Seltzer, les jeta dans la bouteille et secoua. Elle essaya de boire la mixture sans se remettre à vomir. Les premières gorgées atterrirent dans le seau, puis elle réussit à avaler. Elle resta immobile jusqu'à ce que les coups lancinants dans sa tête s'estompent un peu.

Quand elle ne sentit plus qu'un léger battement aux tempes, elle s'arc-bouta des deux mains sur les accoudoirs, se leva, s'empara du seau et partit chercher la salle de bains.

Où était Leon ? Elle posa le seau dans la baignoire, trébucha sur ses chaussures dans le salon, et trouva la porte de la chambre à coucher qui était restée entrouverte. Le lapin couché sagement dans sa cage dressa les oreilles quand Anne tituba dans la pièce pour aller se pencher sur le lit. Elle s'agenouilla à côté de Leon endormi et épia son souffle.

La maison craquait. Anne la sentait aspirer le vent froid par ses fenêtres vermoulues.

Je suis complètement cuite, se dit-elle, et elle regagna le salon en chancelant. Elle fourra la couette n'importe comment dans sa housse, renonça à fermer les boutons, mais se déshabilla tout de même à moitié et alla se rincer la bouche et cet horrible goût de vomi dans la salle de bains.

Puis elle s'enfouit dans la couette entortillée et tenta en vain de repousser l'essaim de pensées qui bourdonnaient dans sa tête alcoolisée : *Je suis couchée, bourrée comme un coing, dans une ferme délabrée. Je loge mon fils de quatre ans chez une malade qui abat des bêtes et les dépèce dans sa cuisine à la scie égoïne. Je n'ai pas touché un rabot depuis presque cinq ans. Je n'ai pas la moindre idée de la façon dont je peux réparer les fenêtres et les poutres pourries de Vera. Christoph aime Carola.*

Pourquoi n'avait-elle pas écrasé ses lourdes bottes Camper sur les ongles de pieds laqués de rouge ? Et bien appuyé sur le pied qui aurait craqué en pivotant sur son axe comme celui du garçon de tout à l'heure sur le papillon mort ? « Un nuisible ! »

Une femme aux orteils laqués rouge sang était entrée dans sa vie, s'était couchée dans *son* lit avec *son* homme, avait bu dans *ses* verres, et posé la main sur *son* bras dans *son* entrée comme si elle en avait le droit, comme si elles étaient sœurs.

Et elle, pauvre gourde, avait trottiné à la cuisine, sans mot dire, sans coup férir. Incapable de proférer un son. Et avait raccroché d'une main tremblante quand Carola avait eu le culot de l'appeler quelques jours plus tard pour « s'expliquer » avec elle.

Les femmes qui abattaient leurs rivales dans un accès de fureur, les hommes qui poignardaient leurs rivaux ou les écrasaient en voiture, tout cela existait bel et bien – mais pas dans les relations de couple policées, bien tempérées, qu'on entretenait à Hambourg-Ottensen. Et qu'on réglait en toute objectivité quand s'interposait soudain un sentiment qu'on baptisait ensuite du nom d'amour. Contre l'amour, c'est clair, on ne pouvait rien. Ça vous tombait dessus. Point. Les amoureux avaient tous les droits, entre autres celui de « s'épanouir » dans les bras d'une éditrice qui ressemblait à Blanche-Neige.

Carola avec sa voiture blanche avait le droit d'écraser Anne et sa vie, de lui prendre son mec, de rire, d'être belle – et d'être d'autant plus aimable que « cette histoire avec Anne la travaillait vraiment », qu'elle n'avait « jamais voulu » ça, qu'elle espérait qu'elle et Anne pourraient un jour « en parler sereinement », parce qu'Anne était « vraiment une femme formidable ».

Christoph avait le droit, tout simplement, de cesser d'aimer Anne. Il avait le droit de voir à travers elle comme si elle était transparente quand elle lui parlait et de sortir tranquillement de sa vie. Ce sont des choses qui arrivent. Il n'enfreignait aucune loi.

Mais Anne qui avait perdu son homme et ne pouvait pas faire son deuil, parce que Christoph était bien vivant et en pleine forme et qu'il « serait toujours là » pour elle et pour Leon, Anne qui maintenant devait cesser d'aimer et se sentait veuve, blessée, flouée, Anne serait coupable si elle cassait la figure à Carola ou démolissait la Fiat blanche. Pire : elle se rendrait ridicule.

On n'en venait pas aux mains à Hambourg-Ottensen quand se terminait une de ces relations de couple policées, bien tempérées. On devenait un peu hystérique, on se trouvait une amie, une sœur, une mère, avec qui faire de longues promenades abondamment arrosées de pleurs, et qu'on soûlait de concerts de lamentations la nuit au téléphone. On s'inscrivait à un atelier d'écriture en Ligurie ou on réservait un week-end de thalasso sur l'île de Sylt, on allait faire un stage de percussions à la Gomera, des cours de yoga en Andalousie, on passait quelques nuits stressantes avec on ne sait quel amant de remplacement, on se faisait couper les cheveux ou on s'achetait une robe courte. Et si ces remèdes restaient sans effet, on allait s'asseoir dans le fauteuil en rotin couinant d'une psy et on essayait de requinquer son âme meurtrie au tarif de 80 euros l'heure.

Ou bien on décampait, on fuyait à la campagne où le monde était encore intact et bon, on se retrouvait ivre morte contre un mur en brique humide et on s'apitoyait sur soi.

10

Saucisse de chevreuil

Au début il avait drôlement zigzagué, mais maintenant il avait pris le coup.

Heureusement qu'il avait acheté le casque et les protège-coudes avec ! À l'allure où il roulait, les chutes et les carambolages n'étaient pas exclus, et il ne pouvait vraiment pas se permettre de se blesser sérieusement. Pas en bossant en free-lance. Six semaines sans contrats, et Eva pourrait s'asseoir sur son bel abri de jardin !

Son indemnité s'était volatilisée plus vite que l'excavatrice qui avait creusé les tranchées pour les tuyaux de drainage autour de la maison. Les deux jeunes familles qui avaient acquis les terrains de droite et de gauche avaient bâti leurs maisons sans cave. Maintenant il savait pourquoi.

Mais les Weisswerth possédaient à présent une cave sèche pour les vins – et pour les pommes de terre qu'Eva et lui-même avaient arrachées de leurs mains dans cette lourde terre des polders. Leur ancienne ferme avait un toit de chaume neuf, des fenêtres neuves en bois, et sa cour d'authentiques pavés du Vieux Pays, que Burkhard avait dénichés sur Internet chez un vendeur de matériaux de construction, à venir chercher soi-même, quelle entreprise !

Une pleine benne de pierres que Klaus et Erich Jarck avaient posées avec une lenteur effarante, une fois ôtées les dalles de béton lavé du précédent propriétaire. Quatre semaines durant, ils avaient débarqué chaque matin à sept heures sur leur vélomoteur pétaradant – ils n'avaient pas le permis et seul Erich était habilité à conduire le vélomoteur, Klaus étant encore moins éveillé que son frère. Mais qu'importait. Cela avait donné son premier grand récit pour *Autrefois dans nos campagnes* : les frères jumeaux Klaus et Erich Jarck, paveurs de leur état, ultimes représentants d'une profession en voie de disparition. Rien que les photos valaient leur pesant d'or ! Klaus, grosses lunettes, bouche entrouverte (la braguette aussi généralement), et Erich le rouquin, une cigarette derrière chaque oreille et une troisième au coin de la bouche. Les deux gaillards à la pause du petit déjeuner : soda et grosses tranches de gelée de porc sans pain. Avec leurs doigts crasseux !

Florian, transporté, avait pris cliché sur cliché : « C'est trop cool ! » La rédaction était emballée par ces « types merveilleusement cocasses », elle en redemandait, et Burkhard Weisswerth avait pu réutiliser Klaus et Erich dans son livre *Gens de l'Elbe. Visages noueux d'un paysage*. Une affaire qui roulait.

Leur pavé irrégulier valait la dépense quoi qu'il en soit, il donnait à leur maison quelque chose de rude, de vrai. La vie urbaine, avec ses névroses, sa tension et ses talons aiguille, n'avait pas sa place ici.

Bienvenue dans le monde des bottes en caoutchouc, avait écrit Eva sur le portail du jardin à leur pendaison de crémaillère, ils en avaient acheté vingt paires de tailles et de couleurs différentes, et les dames pouvaient ainsi échanger leurs escarpins contre les bottes avant de se risquer sur le pavage. Un petit échauffement avant la fête, qu'est-ce qu'ils avaient ri !

Et c'est ainsi que Burkhard avait intitulé son deuxième livre : *Bienvenue dans le monde des bottes en caoutchouc* ; il se vendait bien, mais Burkhard Weisswerth était capable de mieux. Il était fait pour avoir un journal, il voulait sa revue à lui, des tirages forts et du succès, tout ça sans pression, tranquillement, à la manière des agriculteurs, sereinement, sans s'énerver, c'est ce qui les ferait le plus bisquer, ces merdeux excités du Baumwall avec leur ulcère à l'estomac et leur hernie discale.

Ils l'avaient viré parce qu'ils le croyaient fini.

Ils n'auraient pu lui rendre plus grand service.

Le titre de sa revue, il l'avait en tête depuis longtemps : *Culture-Nature*, le magazine de ceux qui en avaient assez, des *downshifters* de son espèce, qui avaient pigé qu'on pouvait faire plus avec moins et qui étaient bien décidés à se délester de tout fardeau inutile.

Il avait vendu l'Audi, ça ne lui avait fait ni chaud ni froid, il leur restait juste la Jeep dont Eva avait besoin pour aller au supermarché ou à la jardinerie. Lui roulait pratiquement toujours à vélo désormais. Depuis qu'il vivait à la campagne, il avait compris ce qui importait dans la vie.

Les premières pommes de terre qu'un homme arrachait de ses propres mains, il ne les oubliait plus. Une expérience-clé : lui, Burkhard Weisswerth, avait été initié au grand secret des semailles et des récoltes, naître, croître, passer, cela l'avait rendu humble, sensible aux gens merveilleux, simples, qui vivaient ici du travail de leurs mains. Chapeau ! Il éprouvait un profond respect à leur égard. Il n'avait pas de préjugés, et ils le sentaient. C'est pourquoi il avait un bien meilleur contact avec eux que les pseudo-rédacteurs maniérés et ignares de magazines féminins et de revues life-style qu'on lâchait maintenant massivement sur les malheureux ruraux. Eux n'avaient aucune idée de la campagne.

Tandis que Burkhard Weisswerth, cinquante-deux ans, lui, il y était : sur son vélo couché, fabriqué sur mesure, un vendredi matin, peu avant huit heures, roulant le long de l'Elbe à une vitesse plus qu'honorable pour un quinqua.

Il pensait à ses ex-collègues de Hambourg qui s'arrachaient péniblement au sommeil à cette heure pour faire encore un petit jogging autour de l'Alster, avant d'accompagner leurs épouses stressées à l'incontournable marché de l'Isestrasse. *Sans moi, les gars !*

Burkhard rétrograda pour grimper l'étroite route asphaltée qui passait sur la digue et rejoignait la grand-route ; après, ça descendait tout le temps, et il fallait faire attention à ne pas trop prendre de vitesse. Il s'agrippa brièvement au poteau d'un réverbère pour laisser passer un camion chargé de fruits, puis traversa la grand-route et bifurqua vers le village.

Il s'arrêta devant une grande maison à colombages bien entretenue pour en examiner le pavage.

Il ressemblait au sien, sauf que celui-ci avait au bas mot deux cents ans de plus, et que, visiblement, les paveurs de l'époque étaient un peu plus doués que Klaus et Erich Jarck. Le sien en tout cas n'était pas aussi régulier que celui-ci. C'était peut-être la règle avec les métiers en voie de disparition : les derniers représentants de la profession ne maîtrisaient plus vraiment les savoir-faire. En attendant, ils l'avaient eu à un bon prix. « Pas plus de 10 euros l'heure ! avait dit Eva, de toute façon ils iront tout de suite le claquer en schnaps », et elle avait eu bien raison. « Normalement on est payés 15 », mais ils n'avaient pas refusé, ces deux-là ne décrochaient plus de commandes tous les jours et ils avaient quand même eu l'argent « cash, de la main à la main » – et ne l'avaient certainement pas déclaré !

Burkhard Weisswerth ne put réprimer un sourire en imaginant Klaus Jarck en train de remplir une feuille d'impôts. Encore aurait-il fallu qu'il sache par quel bout prendre le stylo.

Ce devait être la maison suivante. Burkhard rentra la tête dans les épaules en passant sous le portail d'apparat vermoulu, puis il descendit de son vélo et l'appuya contre le vieux mur de la maison. L'immense toit moussu chatoyait de reflets verdâtres au soleil, dans la cour gisaient des tas de chaume foncés, manifestement la couverture partait en morceaux. Aïe ! Il savait ce qu'avait coûté son petit toit, et cette baraque-là aurait bien contenu trois fois sa maison. Une cathédrale paysanne ! Une maison-hall typique de Basse-Saxe, qui datait au moins du XVIIIe ! Burkhard fit quelques pas dans le jardin de devant et contempla la façade. Neuf fenêtres, des motifs entre les pans de bois, et là en haut des demi-soleils sculptés ! La longue inscription de la grande poutre transversale était maintenant illisible. Était-ce du latin ?

Il se retourna et embrassa du regard le jardin de devant envahi par les herbes qui avait dû être un classique jardin de buis ; on distinguait sous les broussailles les restes des anciennes haies. Un état lamentable, mais on pouvait encore tout retaper.

Il ne fallait surtout pas qu'Eva la voie, elle irait sur l'heure quérir l'architecte et se ruer à la banque. Mais cette maison-ci était un brin trop grande pour eux : quand on avait ce genre de baraque sur les bras, il fallait gagner le gros lot. Le jackpot ! Ou publier des revues à succès Qui sait !

C'est donc ici que vivait le docteur Eckhoff, dentiste de son état et présidente honoraire de la fédération de chasse du district. Jusqu'ici Burkhard ne l'avait aperçue qu'au galop sur la rive de l'Elbe. « On n'a pas intérêt à lui chercher noise, lui avait dit Dirk zum Felde, elle tire drôlement bien. » Burkhard l'avait appelée quelques jours auparavant, tout bêtement.

Vera Eckhoff avait l'air d'être une originale pur jus, il avait « taillé une bavette » avec elle, et elle avait accepté qu'il vienne voir comment elle faisait la saucisse de chevreuil.

De la saucisse de chevreuil ! Personne ne va me croire, une fois de plus ! D'abord sans appareil photo, rien que lui, il procédait toujours ainsi, il ne fallait pas débarquer comme ça avec ses gros sabots. Les gens de la campagne, on devait d'abord les amadouer un peu, il fallait un moment, mais quand on savait s'y prendre, tôt ou tard ils vous accordaient leur confiance et vous mangeaient dans la main. Avec lui du moins ça marchait toujours, le courant passait, tout simplement.

Premier contact sans appareil photo, c'était la règle numéro un.

Et de toute façon, Florian était un peu refroidi par l'histoire du tracteur la semaine dernière. Burkhard avait eu du mal à le dissuader de porter plainte pour coups et blessures contre Dirk zum Felde. Il lui en avait coûté deux caisses de bordeaux, un dédommagement plus qu'honnête pour un petit hématome à la fesse.

« Bien l'bonjour ! » Burkhard Weisswerth passa la grande porte d'un pas élastique et se laissa guider par les bruits. On entendait des voix et une sorte de craquement, de broiement qui venait apparemment de la cuisine. Burkhard frappa à la porte entrebâillée et vit Vera Eckhoff postée devant la table, qui portait une blouse blanche de dentiste. Un quidam avait dû se faire sauter la cervelle à côté d'elle. Sa blouse était éclaboussée de sang rouge foncé, elle en avait plein le ventre, les manches, le col, même sa figure était constellée de rouge.

« Ah oui, bonjour, je vous avais complètement oublié ! Bon, vous n'avez pas raté grand-chose, nous venons juste de commencer. » Vera Eckhoff désigna un homme d'âge respectable et de haute stature, en tablier ciré, qui se tenait à côté d'elle, les manches de chemise retroussées, et actionnait une manivelle. « Mon voisin, Heinrich Lührs. » Ça craquait et couinait à l'envi.

Et elle ajouta en platt : « C'est l'gars d'Hambourg qu'a racheté la p'tite maison de Mimi. »

« R'gardez tout vot' soûl ! » dit Heinrich Lührs avec un signe de tête, et il continua de tourner sa manivelle.

À côté de lui se trouvait un petit garçon barbouillé de chocolat. Il mâchouillait des Smarties et regardait, fasciné, les morceaux de viande, happés les uns après les autres par le broyeur, en ressortir sous la forme d'un gros ver rouge qui se contorsionnait dans une grande bassine.

Heinrich Lührs était incapable de tuer un animal, autrefois il ne tuait même pas ses lapins lui-même, c'est son père qui devait s'en charger, mais il était très bon au hachoir.

Burkhard Weisswerth s'adossa au mur, les mains dans les poches de son pantalon de velours côtelé. Il s'efforçait de ne pas regarder le hachoir et fixait un petit bout de viande à côté, mais le reste lui donnait déjà pas mal de fil à retordre. Cet atroce bruit de craquement, cette odeur de viande crue et de graisse.

Il ne pouvait s'empêcher de penser à la scène de *Fargo* où le ravisseur fou aux cheveux oxygénés enfournait sa victime dans le broyeur du jardin, bon Dieu, mais ça ici, c'était le clou. Burkhard pensa aux photos que Florian allait pouvoir faire de ce massacre, il ne se rappelait pas avoir vu pareille scène dans les photos d'une revue, c'était le clou ! Il voulait des photos très brutes, naturalistes ! À aucun prix du noir et blanc ! Ça ici, ce n'était pas de l'art, c'était la nature, pure et dure. La vie à la campagne, les amis. C'était tout autre chose que d'acheter quelques tranches de saucisson de gibier au marché de l'Isestrasse !

Vera Eckhoff pesait maintenant du sel et des épices dans une vieille balance de cuisine posée devant elle, Burkhard rentra la liste des ingrédients dans son iPhone, poivre, baies de genièvre, marjolaine.

Heinrich Lührs commença à bourrer le hachoir de

gros morceaux de poitrine de porc blanche, des tortillons blafards sortirent des trous et allèrent se ratatiner dans la bassine en plastique, et quand il eut fini avec le lard, Vera versa les épices dessus, prit un mixer et transforma le tout en une masse grasse et luisante de couleur rose.

Le raclement de gorge de Burkhard se perdit dans le fracas des appareils ménagers, quelques petites gouttes de sueur perlèrent sur son front.

Vera arrêta le mixer et le posa à côté de la bassine ; la masse de chair à saucisse blême dégoulinait des crochets.

Elle ôta les crochets du mixer, en passa un à Heinrich Lührs et garda l'autre. De l'index ils en détachèrent la pâtée et goûtèrent. « 'core 'peu de sel », dit Heinrich en versant une cuillérée à soupe de sel dans la bassine. « Tu veux touiller ? » demanda-t-il au petit garçon en lui fourrant une cuiller en bois dans la main.

Le petit remua, sérieux comme un pape, sa main d'enfant, du même rose pâle, disparaissait dans la chair à saucisse, qui faisait un bruit de mastication. Vera Eckhoff alla chercher dans le garde-manger une liasse de boyaux transparents qui ressemblaient à des préservatifs surdimensionnés, Heinrich Lührs avait fourré la chair à saucisse dans une sorte de poche à douille en silicone et commença à la presser lentement dans les boyaux.

Burkhard Weisswerth quitta la cuisine sans mot dire.

« Qu'ess' qu'y a donc ? dit Heinrich Lührs en posant un instant la poche à douille.

— 'L'est cardiaque ou végétarien », marmonna Vera Eckhoff en haussant les épaules.

11

Bien propre

Cela faisait longtemps que Heinrich Lührs avait cessé de s'étonner des faits et gestes de Vera Eckhoff. Cela ne le surprit donc pas particulièrement qu'elle héberge maintenant chez elle sa nièce, avec enfant et lapin nain. Une sorte de journalier, lui avait expliqué Vera. Le gîte et le couvert, 400 euros par mois et la vieille Mercedes Benz à disposition. En échange, « è' me r'tape ma maison, m'fait tout ben prop' ».

Ça en revanche, ça lui avait coupé le souffle, à Heinrich Lührs. L'expression « tout ben prop' », sans ironie, dans la bouche de Vera. « Faire tout ben prop' », c'était précisément ce que Vera Eckhoff n'avait plus jamais fait depuis qu'Ida Eckhoff s'était pendue et que sa belle-fille de Prusse orientale avait laissé Karl et l'enfant en plan. « Ben prop' », c'était le mot avec lequel elle le taquinait depuis qu'ils étaient adultes. « Alors, Hinni, c'est-y tout ben prop', là maint'nant ? »

Quand il avait étêté ses arbres et ses arbustes, taillé sa haie, supprimé les mauvaises herbes, tondu sa pelouse, repeint sa clôture, balayé sa cour, aplani les taupinières à coups de râteau, quand ses plates-bandes étaient alignées au cordeau, les jeunes cerisiers bien taillés et les vieux qui ne valaient plus rien abattus, sciés, leurs bûches empilées pour la chauffe, bref quand Heinrich Lührs avait fait tout ce qu'on fait quand on souhaite rester maître de sa maison et de sa ferme et ne veut rien laisser se délabrer, s'embroussailler, s'ensauvager, Vera Eckhoff, assise, de l'herbe jusqu'aux genoux, cigarette au bec sur son banc branlant, ou plantée avec une tasse de café sous le cerisier squelettique qui défigurait son jardin, lui faisait signe en riant et criait : « Alors, Hinni, c'est-y tout ben prop', là maint'nant ? »

Et il n'avait jamais compris ce qu'il y avait de drôle à tenir son monde en ordre.

Derrière sa clôture, le monde faisait comme bon lui semblait de toute manière. Le jardin de Vera était un défi à l'ordre, le contraire de « prop' », chaos et décadence. Chez Vera on voyait ce que ça donnait de laisser libre cours à la nature.

Et au bout de sa cerisaie, de l'autre côté du fossé, question ordre, ce n'était plus bien fameux non plus, car Peter Niebuhr lui aussi laissait ses arbres à l'abandon, maintenant qu'il faisait dans le bio. Il vendait ses cerises chétives même pas mûres à un grossiste en bio de Hambourg. Heinrich Lührs aurait eu honte, il n'aurait même pas bradé ces horreurs aux touristes sur le bord de la route, mais les écolos de la ville s'arrachaient les cerises de Peter Niebuhr, et il engrangeait un tiers de plus qu'avant.

La partie du monde encore en ordre rétrécissait à vue d'œil.

Trois fils et pas un pour lui succéder. Heinrich avait une bru qui venait du Japon et une qui venait de la ville, des femmes charmantes autant qu'il puisse en juger, mais elles auraient aussi bien pu venir de la planète Mars tant elles lui étaient étrangères.

Il était allé voir Heini et Sakura à Berlin dans leur restaurant. Son aîné, coiffé d'une grande toque blanche, debout devant une table lisse, préparait des rouleaux de riz et de poisson cru qu'il posait sur une sorte de tapis roulant, où les clients prenaient ce qu'ils désiraient.

Sakura lui avait montré comment se servir des baguettes et de la sauce noire, le truc vert était trop relevé à son goût, mais le reste n'était pas mauvais.

Heini derrière le comptoir avec son long couteau, les cheveux blonds d'Elisabeth, sa figure joyeuse de bon garçon. Maintenant il parlait couramment le japonais, « C'pas ben loin du platt, p'pa », avait-il dit, et ils avaient ri.

C'était le préféré d'Elisabeth, bien qu'elle ne l'ait jamais avoué, et il fredonnait quand il était dans sa cuisine à couper du poisson en petits morceaux. Maintenant Heini était au Japon, ils avaient une petite fille, ils envoyaient des photos, mais Heinrich Lührs oubliait toujours le nom de cette ville où ils vivaient.

Jochen venait de temps en temps le samedi ou le dimanche, la plupart du temps Steffi et les jumeaux l'accompagnaient, mais parfois il venait seul dans ses vieux vêtements, et ils révisaient ensemble le tracteur et les remorques pour le printemps dans la grange, ou réparaient les grands filets qu'ils tendaient sur les cerisiers, l'été, avant l'arrivée des étourneaux. Pour la récolte des pommes, Jochen prenait toujours quelques jours de congé, et c'est lui qui conduisait l'élévateur quand il fallait entasser les caisses dans l'entrepôt frigorifique. Il couchait dans son ancienne chambre, il buvait des bières avec Heinrich dans la cuisine, le soir, ils se faisaient des œufs au plat et des tartines de jambon, se partageaient le journal et regardaient ensuite les actualités. Quelquefois Jochen piquait du nez sur le canapé avant la météo, il n'avait plus l'habitude de travailler au grand air. À Hanovre, il restait toute la journée enfermé dans son bureau d'ingénieur sans voir le soleil.

Steffi n'aimait pas beaucoup les séjours de Jochen chez son père au Vieux Pays, parce que tout reposait alors sur elle à la maison et qu'elle avait déjà bien assez à faire. Steffi était visiteuse médicale, elle gagnait un tas d'argent, Heinrich n'osait pas poser la question mais il supposait que Jochen ne faisait pas le poids avec son salaire.

Le garçon lui faisait parfois pitié, il avait toujours l'air un peu stressé, et ce n'était rien à côté de sa femme. Quand ils venaient lui rendre visite tous les quatre, Steffi paraissait toujours frigorifiée. Elle sortait rarement au bord de l'Elbe ou dans les vergers, ce n'était guère possible de toute façon avec ses chaussures.

Les petits gars, Heinrich leur faisait faire un tour de tracteur, il supposait qu'ils aimaient ça, Ben en tout cas voulait toujours monter sur ses genoux et prendre le volant. Noah, lui, trimbalait en général un petit appareil électronique qui piaulait quand il appuyait dessus, mais il les rejoignait dehors, le temps que Steffi les prenne en photo tous les trois avec son téléphone. On offrait ensuite la photo à opa pour son anniversaire, dans un cadre en métal.

Georg, le plus jeune, était sa blessure : « P'pa, moi non plus. »

À l'époque il avait déjà terminé sa formation d'agriculteur, et Elisabeth l'avait vu venir. Mais elle n'était pas le genre de femme à dire son fait à son mari. Et il n'était pas le genre d'homme à s'en laisser conter par sa femme.

Les vieux commandaient, les fils pliaient, et un beau jour, quand les garçons avaient accumulé assez de force et assez de rage, la situation s'inversait. C'était la règle. Pas moyen de faire autrement.

De son temps, le père frappait dur, Heinrich ne l'avait pas fait avec ses fils.

Georg avait encaissé une gifle, une fois, quand il était monté à l'échelle à moitié soûl après avoir fait la fête toute la nuit et massacré un des plus beaux cerisiers. À part ça, tout au plus quelques taloches, ou une petite bourrade quand il restait planté en travers du chemin, ce qui n'arrivait pas souvent, parce que Georg était vaillant. Et bon agriculteur, Heinrich le savait.

Mais entre le père et le fils, cela n'avait rien d'un match amical, c'était une lutte acharnée. Le vieux têtu, le jeune furieux, attaque et défense, round après round, une lutte âpre pour de nouvelles variétés de cerises et de pommes, moins de chimie, des entrepôts plus grands, des machines qui coûtaient cher, plus de saisonniers. Heinrich s'entendait hurler les phrases qu'il avait entendues de la bouche de son père, il en sursautait lui-même. *Ce que tu hérites de tes pères, mérite-le pour le posséder !* avait fait graver son arrière-grand-père dans la poutre transversale du pignon de la façade. Il ne lui avait pas légué de louanges, Heinrich ne savait pas les chanter. Mais Georg avait l'air d'en attendre.

« Un mot gentil de temps en temps, Heinrich, c'est si compliqué ? » lui avait crié Elisabeth d'une voix qu'il ne lui connaissait pas lorsque Georg avait balancé le sécateur à ses pieds, sans mot dire, mais Heinrich avait vu qu'il pleurait. Chialait comme un enfant.

C'est tout juste si Heinrich n'avait pas honte de ce fils qui ne voulait ou ne pouvait pas le faire plier, lui, qui ne comprenait pas que lui, le vieux, voulait être terrassé. Pas par l'âge, ses douleurs aux jambes ou sa raideur du dos, mais par un fils fort, qui devait le jeter rageusement hors du ring.

« P'pa, moi non plus. »

Si Elisabeth n'était pas morte quelques jours après, Heinrich aurait peut-être pu encore arranger les choses avec Georg, mais après la mort d'Elisabeth il n'y voyait pas à un mètre, il naviguait à vue, et dans tout ce brouillard il n'avait plus retrouvé ses fils non plus.

Georg avait épousé Frauke, la fille unique de Klaus et Beke Matthes, ils n'habitaient que deux villages plus loin. Heinrich passait toujours devant leur ferme quand il allait chercher de l'engrais ou du produit pour traiter à la coopérative. Ils avaient déposé le vieux toit de chaume, il était temps aussi, mais l'argent n'avait pas dû suffire pour un neuf, le toit était maintenant couvert de tuiles rouges, et le côté sud entièrement tapissé de panneaux solaires. Ce n'était pas beau, mais cela valait le coup apparemment.

Entretemps il n'était plus obligé de fixer obstinément la route quand il passait devant chez eux, depuis quelques années il pouvait même s'arrêter boire un café dans la cuisine avec Frauke ou une bière avec Georg dans le hall de triage, s'il ne dérangeait pas. Les deux fillettes venaient même le voir, elles rendaient visite à leur « opa » sur leurs petits vélos rutilants. Frauke les accompagnait et revenait ensuite les chercher.

Georg, lui, ne passait jamais. Il évitait soigneusement la maison paternelle, la fuyait comme un vampire fuit la croix. Il avait fallu les soixante-dix ans de Heinrich pour qu'ils viennent tous, même Heini, du Japon, avec sa famille.

Quand les autres avaient été couchés, les trois frères s'étaient attardés longuement dans le jardin, assis côte à côte sur le banc, leurs chemises blanches retroussées, à boire des bières et à rire, ils étaient de nouveau « les garçons ». Heinrich les observait de la fenêtre de la cuisine, il n'allumait pas la lumière, il voyait ses fils tels qu'ils étaient sans leur père, insouciants, libres. Soudain Georg bondit sur ses pieds, se mit à arpenter la pelouse comme un chef d'armée, désigna à gestes saccadés la haie, le massif de roses, les vivaces, « Coupez-moi ça prop'ment, hurla-t-il, tout ben prop' ! », ses frères étaient morts de rire. Jochen en tomba du banc et se roula sur le gazon en gloussant.

Georg ne reviendrait donc pas, visiblement. Klaus et Beke Matthes avaient mis leur ferme au nom de Frauke il y avait quelques semaines de cela, ils parcouraient maintenant l'Amérique du Sud en mobil-home.

Heinrich Lührs restait derrière sa clôture blanche, le dos droit comme un « I », ses arbres et ses arbustes pouvaient en prendre de la graine.

12

Accident de chasse

Le gars de Hambourg au casque de vélo ne réapparut que lorsque Vera en était à laver la cuisine. Heinrich lui montra le fumoir, puis le laissa dans le hall et rentra chez lui.

Le visiteur ne paraissait pas pressé de s'en aller, il examinait un peu les lieux. Vera ôtait sa blouse éclaboussée de sang lorsqu'elle l'entendit gémir dans le hall – de plaisir : Burkhard Weisswerth avait découvert le vieux coffre à trousseau qui était contre le mur, à côté de la porte de la cuisine. Il était maintenant agenouillé devant la face du meuble en chêne sculpté, et ses doigts épousaient le contour des marqueteries, des oiseaux, des arabesques florales, du très beau baroque, « nom d'un chien ! ». Il inspecta les ferrures, les pieds tournés, puis prit quelques photos avec son iPhone. Son regard erra ensuite sur la desserte avec les verres en cristal d'Ida Eckhoff et tomba sur le sol en terrazzo, qui montrait çà et là quelques fissures, certes, mais quelle surface ! Burkhard Weisswerth savait ce que coûtait ce genre de sol, Eva en rêvait depuis longtemps, mais de nos jours c'était hors de prix, ils s'étaient renseignés.

Vera vit l'homme dans son hall prendre photo sur photo comme un touriste, ça suffisait !

Elle marcha vers lui d'un pas leste, dit « Voilà ! » et lui tendit la main : une poignée brève, énergique, le bras tendu. C'est ainsi qu'elle procédait à son cabinet quand les patients s'éternisaient après les soins et commençaient à parler des enfants et des petits-enfants ; cela marchait toujours.

Burkhard Weisswerth rempocha son téléphone et la remercia de cette matinée « passionnante », il libéra son coffre du casque de vélo et laissa sa carte de visite.

Vera voulait lui demander le nom de cette revue qui publiait des articles sur la saucisse de chevreuil, mais il zigzaguait déjà sur la route avec son vélo. Apparemment les cyclistes roulaient allongés à Hambourg, maintenant.

Le petit d'Anne avait surgi un peu avant sept heures dans la cuisine, pataugeant d'emblée pieds nus dans le sang, mais il s'était vite calmé : « Un grand garçon comme toi. Il ne va pas pleurer tout de même. » Heinrich lui donna une Pulmoll de sa boîte de pastilles : « Tu peux t'asseoir et regarder. Mais on arrête de chouiner ! »

Leon ne pipa plus, il essuya la morve de sa figure dans la manche de son pyjama et grimpa sur le banc de cuisine. Vera alla lui chercher le sachet de Smarties qui était resté dans son tiroir après la Saint-Sylvestre. Aucun enfant n'était venu chanter la bonne année à sa porte, même pas les fils du voisin, pas plus que les années précédentes. Ils avaient peut-être peur d'elle, de la vieille sorcière dans sa grande bicoque toute bancale.

Quand elle posa le sachet devant lui, Leon la tira doucement par la manche, il lança un coup d'œil vers Heinrich qui tournait la manivelle du hachoir, et chuchota : « Qu'est-ce que vous faites ? »

Devant lui, sur la planche à découper, se trouvait un grand couteau, à côté, des bassines de viande crue et de poitrine de porc blanche ; il venait de patauger pieds nus dans une flaque de sang de chevreuil et de voir Heinrich Lührs bourrer le hachoir d'une chose sanguinolente. Il ne fallait peut-être pas s'étonner que le petit soit un peu chamboulé.

« Eh bien, dit Vera, nous faisons de la saucisse. On a besoin de viande et de lard, et il faut couper tout en petits morceaux, c'est pour ça qu'on les passe dans cette chose, qui s'appelle un hachoir. Lui c'est Heinrich, il habite à côté et il ne te fera rien. Sauf si tu l'embêtes.

— Alors, je ferai de la saucisse d'enfants ! » dit Heinrich sans cesser de tourner la manivelle. Vera n'était pas certaine que les jeunes enfants soient très sensibles à l'humour de Heinrich. Leon ne rit pas mais il resta assis sur son banc de cuisine, et ensuite il aida à touiller. « Un p'tit gars vaillant ! » conclut Heinrich en lui tapotant l'épaule avant de partir.

Pas de signe de vie d'Anne, les matins qui suivaient l'anesthésie à la gnôle étaient cruels, Vera le savait et la laissa dormir. Elle mit le café en route et prépara le petit déjeuner, Leon dessinait sur son bloc de courses, « Là, c'est un tracteur. » Manifestement il n'avait pas encore vu beaucoup d'engins agricoles, son tracteur fumait et avait tout d'une locomotive à vapeur.

Comme Vera n'avait pas de pâte à tartiner, il mangea une tartine de miel, « Il faudra que ta mère te douche tout à l'heure », annonça Vera, le petit collait de partout.

Ils allèrent voir l'écurie et chercher du foin pour le lapin, mais Willy refusa cette chose que Leon lui entassait dans sa cage : à Hambourg il était nourri aux carottes et aux granulés Bunny Basic ; il coucha les oreilles, excédé, et se détourna. Il avait besoin de digérer tous ces changements.

« Mais goûte, Willy, c'est très bon », dit Leon en mâchant un peu de foin pour le convaincre, rien n'y fit, le lapin nain se replia dans un coin de sa cage et entreprit d'encaisser le choc des cultures.

Vera sentit d'un seul coup qu'elle tenait à peine sur ses jambes, elle était éreintée après cette nuit à la cuisine et tout ce remue-ménage dans sa maison, sans parler de l'homme au casque de vélo, en plus, ce matin. Willy n'était pas le seul à devoir se faire aux changements.

Un coup d'œil dans le salon d'Ida Eckhoff lui montra qu'Anne n'était pas encore sortie d'affaire.

Elle était couchée à travers le convertible, les jambes emmêlées dans la housse de couette. Vera ouvrit un peu la fenêtre, et comme rien ne bougeait dans le lit, elle repartit à la cuisine. Leon s'était habillé, les bretelles de sa salopette tire-bouchonnaient, et il avait oublié les chaussettes, il lui apporta ses mini-albums et lui tendit les bras : « Genoux. » Vera recula sa chaise et le souleva. Il ne pesait pas plus qu'un faon.

Leon prit discrètement sa tétine dans sa poche et la

glissa dans sa bouche. Puis il s'adossa confortablement contre elle, la tête appuyée contre son épaule, et elle sentit sa peau souple contre sa joue, et ses cheveux. Il était doux comme un poussin.

Les syllabes se brouillèrent un peu devant les yeux de Vera, elle appuya une seconde ses doigts sur ses paupières, puis commença à lire. « Il pleuvait depuis des jours et des jours… »

Cela faisait combien de temps qu'elle avait caressé quelque chose qui n'avait pas de pelage ?

Ses mains connaissaient le crin de cheval et le poil de chien, les lièvres et les chevreuils morts, la fourrure veloutée des taupes égorgées que ramenait le matou de Heinrich. Elles avaient connu les épaules anguleuses de Karl sous ses chemises de flanelle, et les poils de barbe sur ses joues, qu'elle touchait parfois quand il s'était échoué sur le banc, assoupi. Elles avaient presque peur de ce petit garçon tout chaud.

Vera Eckhoff ne connaissait d'enfants que les yeux écarquillés, la bouche grande ouverte, raidis d'appréhension sur son siège de dentiste, et la plupart du temps elle leur faisait mal.

Elle aurait pu leur prodiguer une petite caresse de temps en temps, leur effleurer brièvement la joue, avant de les soigner ou après, *C'est maintenant que ça te vient à l'esprit*, se dit-elle.

Les enfants ne venaient plus à son cabinet, les parents les conduisaient à Stade chez un jeune couple de dentistes qui était spécialiste des patients en bas âge. D'ici à savoir ce que ça signifiait, il devait y avoir des jouets dans la salle d'attente et des dentistes en T-shirts.

Vera n'allait à son cabinet que deux jours par semaine désormais, ses patients continuaient à venir par habitude ou parce qu'ils n'avaient pas de voiture pour se rendre à Stade. Quelquefois un paysan l'appelait et lui amenait un saisonnier kurde avec une mauvaise carie ou une molaire enflammée. Le docteur Eckhoff ne posait pas de question sur la sécurité sociale, ne demandait pas de papiers, et cela se savait.

Vera poursuivit la lecture, il s'agissait d'un ours, d'un pélican et d'un pingouin, l'histoire n'avait ni queue ni tête, mais Leon restait paisiblement blotti, il avait replié ses genoux contre sa poitrine, et Vera laissa sa main sur le petit pied nu, sentit les petits orteils ronds sous son pouce et se retint de serrer l'enfant contre elle et d'enfouir son visage dans ses cheveux souples.

Tu n'es qu'une vieille pleurnicheuse, Vera Eckhoff ! Mais elle laissa sa joue contre celle du petit et continua à lire cette ânerie à propos d'animaux qui cherchaient le soleil.

C'était toujours mieux que les histoires qu'elle avait dû lire à Karl la dernière année, quand elle ne pouvait plus du tout le laisser seul.

Karl, qui n'avait jamais vu les Alpes, chérissait le monde idyllique des romans de montagne depuis qu'il avait trouvé dans la salle d'attente de Vera un petit livre à l'eau de rose, qui s'y déroulait et qu'une patiente avait oublié sur une chaise.

Vera lui en acheta ensuite à la supérette, chaque semaine un nouveau. La vieille dentiste qui trimbalait les romans du docteur des montagnes dans son chariot, les gens devaient bien s'amuser, mais qui s'étonnait encore des lubies de Vera Eckhoff ?

Karl ne pouvait déjà plus rester vraiment assis, il glissait la nuit du banc de cuisine, son dos ne supportait plus très longtemps le fauteuil ni le canapé du salon. Il lui fallait donc aller au lit. Trop épuisé pour lire et trop angoissé pour dormir, il n'y restait que lorsque Vera lisait à son chevet les histoires du docteur des montagnes.

Le docteur Martin Burger aux yeux bruns et à la silhouette d'acier musclée par l'escalade devint le médecin attitré de Karl Eckhoff, chargé de le sauver, nuit après nuit.

Vera lisait en général de minuit à une heure du matin environ, jusqu'à ce que Karl glisse enfin dans un sommeil sans rêve, mais souvent les remèdes du docteur Burger n'agissaient pas jusqu'au matin suivant, et elle entendait Karl crier de nouveau.

D'abord comme un enfant, puis comme une bête.

Elle le réveillait, s'asseyait au bord du lit et le tenait jusqu'à ce qu'il soit calmé, mais parfois il fallait recourir aux gouttes. Du Valium, dix heures de tranquillité d'esprit, mais qu'il payait le lendemain matin, abruti de drogue, vaseux jusque dans l'après-midi, et souvent la nuit suivante était aussi affreuse que la veille.

Ce dont il rêvait la nuit était indicible. Vera ne le lui demandait plus, elle ne lui disait pas non plus qu'il appelait sa mère en gémissant dans son sommeil.

« M'man, aide-moi, pleurait Karl Eckhoff, m'man. »

Mais Ida ne pouvait plus aider son garçon, c'est donc Vera qui l'aidait.

Elle s'était longtemps demandé comment faire. Maintes nuits elle avait posé doucement de côté le docteur Burger quand les paupières de Karl s'étaient fermées, lourdes de fatigue, avait saisi à deux mains le coussin brodé main du sofa d'Ida, parce qu'il était gros et assez lourd pour un vieillard. Puis elle l'avait laissé retomber, car Karl, qui perdait son sang et mourait chaque nuit dans ses draps mouillés, n'avait pas mérité de finir dans ce lit honni.

Karl Eckhoff devait mourir en brave, en soldat, proprement, d'un coup de fusil qui l'atteindrait à l'improviste entre les fossés d'une pommeraie, d'une mort de héros. Il avait mérité des médailles pour sa bravoure, il avait tenu jour après jour sur son champ de bataille, durant toutes ces nuits jamais il n'était monté au grenier à blé, il n'avait pas sauté du tabouret. Il n'avait pas laissé Vera toute seule.

Il lui semblait qu'elle s'était exercée toute sa vie à ce coup de fusil, chaque fois qu'ils pistaient le gibier ensemble dans les vergers aux premières lueurs d'une aube d'automne ou d'hiver. Karl, qui ne tirait plus depuis longtemps, aimait encore la chasse, le silence sans âme qui vive, le monde vu à la jumelle, les heures passées sur le mirador, le café râpeux de Vera dans la Thermos – il l'aimait bien, et fumer était impossible, les bêtes le flairaient de loin.

Quand elle levait lentement son fusil, tout doucement, mettait en joue un lièvre ou un chevreuil, clignait l'œil gauche, et posait l'index sur la gâchette, Karl se bouchait les oreilles et regardait ses pieds.

Vera ne tirait que lorsqu'elle était vraiment sûre d'elle, elle atteignait presque toujours sa cible. Karl fumait, adossé à un arbre, pendant qu'elle allait chercher la voiture. Il aidait encore à porter, ensemble ils empoignaient la bête morte et la déposaient dans le coffre de Vera. Mais il revenait seul à pied, chasseur sans fusil.

C'était si facile : le vieux Karl Eckhoff tué à la chasse, un accident, des choses qui arrivent.

Elle le voyait boiter sur sa jambe raide dans la lumière sourde d'un matin de novembre, le voyait très nettement à travers son viseur, et le suivait sans bruit dans l'herbe mouillée, il n'y avait presque plus de feuilles sur les pommiers. Vera entendait les cygnes sauvages qui partaient en direction de l'Elbe, leur chant triste et discordant, Karl s'arrêta et leva la tête vers les oiseaux, il était complètement immobile, il ne se doutait de rien, Vera posa son doigt sur la gâchette.

Elle n'en eut pas la force, et eut honte de sa lâcheté.

Cet hiver-là ils n'eurent quasiment pas une nuit de sommeil.

Au printemps cela allait mieux.

L'été venu, ce fut insupportable.

Karl restait affalé sur la balançoire en somnolant quand le soleil brillait, il lui arrivait de siffloter encore, mais l'instant d'après il pouvait se lever en sursaut pour saluer un supérieur invisible.

Il criait le jour aussi maintenant, à plusieurs reprises Heinrich Lührs accourut de son jardin, il avait pourtant l'habitude de ses cris, il les entendait parce qu'ils laissaient la fenêtre de Karl ouverte les nuits d'été. Heinrich voyait aussi les draps sur le fil à linge, tous les jours, « On r'garde pas », mais il savait ce qui se passait la nuit chez les Eckhoff.

Ce qu'il ne pouvait savoir, Vera le lui racontait quand il venait à son cabinet tous les six mois, pour la visite de contrôle.

Quand Heinrich Lührs était allongé sur son fauteuil, deux compresses dans la joue, une fois l'assistante partie et la salle d'attente vide, quand il ne pouvait rien dire mais tout entendre, Vera lui racontait des choses qui ne regardaient personne d'autre.

La bouche grande ouverte, Heinrich Lührs entendit ainsi Vera lui narrer « l'accident de chasse » de Karl, sa mort en héros et sa lâcheté à elle. Il n'eut qu'un léger sursaut quand Vera le lui raconta, mais quand la compresse fut retirée et sa bouche rincée, il se dépêcha de quitter le cabinet. Elle lui faisait parfois un peu peur.

Puis ils se retrouvèrent sur le vieux banc de noces d'Ida, un jour de juillet – les cerises pendaient encore aux arbres –, Heinrich et Vera, avec Karl au milieu, qui ne criait plus parce que Vera lui avait donné dix gouttes de Valium. Il dormait maintenant, la tête appuyée contre l'épaule de son voisin.

Karl Eckhoff était bon pour l'asile, depuis longtemps, pour Heinrich la chose était claire, mais inutile d'en parler à Vera, et les fous vivaient souvent très vieux, Karl devait avoir dépassé les quatre-vingt-dix ans, cela faisait longtemps qu'il avait l'air d'un mort-vivant.

Vera l'écarta de l'épaule de Heinrich sans le réveiller, elle posa la tête de Karl sur ses genoux et comme, d'habitude, elle ne pleurait jamais, Heinrich ne s'en aperçut pas tout de suite, elle ne faisait pas de bruit.

D'abord, Heinrich Lührs n'osa pas, il resta coi un

moment avec elle sur le banc vermoulu, puis il se décida tout de même, à voix très basse, parce que Karl ne devait pas entendre.

« Tu peux pas lui donner quequ' chose, Vera ? »

Elle ne répondit pas, et Heinrich se leva et s'en alla, mais quelques jours plus tard, le docteur Eckhoff se rendit chez son vieux vétérinaire et se fit remettre 100 millilitres de Nembutal, la dose nécessaire pour piquer une trakehner de poids moyen. « C'est pas de gaieté de cœur », dit-il en lui collant le flacon brun dans les mains, ensuite il lui emballa une grosse seringue et quelques canules dans une poche en plastique et la regarda d'un air interrogateur. « Appelle-moi, si tu préfères que je le fasse à ta place. » Elle secoua la tête.

Le dimanche suivant était chaud, sans un souffle de vent, Karl resta assis sous le tilleul, ses ronds de fumée blanche planaient dans la cime de l'arbre, il les suivait des yeux jusqu'à ce qu'ils disparaissent puis en faisait de nouveaux. Vera le voyait par la fenêtre de la cuisine, ses cheveux gris feutrés, son dos frêle comme celui d'un enfant, juste moins droit. Elle sortit et alla s'asseoir à côté de lui, elle avait l'impression d'avoir passé toute sa vie ainsi, sur ce banc blanc, avec Karl qui fumait.

« Qu'ess' t'étais p'tiote, Vera », murmura-t-il soudain et il se mit à siffler doucement. Elle lui coula un regard de biais, ses joues étaient si creuses, ses yeux rougis de fatigue.

« Karl, dit Vera, t'veux que j'te donne quequ' chose pour qu'tu puiss' dormir ? »

Il changea un peu sa jambe de position, celle qui était raide. Puis il fixa devant lui l'herbe qui grouillait de fourmis, et attrapa ses cigarettes.

« C'est pas aux gouttes qu' tu penses », dit-il.

Elle secoua la tête.

Dans la nuit il fallut recourir au docteur des montagnes, et même un peu plus tard aux gouttes. Karl était dans son lit, tout petit, tel un oiseau qui bat de l'aile, et sa voix était si faible que Vera d'abord n'entendit pas ce qu'il disait.

Quand elle l'eut compris, elle l'aida à s'habiller, passa son bras sous le sien et, ils traversèrent lentement le hall comme un couple de mariés, pour gagner le jardin.

Une fois arrivée au banc, elle lui mit une couverture sur les épaules et lui donna ses cigarettes, puis elle rentra dans la maison et en ressortit avec un verre du jus de pomme de Heinrich Lührs dans une main, et dans l'autre un verre plus petit ; Karl Eckhoff était un petit bout d'homme, il n'avait pas besoin de grand-chose.

Il faisait très sombre, juste un mince croissant de lune dans le ciel. Sur l'île de l'Elbe, les jeunes mouettes piaulaient, toujours en éveil, sans répit, affamées. Les feuilles des peupliers argentés chuintaient comme pour réclamer le silence. « Chhhhh. »

Il prit le verre des mains de Vera, elle passa une main sous son coude, lui tint un petit peu le bras, il tremblait tellement, puis il avala le liquide cul sec comme un schnaps, s'ébroua, « coup d'massue su' la tête », et Vera lui donna vite le jus de pomme.

Elle ne put s'empêcher de penser à Ida en costume noir du pays, pendue à la poutre du plafond, prit la main de Karl et la tint fermement. Il ne la lâcha plus, jusqu'au moment où il bascula sur le côté. Vera resta assise à côté de lui sur le banc de noces d'Ida, jusqu'à ce qu'elle entende les merles.

La dernière Eckhoff, une réfugiée. Elle ne fit aucun bruit.

Heinrich dut ensuite l'aider à transporter Karl dans son lit, ce qu'il fit sans une question. Le vieux Eckhoff s'était endormi paisiblement, le reste ne regardait personne. Ils attendirent dans la cuisine que le docteur Schütt ait rédigé le constat de décès, et Heinrich resta jusqu'à ce qu'Otto Suhr arrive avec le corbillard.

Vera fit bien les choses pour une fois. Karl Eckhoff eut un enterrement, « comm' ça convient », Otto Suhr était un professionnel. Avis de décès, faire-part, registre de condoléances et collation avec café et gâteau au beurre, tous les voisins se déplacèrent, et du village vinrent en outre quelques vieux patients de Vera et deux camarades de classe de Karl, les derniers à être encore en vie.

Le pasteur Herwig ne laissa pas traîner les choses, « *Prends ma main, Seigneur...* », puis ils couchèrent Karl Eckhoff à côté de ses parents. Les camarades du club de chasse transpiraient dans la chaleur de juillet devant la tombe, en vestes vert olive, ils sonnèrent pour Karl un dernier hallali, faux comme toujours, mais Vera apprécia le geste à sa juste valeur.

À l'église, Otto Suhr réservait toujours les trois premiers rangs aux membres de la famille pour les funérailles. Pour Karl Eckhoff le premier rang suffisait.

Alors, Heinrich Lührs, qui était assis un peu plus loin derrière, s'était relevé, l'orgue jouait déjà, et il était allé s'asseoir devant à côté de Vera, bien que ce ne soit pas sa place. Il savait pertinemment qu'on jasait maintenant derrière son dos.

Mais une personne seule sur le banc familial, ce n'était pas possible.

Il ne pouvait pas savoir que la sœur de Vera était dans l'église.

Tout comme lui, Vera ne découvrit Marlene qu'une fois à l'extérieur, devant la tombe, puis elle vit aussi la fille de Marlene, et commença à pleurer, jusque-là elle s'était bien dominée.

Heinrich Lührs n'avait jamais été très héroïque aux enterrements, le plus dur c'était la tablée avec le café ensuite. Le caquetage. La sœur de Vera lui avait pris le bras, elle n'était plus seule, il n'avait pas besoin de l'accompagner.

Après l'enterrement, Marlene et Anne restèrent auprès de Vera, qui avait l'air d'un fantôme. Elles l'envoyèrent se coucher, puis ouvrirent grand les fenêtres dans toute la maison, nettoyèrent les vitres crasseuses, et frottèrent les sols et les carreaux des murs. Elles essuyèrent la poussière des meubles, portèrent les vêtements de Karl Eckhoff au container et jetèrent toute la nourriture avariée qu'elles trouvèrent dans le réfrigérateur.

Anne repartit le lendemain à Hambourg, mais Marlene resta, fit de la soupe, en remplit des boîtes en plastique et la congela. Elle ne réveillait Vera que pour manger, la porte de sa chambre restait entrebâillée, elle veilla sur elle, trois jours et trois nuits, comme une sœur, jusqu'à ce que Vera soit à nouveau sur pieds et hargneuse comme un roquet.

Les soupes de Marlene avaient un prix, et Vera ne voulait pas le payer.

Elle ne voulait pas de « nous » avec sa demi-sœur, ni la voir traverser le hall d'Ida Eckhoff, ni la laisser boire dans les vieilles tasses à filet d'or.

Ni lui montrer le petit album noir où se trouvaient les photos qui manquaient à Marlene : Hildegard von Kamcke dans ses robes claires, avec ses beaux chevaux. Hildegard Eckhoff sur des échasses sous les fruitiers.

Vera ne voulait pas partager ces photos avec elle.

Elle lui avait donné la main, et des cerises, les dimanches de juillet, elle lui avait mis des échelles contre les arbres, et du café avec du jus de pomme sur la table du jardin.

Elle ne l'avait pas priée d'entrer, et Marlene était entrée quand même, comme si c'était aussi sa maison, comme si elle et Vera avaient plus en commun que ce nez fin et droit et ces yeux bruns.

Vera avait enterré Karl et s'était assise seule à l'église sur le banc familial il y avait seulement huit mois de cela.

À présent elle était assise dans sa cuisine avec le petit-fils de Marlene sur ses genoux, et dans le salon d'Ida Eckhoff dormait la fille de Marlene.

Elle ne savait guère qui décidait, dans sa vie, à l'heure qu'il était.

13

Les Grenouilles de l'Elbe

La doudoune de Leon était sale. Ses ongles ne l'étaient pas moins. Quant aux bottes n'en parlons pas, Anne détourna pudiquement les yeux.

Les Grenouilles de l'Elbe avaient une autre allure. Sur le parking du jardin d'enfants, elles sautaient juste avant neuf heures de leur grande voiture familiale en tenant la main de leur mère. Les banquettes arrière étaient déjà occupées par les frères et sœurs dans leur siège bébé – petits têtards voués à intégrer un jour la promotion des Grenouilles. Les monospaces et les combis dans lesquels on conduisait les trois à six ans au jardin d'enfants du village pour « l'heure du matin » étaient autant d'emblèmes montés sur roues de la famille nombreuse. Leurs vitres arrière, qui arboraient des autocollants bleus ou roses, *Lasse & Lena à bord* ou *Vivienne, Ben & Paul en balade,* attestaient la vitalité du projet familial.

Anne fit descendre Leon de la poussette et le prit par la main. Il était sérieux et pâle quand ils gagnèrent la porte au milieu des sautillements d'enfants. Les doudounes des Grenouilles étaient pimpantes, les bonnets, les écharpes et les gants assortis, les longs cheveux des filles retombaient sur leurs épaules en nattes bien tressées, et quand elles ôtaient leurs bonnets, on voyait que même les barrettes étaient assorties aux vêtements.

Anne pensa aux nœuds dans les cheveux des petites filles du jardin d'enfants de Hambourg. Quand elles n'avaient pas envie de se laisser démêler les cheveux le matin, elles arrivaient non peignées, tout bonnement. À Hambourg-Ottensen, les enfants portaient souvent des vêtements étranges, des jupes sur des pantalons à pois, à rayures, à carreaux, n'importe, des chaussettes ou des gants dépareillés, une écharpe et un bonnet entortillés n'importe comment autour de la tête et du cou. Ceci résultait souvent d'une « décision autonome de l'enfant » prise devant sa penderie, que l'on respectait bien évidemment, même si au bout du compte l'enfant en question avait l'air d'avoir été affublé en urgence de nippes collectées après une catastrophe naturelle. « Si tu trouves ça beau, mets-le, mon chéri. »

Le look un peu SDF de leurs enfants – qui s'obtenait fort bien aussi avec des fringues très coûteuses – était pour les bobos de Hambourg-Ottensen l'expression de leur style d'éducation. Non conformistes, imaginatifs, rebelles, impulsifs, c'est ainsi qu'ils aimaient leurs filles et leurs fils. Une dégaine que venait parfaire une bonne couche de crasse sur les bottes en caoutchouc et sous les ongles. Des enfants sages, tirés à quatre épingles était bien la dernière chose qu'ils aient souhaitée.

Leon était dans le groupe des Hannetons. Lors de l'entretien préalable, la directrice du jardin d'enfants lui avait demandé quel était son animal préféré, et Leon avait maintenant une image de lapin sur son casier, ainsi que son nom en lettres de bois bleues.

Sigrid Pape était disposée à consacrer du temps au petit nouveau et à sa mère. Anne lisait sur sa figure qu'elle recensait les données du problème : vient de Hambourg, enfant unique, mère célibataire (avec un drôle de sac en bâche plastifiée), nièce du docteur Eckhoff, profession : enseignante de musique et ébéniste, drôle de combinaison. À plusieurs reprises, le sourcil droit de Sigrid Pape se haussa subrepticement, seule réaction perceptible aux questions et aux réponses d'Anne. Elle était assise souriante en face des deux nouveaux venus, elle arborait des cheveux blonds et une coupe courte « tendance », avait « égayé » sa veste en tricot beige d'une écharpe en soie peinte de sa main, et ses lunettes à montures invisibles abritaient des yeux discrètement fardés. Sigrid Pape dirigeait les Grenouilles de l'Elbe depuis plus de vingt ans, elle en avait vu des vertes et des pas mûres, ce duo hambourgeois un peu introverti ne lui posait absolument aucun problème.

Le petit n'allait pas très souvent au grand air, semblait-il, mais voilà qui allait changer maintenant. Ceci mis à part, l'enfant était effacé, mignon, un peu négligé. *HYG4sem* inscrivit-elle pour plus de sûreté dans le dossier de Léon, un sigle que connaissaient toutes les éducatrices. Elles observeraient pendant quatre semaines l'état d'hygiène de l'enfant. Peut-être la mère avait-elle été un peu dépassée par le déménagement, ça arrivait, la plupart du temps ce genre de choses s'arrangeait tout seul.

Dans le cas contraire, Sigrid Pape organisait un

petit entretien avec les parents, en règle générale cela faisait des miracles.

Il ne lui restait plus qu'à aborder cette absurde histoire de repas. « Madame Hove, vous aviez demandé si nous avions un menu végétarien pour les enfants. »

Et puis quoi encore ! Sigrid Pape et ses collègues avaient assez à faire avec toutes les allergies à la noisette, à la tomate, au lait de vache et au gluten qui sévissaient maintenant aussi parmi les enfants des campagnes. Sans compter les deux petits diabétiques et les rituels « j'aime pas ci, j'aime pas ça ». Du poisson une fois par semaine, ça on s'y pliait, aux Grenouilles de l'Elbe, mais on n'allait pas commencer en plus avec les galettes d'épeautre et la purée de blé vert.

Sigrid Pape croyait aussi peu à l'alimentation végétarienne qu'à l'éducation de style « copain » qui commençait à se propager ces derniers temps chez les parents.

Manger des saucisses de tofu et se faire appeler par son prénom par ses enfants. N'importe quoi ! Un père ou une mère devaient se tenir un minimum, pensait-elle.

« Nous pouvons veiller à ce que Leon ne mange que l'accompagnement. Si vous le désirez. »

Anne pensa à ces épuisants débats passionnés sur l'alimentation lacto-vegan-cacher-hallal au jardin d'enfants de Hambourg et imagina les mères du Fischerspark scrutant les menus des Grenouilles de l'Elbe, et leur tête en lisant *goulasch de saucisse* et *rôti de viande hachée*.

« Pas de problème, ça ira très bien », dit-elle.

Leon ôta ses bottes et les rangea dans son casier,

puis ils suspendirent sa doudoune à son crochet. Sur le casier à droite du lapin de Leon s'étalait un requin marteau, et au crochet pendait une combinaison verte, surmontée du nom de *Theis* en lettres de bois bleues.

Anne jeta un coup d'œil dans la salle du groupe et reconnut sur le tapis de jeu le jeune pourfendeur de nuisibles. Il édifiait avec deux autres garçons un carrefour complexe en Duplo. Theis zum Felde avait dû arracher un hectare de fruitiers avant de venir au jardin d'enfants. Sa figure aux cheveux blond platine très courts était toute rose et il portait une chemise à carreaux aux manches retroussées. « Regarde Leon, c'est le garçon qui était chez nous avec son tracteur, tu le connais. »

Leon ne parut pas se réjouir, il pensait peut-être à la phalène brumeuse écrasée, il regarda les terrassiers sur le tapis, puis sa mère. « Anne, reste avec moi.

— Bien sûr, je vais entrer un peu avec toi. »

Non sans un brin d'irritation, Wiebke Quast, l'éducatrice responsable du groupe des Hannetons, vit Anne retirer ses chaussures, pénétrer dans la salle du groupe et s'asseoir par terre avec Leon. Les mères sur le tapis de jeu maintenant, de mieux en mieux !

Sa collègue Elke arrivait avec les couverts du petit déjeuner, elle la regarda et haussa les épaules d'un air interrogateur. Wiebke, leva les yeux au ciel puis se dirigea vers Anne. Elle essaya d'abord l'humour. « Oh, bonjour, je ne savais pas que nous avions une nouvelle collègue ! » Elle gratifia Anne d'une solide poignée de main.

Anne rit, se leva, se présenta – et se rassit. Leon grimpa sur ses genoux, se cala contre sa poitrine, fourra un index dans sa bouche et regarda à bonne distance les trois garçons simuler des accidents de voiture au carrefour. Les petites autos s'emboutissaient en tintant, les collisions étaient accompagnées de théâtraux bruits de chocs.

La femme assise sur le tapis ne semblait toujours pas disposée à déguerpir. Ça commençait à devenir un peu bizarre. Wiebke Quast se dressa au milieu de sa salle, s'éclaircit la gorge, frappa une fois dans ses mains et cria : « Bonjour, les Hannetons, c'est l'heure du petit déjeuner maintenant, et on dit TOUS au revoir aux mamans ! »

Ah, enfin ça avait fait tilt. Anne leva les yeux, elle se rendait lentement compte que la conception de l'acclimatation aux Grenouilles de l'Elbe différait visiblement de celle de l'institution hambourgeoise, où les enfants se détachaient « en douceur », pas à pas, de leurs parents. Dix jours s'étaient écoulés avant que Leon reste tout seul dans son groupe une matinée entière, sans Anne ou Christoph ; il est vrai qu'il avait alors deux ans, et non quatre.

Aux Grenouilles de l'Elbe, on ne semblait pas faire grand cas de l'acclimatation progressive. Anne tenta de faire discrètement glisser Leon de ses genoux, mais il se retourna illico et s'agrippa à elle. « Leon, il faut que je parte maintenant. C'est un jardin d'enfants ici, pas un jardin de mamans, d'accord ? »

Elle se leva, mais Leon enlaça sa jambe droite des deux bras et se laissa traîner comme un boulet à travers la pièce. « T'EN VA PAS ! »

Anne remorqua ainsi son fils jusqu'à la porte de la salle, Wiebke Quast vint alors à la rescousse, détacha avec une virtuosité d'éducatrice confirmée son nouveau Hanneton de la jambe maternelle et le prit dans ses bras.

« Allons, Leon, viens avec moi, maman, elle doit partir, TRÈS VITE, et nous, on va pouvoir commencer TOUT DE SUITE notre “heure du matin”, les Hannetons sont impatients de faire ta connaissance, Leon, dis : “Au revoir, maman ! Au revoir, maman !” » Et clac, elle ferma la porte.

Anne se retrouva en chaussettes dans le couloir entre les doudounes et les bottes dégoulinantes ; une femme de ménage passait la serpillère sur les flaques d’eau boueuse, mais Anne était déjà en plein dedans. Les pieds trempés, plantée derrière la porte, elle entendit Leon crier.

« ANNE, REVIENS ! ANNE !! ANNE !!! »

Sigrid Pape, elle aussi, entendit de son bureau que le petit nouveau de Hambourg faisait un peu de cirque. Il n’y a que le premier pas qui coûte, se dit-elle en voyant passer devant sa porte vitrée cette mère grosse comme un haricot vert, son drôle de sac en bandoulière, toute vêtue de couleurs sombres ; même le bonnet était noir, et le pantalon bien trop large. C’est ce genre de trucs que portaient les femmes à Hambourg maintenant ?

Sûr que Mme Hove allait avoir un peu de mal à s’habituer, les gens qui demandaient à leurs enfants de les appeler par leur prénom avaient toujours un peu de mal. Sigrid Pape déconseillait formellement la chose.

Sur le coup, Anne ne sut que faire de sa personne. Elle résista à la tentation de courir dehors chercher la fenêtre des Hannetons et vérifia une fois de plus que son téléphone était bien allumé.

« Si jamais il y a un problème, on vous appellera, avait dit Wiebke Quast, ne vous faites surtout pas de souci. »

Mais comment définissait-on les problèmes dans le monde de Wiebke Quast ? Un enfant de quatre ans qui se cramponnait en criant à la jambe de sa mère n'en était manifestement pas un.

Les arbres devant les façades étaient encore dégarnis. Sur les plates-bandes soignées des vieilles maisons aux toits de chaume qui se groupaient au centre du village fleurissaient les premiers crocus, et Anne se prit à souhaiter une robe dans ces couleurs : jaune, blanche et violette, à l'image de ce printemps qui serait différent des précédents.

Elle achèterait quelques affaires de jardinage pour Leon, un arrosoir, une bêche, des graines de fleurs, comme ça il pourrait montrer de quel bois on se chauffe au petit Theis en combinaison verte. Et tôt ou tard il lui faudrait un tracteur à pédales comme le sien. Ici elle n'avait pas encore vu de tricycle.

Le nouveau quartier où était situé le jardin d'enfants se terminait par un chemin à travers champs, Anne s'engagea sur la petite voie caillouteuse.

À sa droite et à sa gauche il n'y avait plus que des arbres fruitiers, des rangées dénudées à perte de vue, pommes ou cerises, elle n'en avait aucune idée, ce pouvait aussi bien être des pruniers ou des poiriers. Certains étaient grands et anguleux, étirant leurs membres tortueux comme les créatures ensorcelées d'une forêt enchantée, mais la plupart étaient frêles. Des arbustes d'apparence fragile, étayés par des poteaux et reliés entre eux par des rangées de fils de fer, *comme des galériens*, pensa Anne, pas des arbres faits pour grimper ou à secouer, apparemment ils ne donnaient pas leurs fruits aux hommes de leur plein gré.

Elle aperçut un homme vêtu d'une grosse parka qui coupait des branches avec une élagueuse électrique, il venait juste de commencer visiblement, il avait taillé cinq ou six arbres, et devant lui s'en étendait un nombre infini. Il leva brièvement la main quand elle passa, et Anne esquissa un salut muet en retour. Quelques pas plus loin, elle se rendit compte qu'elle le connaissait.

Elle se retourna et rebroussa chemin, Dirk zum Felde continuait d'élaguer machinalement ses pommiers, et ne parut la remarquer que lorsqu'elle fut tout à côté de lui. Il la regarda et fronça les sourcils d'un air interrogateur. Anne tendit la main, et il mit un moment à comprendre ce qu'elle lui voulait. Il accrocha l'élagueuse à un mousqueton qu'il portait à sa ceinture, puis retira son gant de travail droit et prit sa main.

« Anne Hove. » Elle serra assez fort. « J'ai emménagé chez Vera Eckhoff, nous avons déjà eu le plaisir… »

Dirk zum Felde faillit éclater de rire. On se serait cru dans un film mal doublé, la femme et la voix n'allaient absolument pas ensemble. Elle devait faire 1 mètre 60, ressemblait à Bambi, et quand elle ouvrait la bouche on avait l'impression qu'elle avait passé vingt ans derrière le comptoir d'un bar du port.

« Dirk zum Felde, dit-il. Vous m'avez fait un doigt d'honneur si gentiment l'autre jour. Nous avons un problème ? » Il portait encore sa casquette à oreillettes, ses yeux étaient si clairs qu'ils avaient l'air transparents.

« Je ne sais pas ce que vous pulvérisez sur vos arbres, dit-elle de sa voix éraillée, et ça m'est égal, mais vous n'êtes pas obligé de nous en asperger, ni moi ni surtout mon fils. » Elle enfouit ses mains dans les poches de sa veste et cambra le dos. « La prochaine fois que vous voudrez marquer votre territoire, contentez-vous de pisser contre ma voiture. Je comprendrai. »

Dirk zum Felde réenfila son gant. Il décrocha son élagueuse du mousqueton et coupa la branche suivante.

« Ce sera avec plaisir. »

Elle tourna les talons et poursuivit son chemin à grandes enjambées sur les caillasses. Quelques minutes s'écoulèrent avant que les battements de son cœur se soient calmés. C'est ainsi que devaient se sentir les gens coincés dans ces cours contre l'inhibition sociale, où le thérapeute vous envoyait à la charcuterie du coin demander une seule et unique tranche de salami.

Quelques derniers îlots de neige s'étalaient à droite et à gauche du chemin, pareils à des restes de bain moussant. Elle entendit un tracteur, et quelque part au loin le hurlement d'une tronçonneuse. Elle sortit son téléphone de son sac, il n'y avait pas eu d'appel. Avait-elle vraiment donné le bon numéro au jardin d'enfants ? Peut-être Leon criait-il encore.

« Madame Hove, tout va bien », annonça Sigrid Pape avec cet art de dédramatiser des professionnels de l'aide qui a fait ses preuves avec les malentendants, les déments et les mères, et Anne comprit parfaitement ce que Sigrid Pape ne disait pas : une mère devait apprendre à se tenir un peu.

Elle rentra à la maison, prit un tournevis dans sa caisse à outils et commença à inspecter les trente-deux fenêtres vermoulues de la maison de Vera Eckhoff.

14

Diplôme de pommes

Dirk zum Felde dut écraser la pédale de frein quand Burkhard Weisswerth déboula à vélo sur le chemin de terre. Weisswerth sous le tracteur, ç'aurait été le bouquet, il était déjà assez pénible *dessus*, quand il posait sur les engins en chapeau et en bretelles.

Mais l'affaire paraissait réglée, ils ne s'étaient plus ramenés avec leur appareil photo, le photographe n'osait probablement plus remettre les pieds à la ferme, pauvre péteux.

Britta trouvait qu'il aurait pu se dispenser du coup de pied au cul, mais elle non plus ne pouvait pas souffrir ce genre de types. Elle mettait juste plus de temps à sortir de ses gonds.

Il aurait aimé avoir les nerfs de Britta : les mômes, cette foule d'animaux, ses parents qui commençaient à décliner et tous ces petits bègues et zozoteurs qu'elle exerçait à la parole. Britta était incroyablement cool.

« Va faire un tour en tracteur, Dirk », lui disait-elle quand les gamins l'exaspéraient, et à son retour ça allait mieux, les enfants le savaient parfaitement eux aussi. S'il l'avait écoutée, ils en auraient eu un cinquième depuis belle lurette.

Gimme five ! lui avait-elle écrit avec le doigt, l'autre jour, dans la poussière de la vitre arrière.

« Commence d'abord par laver ta voiture, madame zum Felde ! »

Elle s'était contentée de sourire et lui avait encore dessiné un cinq sur le capot, avec un point d'exclamation.

Il avait commandé les billets sur Internet tout simplement, Werder Brême contre Hanovre, tribune des VIP, le carré, ça coûtait la peau des fesses, mais c'était leur dixième anniversaire de mariage, certains maris offraient bien d'autres choses !

Kai Düwer avait payé une cuisine toute neuve à sa Kerstin, une Bulthaup avec plaques à induction, « tant qu'à faire », le vieux frimeur ! On n'avait plus intérêt à renverser quelque chose chez eux maintenant.

« On se croirait dans une salle d'op, disait Britta, mais c'est vraiment chic. »

Elle s'en fichait complètement, elle, de la tête de sa cuisine. Ils avaient toujours les vieux éléments en chêne de sa mère : SieMatic. Inusable, même par leurs enfants.

Il avait aussi commandé un bonnet de supporter à la boutique online, avec un pompon aux couleurs de Werder, vert pomme et l'inscription *Vert et blanc, à la vie à la mort*, Britta le porterait, il en était sûr. Il n'y avait pas beaucoup de femmes à qui cela seyait, les bonnets à pompon. À part elle il n'en voyait pas. Zum Felde, à la vie à la mort.

Burkhard Weisswerth cria « Bien l'bonjour ! » en agitant la main quand il vit Dirk zum Felde, il n'avait rien remarqué de la manœuvre de freinage et pédalait en toute quiétude vers la digue.

Dirk bifurqua chez Vera Eckhoff, traversa la cour et enclencha l'épandeur d'engrais. Il arriverait à faire les pommiers d'ici midi.

Il fallait absolument qu'il aille voir Vera pour les baux de fermage, qui arriveraient à échéance l'année suivante en février. Il espérait les reconduire pour quinze ans.

Mais maintenant que Karl Eckhoff était mort, elle n'avait plus personne à ménager. Si elle mettait la ferme en vente, Peter Niebuhr sauterait sur l'occasion. Et lui, il serait mal.

Mais si cette nana de Hambourg était maintenant censée retaper la maison, comme le lui avait dit Heinrich Lührs, ça signifiait que Vera n'était pas près de plier bagage.

À moins que ce ne soit un truc thérapeutique, un pseudo-travail, et que la fille fasse un peu mine de s'escrimer sur la ruine de Vera pour « lâcher prise ou se recentrer » ; c'est fou ce qu'il les aimait, ces zèbres qui faisaient des câlins aux arbres et partaient chercher les coins d'« énergie positive » au bord de l'Elbe ! Complètement allumés.

Mais si Vera projetait de transformer sa ferme en asile pour ébénistes en perdition, c'est qu'elle n'avait pas encore l'intention de prendre le large.

Son bail de fermage avec Heinrich Lührs, lui, arriverait à terme dans cinq ans, après quoi là aussi il n'était sûr de rien. Heinrich avait toujours l'air d'espérer que Georg reviendrait, mais il pouvait faire une croix là-dessus. Ils se voyaient de temps en temps,

Georg n'avait qu'un an de moins. « Tant que le vieux est en vie, je touche pas une pomme de la ferme. » Le tout était de savoir combien de temps Heinrich allait encore tenir, il avait déjà dans les soixante-quinze ans lui aussi.

Grandir ou périr, la maxime lui sortait par les oreilles, n'empêche que c'était vrai, il avait besoin de cette surface. S'il ne pouvait plus louer les terres des Lührs et des Eckhoff, il faudrait qu'il en cherche ailleurs. Avec douze hectares on n'allait pas loin aujourd'hui, même si son père se refusait toujours à l'admettre.

Il aurait peut-être fallu faire comme Georg : épouser Frauke Matthes, une belle opération. *La beauté passe, les hectares restent.*

Il n'avait rien contre Frauke, mais elle riait chaque fois qu'il lui tombait une dent. Et elle n'était pas le genre de femme à porter des bonnets aux couleurs du club, pas vraiment.

Du fossé surgit un chevreuil qui courait vers l'Elbe et sauta au-dessus du chemin juste devant le tracteur. C'était comme si les bêtes sentaient quand la chasse était fermée, au printemps en tout cas elles devenaient drôlement téméraires.

Ce n'était pas le moment d'avoir un accident de gibier avec le tracteur, la boucherie de l'autre jour avec la Passat lui avait suffi, et l'animal qui vivait encore et qui criait !

Il ignorait complètement que les chevreuils pouvaient crier. « Ils le font quand c'est grave », avait dit Vera. Elle était venue l'abattre aussitôt, « Vous voulez que je vous le dépouille ? ». Mais la scène lui avait ôté toute envie de rôti de chevreuil. Vera, elle, n'avait pas d'état d'âme, elle l'avait finalement emporté et avait dû le dépecer à la maison.

Il tourna pour passer à la rangée suivante et vit Peter Niebuhr qui lui faisait signe de son verger avec son élagueur. Niebuhr qui donnait dans le bio, maintenant ! Deux fois par semaine il allait s'installer à Hambourg-Ottensen au marché bio de la Spritzenplatz avec ses pommes et ses cerises, et le vendredi au marché de l'Isestrasse ; à Hambourg on s'arrachait ses trucs apparemment.

Il en avait discuté avec Britta, lui aussi, c'était peut-être une possibilité : moins de surface mais du bio, en vente directe au consommateur. Puis ils avaient tenté de s'imaginer concrètement la chose : Dirk zum Felde au marché bio avec des clients du genre de Burkhard Weisswerth et de sa casse-pieds de bonne femme, qui l'entraîneraient dans des discussions sans fin sur les cultures transgéniques et les variétés de pommes anciennes : « Tu finirais par en étriper un, avait conclu Britta, oublie, Dirk, tu es un paysan, point barre. »

C'était bien le problème. Il regardait ce que faisaient ses collègues quand cette existence de producteur leur devenait trop pénible, et ça le rendait malade.

Hajo Dührkopp avait transformé sa ferme en « verger des merveilles », avec son tracteur il remorquait maintenant les touristes dans la vieille carriole des récoltes, des retraités en ciré, des familles de campeurs et des classes d'écoliers, à qui il expliquait comment poussent les pommes. Après quoi ils pouvaient obtenir un « diplôme de pommes », puis aller manger du gâteau au beurre dans son café, et avant de remonter dans leur bus ou leur mobil-home ils passaient par la boutique et lui achetaient de l'eau-de-vie, de la confiture de cerises et de la gelée de sureau ; tout ça, c'est sa femme qui le faisait.

Tu parles ! Sûr que Susi Dührkopp allait camper devant l'extracteur et cuire ensuite des tonnes de gelée de sureau !

De la gelée, on en trouvait au supermarché. Tu décolles l'étiquette, un bout de tissu à carreaux froncé autour du couvercle, un autocollant écrit à la main, et tac : deux euros de bénéf par pot.

Et quand elles étaient écrites en platt, les étiquettes *Gelée de sureau Dührkopp* rapportaient sans doute vingt centimes de plus.

Mais pourquoi ça l'énervait à ce point ? Les touristes tartinaient joyeusement chez eux leur pain de « gelée de sureau Dührkopp », elle avait exactement le même goût que celle d'oma, pour sûr. Et Hajo Dührkopp partait en vacances deux fois l'an avec sa femme, cela faisait belle lurette qu'il ne trimait plus dans les champs. Il n'avait gardé qu'un hectare et demi derrière la maison, où il jouait au producteur de pommes avec les clients.

Ce qu'il vendait dans la boutique de sa ferme, il se le faisait livrer par des collègues, par lui entre autres, Dirk zum Felde, qui aurait donc mieux fait de se calmer.

Mais ça le mettait en boule de voir Hajo Dührkopp transvaser ses pommes et ses cerises et les sortir des caisses zum Felde pour les verser dans les caisses Dührkopp avant qu'elles n'arrivent en boutique ; Hajo, le magicien et son grand cirque campagnard. Il donnait un coup de baguette, et Dirk zum Felde, son assistant débile, retrouvait un lapin dans son chapeau sans que personne ait vu quoi que ce soit.

Le mieux, c'est que ça ne faisait de mal à personne.

Les touristes repartaient dans leurs immeubles ou leurs pavillons sans que leur image idyllique de la vie à la campagne ait subi la moindre éraflure. Une vie comme sur les photos du calendrier, et des produits si sains ! Ils y revenaient toujours.

L'année prochaine, Hajo voulait commencer aussi les parrainages de pommiers, Werner Harms le faisait depuis longtemps. En échange de 40 euros par an, il attachait à « leur » arbre une étiquette au nom des gens, qui pouvaient venir le voir de temps en temps, et en septembre cueillir vingt kilos de ses pommes.

« Parions qu'ils vont aussi baptiser tous leurs bébés pommes », disait Britta. Elle avait d'abord cru que Dirk se fichait d'elle, quand il lui avait raconté cette histoire.

Hajo s'épanouissait dans son rôle de producteur-animateur. Quand il était au mieux de sa forme, il déambulait dans son café avec son accordéon, en jouant des airs du pays.

Et lui, Dirk zum Felde, avait un client fiable en la personne de Hajo Dührkopp.

Alors où était le problème ?

Il tourna avec le tracteur et vit Heinrich Lührs sortir du hall avec l'échelle à cerisier, il avait failli se faire balayer d'un arbre par la tempête récemment, Dirk avait vu l'échelle chanceler. Mais il aurait fallu que l'arbre tombe pour en faire descendre Heinrich Lührs.

Heinrich était tout à fait de la vieille école. Il secouait encore la tête en voyant les paysans dresser leurs étals de fruits au bord de la route pour vendre pommes, poires et prunes aux automobilistes, alors que pratiquement tout le monde le faisait désormais. Heinrich n'y aurait pas songé une minute, il trouvait que c'était en dessous de sa dignité.

Faut un jour que je lui demande si ses pommiers ont déjà des marraines, eux aussi, se dit Dirk en savourant d'avance la tête de Hinni Lührs.

Le monde de Heinrich n'était pas encore entamé par un quelconque scepticisme à l'égard des engrais chimiques et des pesticides, sa foi en la culture à haut rendement et dans les fruits calibrés était intacte. Autrefois, il traitait au mercure et à l'arsenic, les fruits étaient alors d'un tout autre calibre, on éliminait du même coup les taupes ainsi que toute cette vermine de rongeurs et d'insectes, et d'après lui c'était très bien comme ça, qui avait besoin de ces bestioles, je vous le demande ! Maintenant les taupes étaient protégées, mais dans le jardin de Heinrich ça ne leur servait strictement à rien. Il n'était tout de même pas assez stupide pour se faire prendre quand il en piégeait une.

Ses arbres étaient impeccablement alignés, ses fruits n'avaient pas une tache, le spectacle d'un pré-verger à l'ancienne le révulsait, les paysans bio étaient des charlots.

La conception du monde de Heinrich Lührs était aussi claire et nette que son gazon.

Que des pomologues barbus soient désormais fêtés comme le sauveur parce qu'ils tiraient de l'oubli les variétés telle que la finkenwerder herbstprinz et la pfannkuchenapfel avait échappé à Heinrich Lührs, et il avait bien de la chance. Il ne prenait tout simplement pas note du fait que la situation s'était inversée depuis longtemps.

Et ce n'est pas Dirk zum Felde qui serait allé lui dire que les paysans de leur espèce n'étaient plus, à présent, que des crétins avides de profit, produisant dans leurs monocultures infestées de pesticides des produits de masse pour la clientèle abrutie des supermarchés, tandis que le paysan bio du type Niebuhr et ses amis pomologues œuvraient à un monde meilleur, pour le plus grand bien des intellos.

Ni qu'un paysan traditionnel avait presque intérêt à travailler de nuit dans ses vergers s'il ne voulait pas se faire prendre en flagrant délit d'infamie par les touristes et les « consommateurs avisés ».

« On pourrait louer », lui disait Britta, quand il en avait plein le dos, une fois de plus.

Kai et Kerstin Düwer l'avaient fait. Ils avaient transformé l'entrepôt de froid en location de vacances, donné la terre en fermage, et Kai avait maintenant un super boulot, la semaine de cinq jours, un treizième mois, les congés maladie payés, et il lui restait assez de sous pour s'acheter une cuisine Bulthaup.

« On pourrait le faire, disait Britta, *no problem.* »

Ils n'auraient pas pu, et elle le savait bien entendu. Parce qu'il était un paysan. Exactement. Là était le problème.

Mais il n'était pas encore le dernier. Il avait encore des collègues à qui il n'avait pas besoin d'expliquer ce qu'il ressentait en voyant entrer dans la ferme, à l'automne, les remorques bourrées des caisses de la récolte avec, sur chacune des caisses, son nom à lui, Dirk zum Felde, et sur les plus vieilles, celui de son père, qui donnait encore un coup de main aux récoltes.

Même ça, là, épandre de l'engrais sous les pommiers un jour de mars, pas encore de feuilles aux arbres mais la buse planait déjà, et les lapins en chaleur sortaient de terre les uns après les autres, la nature en éveil, tout ce neuf, chaque année de nouveau au printemps.

Comment supportait-on de rester dans une jardinerie à vendre des bottes en caoutchouc quand, dehors, le sol dégelait et que tout respirait le renouveau ?

Un car de voyageurs stoppa sur la route devant la maison de Heinrich, Pâques approchait, les convois de touristes commençaient à débarquer. Ils s'arrêtaient toujours devant la ferme Lührs, mais heureusement personne ne descendait, il n'aurait plus manqué que ça, des inconnus sur le sable bien ratissé de Heinrich, ils restaient dedans à écouter sagement leurs guides commenter dans le micro le mur décoré de l'imposante façade Lührs, les motifs du balai de sorcière et du moulin, ainsi que le cygne du pignon, certains prenaient quelques photos à travers les vitres teintées de l'autocar, et hop ! on repartait pour la dégustation de jus de pomme.

Le bus accélérait ensuite en passant devant chez Vera Eckhoff. Il espérait que sa nièce n'était pas aussi paumée qu'elle en avait l'air. La maison avait sacrément besoin d'un coup de main.

Mais en réalité, il n'y avait pas tant de différence.

Heinrich derrière sa belle façade était aussi seul que Vera derrière ses fenêtres mal isolées. Deux vieux dans d'immenses maisons vides.

Être le dernier paysan dans la ferme comme Heinrich, quelle histoire merdique ! L'étape suivante, c'était la

« ferme désaffectée », rien que le mot vous mettait à mal. « Sans affectation, laissée-pour-compte. » Et des Hambourgeois sortis de nulle part s'entichaient de la malheureuse ferme. La plupart ne venaient même pas à bout de leurs enfants ou de leurs chiens – sans parler de leur vie –, et ils s'imaginaient sérieusement pouvoir relever le défi d'une vieille maison au toit de chaume et la rendre « toute pimpante » en deux temps trois mouvements. On voyait le résultat. Tout le village se gaussait de la cave (la cave à vin !) humide des Weisswerth, et plus encore de leur cour au pavage bosselé, les frères Jarck avaient fait fort. Weisswerth avait eu un pavage à 10 euros l'heure, pas un de plus, et par-dessus le marché les Jarck se l'étaient coulée douce, « lentement mais sûrement », ils avaient fait durer le plaisir.

Bon, la dernière rangée maintenant. Dirk zum Felde tourna au bout du rang et vit les jumeaux venir à sa rencontre avec le chien, Erik devant comme toujours, et sur ses talons, Hannes, penché sur toutes les choses, insectes, vers de terre, escargots, qu'il ramassait pour son zoo rampant et grouillant, hébergé dans le hangar aux machines.

Dirk s'arrêta et fit monter les deux garçons sur le tracteur. Deux bouilles rieuses édentées, encore six mois et ils entreraient à l'école.

Pauline allait déjà sur ses dix ans, Theis en avait cinq, maintenant.

Peut-être encore un.

Full house.

15

Instinct de nidification

La nature revenait lentement à elle tel un patient qui sort d'un coma profond, elle était encore pâle, et l'herbe terne parsemait le sol de bandes anémiées. Les prés avaient l'air éplorés, les arbres dégoulinaient, tremblaient, mais sur leurs branches nues les bourgeons se formaient déjà.

On entendait l'eau sourdre quand on collait l'oreille à leurs troncs, « la montée de sève », disait Theis zum Felde. Anne avait essayé et rien entendu. Elle ne croyait jamais qu'à moitié la Petite Terreur des parasites ; Leon, lui, la croyait aveuglément.

Les garçons étaient en vadrouille dans le jardin de Vera, ils avaient pris le stéthoscope en plastique jaune de la mallette de docteur de Leon, et auscultaient maintenant les arbres. Anne les voyait postés devant le tilleul dans leurs bottes en caoutchouc, en train d'écouter en hochant la tête.

Theis zum Felde venait presque chaque jour à la ferme, pédalant vaillamment sur son tracteur, depuis qu'ils avaient joué aux carambolages avec Leon, la première fois, dans le groupe des Hannetons.

Il avait surgi tout à coup dans le hall de Vera dans sa combinaison verte, après avoir laissé ses bottes en caoutchouc boueuses dehors devant la porte. Il se tenait là sans mot dire, les mains sur les hanches, en chaussettes Bob le Constructeur. Quand Anne lui dit bonjour, il fit un signe de tête. Leon arriva et ne dit mot lui non plus, jusqu'à ce que Theis zum Felde énonce une phrase presque complète : « J'ai droit jusqu'à cinq heures. »

Ce soir-là, après le brossage des dents, la lecture et la chanson, quand Leon se fut pelotonné dans sa couette pour dormir, les paupières lourdes, Anne l'entendit chuinter dans sa tétine. « Theis est mon meilleur meilleur ami. »

Ils parcouraient maintenant par tous les temps les vergers et les chemins de terre, lui et son meilleur meilleur ami, qui lui expliquait le monde en abrégé.

« Pommes du Japon. Pas comestibles », l'avertissait-il en désignant l'arbuste qui se dressait derrière la grange de Heinrich.

« Braque ! » criait-il quand il enseignait la marche arrière à Leon sur son tracteur John Deere, et la première fois qu'il s'était retrouvé devant la cage du lapin dans la chambre de Leon, les bras croisés sur la poitrine, Theis zum Felde avait dit : « Élevage individuel. Pas bon pour l'espèce. »

Leon avait regardé Willy, puis sa mère, et secoué la tête d'un air de reproche.

À présent, Theis zum Felde, armé du stéthoscope, avait l'air d'un chef de clinique au chevet du tilleul de Vera, et Leon, de son assistant dévoué.

Anne voyait aussi Heinrich Lührs ratiboiser dans son jardin quelque buisson sans défense, qui osait pousser dans la mauvaise direction.

Elle lui avait emprunté sa grande échelle à cerisier pour atteindre la petite fenêtre à moitié sortie de ses gonds, tout en haut du pignon de Vera.

Cela devait faire des décennies que nul n'avait regardé par cette vitre fêlée. Elle était recouverte d'une telle couche de toiles d'araignées qu'on avait du mal à voir à travers. Anne ne distingua que quelques poutres au sol. Là où le chaume était usé, des bouts de ciel scintillaient. Quand ses yeux se furent accoutumés à l'obscurité, elle aperçut quelques petits ossements sur le sol, souris, rat, martre, un animal avait dû périr ici quelque temps auparavant. Elle distingua l'escalier, les marches étroites qui montaient au grenier, et à côté d'elles, un sac poussiéreux et une paire de grandes bottes.

Vera ne laissait plus personne monter dans ce grenier depuis longtemps, l'escalier et les lames du plancher étaient trop friables.

Anne enfonça sans effort le tournevis dans le bois pourri du cadre de la fenêtre, à certains endroits il passait au travers, le bois était à nu, à part un reste de couleur vert foncé qui subsistait dans les angles. Le mastic de la fenêtre était grumeleux, tout jauni.

Elle sortit son burin fin de son sac et entreprit de détacher la petite fenêtre de l'embrasure.

Puis elle la porta prudemment au pied de l'échelle, et alla dans la grange à outils découper à la scie circulaire un morceau de contreplaqué aux dimensions de la fenêtre.

Heinrich Lührs avait enlevé les sacs de jute des

têtes de ses rosiers enfin graciés après un long hiver angoissant, à présent il ratissait la plate-bande.

Il n'aurait pas dû lui donner l'échelle, s'il arrivait quelque chose, ce serait sa faute. Heinrich jeta un regard sévère au-dessus de sa haie de buis quand il vit Anne prendre son marteau, coincer quelques clous entre ses lèvres, caler le contreplaqué sous son bras et remonter sur l'échelle branlante.

C'était intenable. Jamais monté de sa vie sur une échelle à cerisier et elle allait trifouiller avec ses outils à dix mètres au-dessus du sol. Ça passait l'entendement.

Il laissa son râteau en plan.

Anne vit Heinrich Lührs se poster au pied de l'échelle et l'empoigner à deux mains, elle cloua le contreplaqué devant la béance de la fenêtre, puis elle lui fit un signe et attendit qu'il soit reparti à ses roses. Elle laissa alors tomber le marteau par terre et descendit quelques barreaux pour tenter de déchiffrer l'inscription presque effacée sur la grande poutre transversale.

« Ah ! un truc en platt », s'était contentée de dire Vera.

C'était compliqué de parler de la maison avec elle.

« Remettre la maison en état », c'était le contrat, mais dès qu'Anne prenait un outil Vera lui emboitait le pas et discutait chaque intervention.

Ces fenêtres étaient-elles vraiment si mal en point qu'il faille les enlever ? Ne pouvait-on raccommoder le toit au lieu d'en arracher tout le chaume et les vieilles poutres ?

Anne mit un certain temps à comprendre que ce n'était pas une question d'argent. Vera avait de l'argent à foison.

« Je n'abîmerai rien, dit Anne, tu peux me croire. »

Mais ce n'est pas non plus de cela qu'il s'agissait.

Vera Eckhoff avait blêmi quand la balle en caoutchouc de Leon avait touché le vase qui était sur la table dans le hall. Un beau son cristallin, vibrant, le grand vase avait chancelé une seconde, il était resté debout, mais Vera avait chopé la balle et l'avait balancée par la porte du hall comme une grenade prête à exploser.

Leon fondit en larmes, ils inspectèrent toute la propriété avec Theis zum Felde, et ils ne trouvèrent rien. « Dans le fossé sûrement, dit Theis en haussant les épaules. Un bon lancer ! »

Leon hurlait comme un putois, Anne le prit sur ses genoux et renvoya Theis chez lui. « Je t'en achèterai une autre, Leon. »

Dans la cuisine de Vera les casseroles s'entrechoquaient.

Deux femmes au fourneau, ç'en est une de trop. Vera avait mis les choses au point quand Anne avait emménagé, elles ne cuisinaient donc pas en commun et mangeaient rarement ensemble, mais Leon s'était habitué à faire la navette.

Le matin, il ne réveillait plus Anne, il s'habillait tout seul maintenant et traversait en vitesse le hall glacial sur ses chaussettes antidérapantes pour aller retrouver Vera à la cuisine.

Vera ne vous renvoyait jamais au lit au prétexte

qu'il faisait encore nuit dehors. Elle ne voulait pas « dormir un peu pour une fois » ou avoir la paix « bon sang de bonsoir ». Vera était toujours déjà réveillée. Elle rectifiait tôt le matin ses bretelles et ses manches de pull-over tire-bouchonnées et lui faisait une tartine de miel. Elle avait fini par lui acheter un gobelet, ça la rendait folle de le voir brandir les fines tasses anciennes à filet d'or.

Elle avait déniché à la supérette un gobelet d'enfant orné d'une taupe, avec laquelle ils taquinèrent Heinrich Lührs quand il vint prendre le café, la fois suivante.

« Regarde, Hinni, ta copine », dit Leon en montrant la taupe, et Heinrich fit mine de lancer par la fenêtre la tasse avec « c'te foutue taupe ».

Quand Anne entendait Leon rire le matin dans la cuisine de Vera, elle savait que la formidable blague de la taupe avait encore frappé.

Après l'épisode de la balle, Vera était montée un matin dans sa vieille Mercedes et avait filé à la coopérative agricole, il lui fallait de la graisse pour les selles et de l'avoine. À la caisse, des animaux miniatures narguaient habilement les enfants des agriculteurs et leurs parents. Vera en acheta deux : une trakehner avec son poulain. Theis zum Felde avait des douzaines de ces animaux, qu'il trimbalait dans sa remorque, pour Leon c'étaient les premiers.

« Plus de balle en caoutchouc dans ma maison », dit Vera. Leon acquiesça, prit les chevaux et se glissa à sa suite dans la cuisine, où elle prépara le petit déjeuner.

Dans la cuisine de Vera trônaient encore les vieilles armoires murales d'Ida Eckhoff. Sur les tiroirs en céramique était écrit *sagou*, *semoule*, *chicorée*, et Vera coupait son pain avec une trancheuse à manivelle de fonte.

Tout dans sa maison était vieux et pesait lourd. Apparemment Vera n'avait pas acheté une seule chaise, un seul torchon ou buffet.

Elle avait hérité de chacune de ces choses, mais elle vivait avec elles comme si elles ne lui appartenaient pas.

Elle gardait la maison, pas plus, c'est tout juste si elle avait osé déplacer les vieux pots de fleurs que sa mère avait posés sur les rebords des fenêtres, des décennies auparavant.

Quand Anne avait ôté les tringles à rideaux du salon pour accéder aux cadres des fenêtres, Vera avait tourné un bon moment autour de son échelle, perdue, contrariée, avant de se décider à dégager les rebords.

Elle avait pris les pots de fleurs un à un, à deux mains, comme s'ils recelaient les reliques de quelque parent. Les avait portés dans sa chambre à coucher, avait fermé la porte parce que des enfants déboulaient dans toutes les pièces avec ou sans balle ces derniers temps, et ensuite disparu dans la cuisine, où elle avait claqué les portes des armoires et fermé les tiroirs à grand bruit.

En entendant ce raffut, Anne n'avait pu s'empêcher de penser à sa mère, qui faisait exactement pareil, la figure verrouillée, sans desserrer les dents, préférant faire crier les objets.

Marlene avait le don de préparer une soupe en massacrant bruyamment les légumes, hachant les têtes de chou, cassant les haricots et grattant les carottes avec des bruits qui vous écorchaient les oreilles.

Comme le soir où sa fille avait rangé sa flûte au grenier et mis ses partitions au panier.

Anne supposait qu'on pouvait faire autrement. Qu'au lieu de martyriser un chou-fleur dans la cuisine, on aurait pu aller s'allonger près de son enfant sur le parquet du salon. On aurait peut-être pu aussi l'attirer à soi, la prendre dans ses bras et la bercer un peu. On aurait pu la secouer ou pleurer. On aurait pu dire : « Je suis désolée. »

Qu'on n'avait pas supporté la présence d'une enfant blessée, on avait juste assez d'amour pour un enfant lumineux, intact.

Qu'on avait malheureusement dû laisser celle-là sur le carreau.

Marlene ne pleurait pas, elle fulminait, et Vera faisait exactement pareil. Quand elles ne savaient plus quoi faire, les filles de Hildegard von Kamcke ouvraient les hostilités, murées dans leur colère.

Vera semblait ne jamais dormir.

Quand Anne se réveillait à une heure du matin parce que Leon cherchait sa tétine ou sa peluche, Vera était encore dans la cuisine avec ses chiens.

À trois ou quatre heures, quand Anne s'éveillait en sursaut à cause d'un rêve ou d'une tempête, Vera était encore assise sur son banc de cuisine.

Anne voyait de la lumière sous la porte, elle entendait la radio de Vera. Quatuors pour cordes ou concerts de piano jusqu'à six heures du matin, *Musique classique pour noctambules*, mais Vera n'était pas un animal nocturne, elle restait seulement clouée dans sa cuisine à attendre que la nuit se passe, une de plus.

On aurait dit que ce n'était pas elle qui possédait la maison, c'était plutôt l'inverse. C'est cette maison qui possédait Vera.

Cette maison est mienne...

Il fallait suivre les syllabes au doigt pour les déchiffrer sur la poutre grise élimée, elle avait besoin d'un échafaudage, ce n'était pas possible avec cette échelle branlante. Et Heinrich Lührs avait l'air de vouloir la décrocher de l'échelle illico avec son râteau, le voilà qui se pointait de nouveau en secouant la tête.

De là-haut elle voyait l'Elbe. Un voilier s'était risqué à sortir, tel un petit bateau en papier l'esquif se balançait dans le sillage d'un énorme porteur de containers. Sur la digue, les premières brebis bêlaient après leurs agneaux, le berger venait chaque jour compter les nouveau-nés et ramasser ceux qui étaient morts. Il déplaçait la clôture électrique et poussait le troupeau plus loin, dès que l'herbe de la digue était suffisamment tondue.

Des nuages denses, ébouriffés, gris souris, couraient dans le ciel, pareils à de gros moutons qu'on aurait gonflés comme des ballons et laissés s'envoler.

Les nuages filaient vers l'est, vers quelque improbable rendez-vous.

Au-dessus de l'île de l'Elbe les mouettes décrivaient des cercles : inspecter les sites de nidification, chercher une partenaire, évincer les rivaux à coups de bec, bâtir les nids, tout cela se faisait comme sur commande, bien planifié.

Dirk zum Felde était sur le chemin de terre, deux énormes sacs en plastique sur son élévateur, il savait qu'il était temps d'épandre de la potasse sous ses pommiers, et en quelle quantité et pourquoi. *Mars, le mois des paysans*, disait la chanson.

Même le cerisier atrophié de Vera pigeait encore que c'était le moment de bourgeonner.

Tous, même les seconds rôles, étaient fin prêts. Personne ne manquait son entrée en scène, nul n'avait de trou, tout le monde avait appris son rôle.

Seule Anne Hove, juchée sur une échelle à cerisier, ne savait pas son texte.

Elle ne connaissait même pas la pièce, encore moins que Willy, qui en ce troisième printemps de son existence de lapin nain s'arrachait soudain les poils du poitrail et amoncelait la paille dans un coin de sa cage, espérant une progéniture.

Heinrich Lührs était venu voir le lapin en chaleur et avait secoué la tête.

« Si çui-là c't'un mâle, j'veux bien porter des jupes. »

Theis zum Felde acheva de faire la lumière sur la question, il sortit une paire de gants de travail des poches de sa combinaison, extirpa de sa cage le lapin qui se débattait toutes griffes dehors, l'examina, puis il hocha la tête. « Femelle. »

Leon fixa Willy, perplexe, la nouvelle était dure à avaler.

« Instinct de nidification », énonça Theis, et Leon opina du chef comme s'il s'en doutait depuis longtemps.

Anne redescendit et rapporta l'échelle chez Heinrich Lührs. Elle essuya un regard à vous faire plier l'échine.

« Et si l'échelle bascule ? Au secours les pompiers et que je pousse les hauts cris ! »

Encore un qui vous toisait en parlant. Encore un donneur de leçons.

« Descendez de l'échelle, dégagez l'entrée, un nuisible ! »

Elle se demandait comment on devenait ainsi. Si c'était le paysage qui leur faisait ça, les arbres, l'Elbe. Si ça venait de ce que les pères de leurs pères avaient dompté un fleuve, lui avaient assigné des limites, l'avaient endigué et creusé leurs fossés et leurs canaux dans la terre meuble de son embouchure. Ils n'avaient pas trouvé le pays où ils vivaient tel quel, c'est eux qui l'avaient *fait*.

Puis ils avaient bâti leurs immenses maisons, des maisons-halls pareilles à des cathédrales avec lesquelles ils s'étaient dressé des monuments, ces créateurs de ce pays de polders qui n'étaient ni dieux ni paysans, quelque chose entre les deux.

Était-ce pour ça que ces hommes, les Heinrich Lührs, les Dirk zum Felde, se dressaient ainsi devant vous, demi-dieux armés de râteaux et d'élagueuses ? Et que, du haut de leurs cinq ans, les rejetons du Vieux Pays piétinaient les nuisibles de leurs bottes taille 29 et les écrasaient dans ce sol ?

C'était peut-être inné, quand on était venu au monde dans une de ces familles, qu'on était d'emblée partie intégrante d'une architecture à pans de bois. On connaissait sa place et son rang dans ce paysage où tout reposait sur l'ancienneté : d'abord venait le fleuve, puis le pays, puis les briques et les poutres en chêne, et enfin ces hommes aux noms anciens à qui appartenaient le pays et les vieilles maisons.

Tout ce qui était arrivé après, les bombardés, les expulsés, les gens las de la ville, les sans-terre qui cherchaient un pays, n'était que du sable apporté par le vent, de l'écume déposée par les vagues. Des nomades qu'on laissait sur les routes.

« Descendez de l'échelle, dégagez l'entrée, un nuisible ! »

Anne se demandait combien de temps il fallait rester ici pour ne plus être un étranger. Apparemment une vie n'y suffisait pas.

« Merci pour l'échelle, dit-elle, il faudra pas regarder, la prochaine fois ! »

16

Glace à la dérive

Vera avait dormi comme un bébé pendant trois nuits. Pas de rêve, pas de docteur Burger, pas de vieillard qui pleurait. La paix de l'âme sans Valium. Elle espérait que Karl l'avait trouvée aussi, il lui manquait.

Karl Eckhoff était « rentré chez lui », avait dit le pasteur Herwig, il reposait maintenant à côté de la petite église à colombages. Quand il n'y avait pas de vent et que les fenêtres étaient ouvertes, Vera entendait sonner les heures à son clocher. Pas de carillon solennel, plutôt un léger bruit de frappe, comme si on tapait sur une casserole avec une cuiller en bois, elle pensait alors à Karl qui était rentré chez lui sur sa jambe raide.

Elle avait fait graver son nom sur la pierre tombale des Eckhoff, et demandé s'il y avait encore de la place pour un quatrième. « Mais largement, avait dit Otto Suhr. On va le faire dans la foulée. » Au-dessous de *Karl Eckhoff*, ils avaient donc inscrit *Vera Eckhoff 1940-*

« C'est toujours ça de fait. » Otto Suhr avait l'esprit

pratique, sans quoi on n'allait pas loin dans les pompes funèbres.

Il n'y avait pas de mot pour dire ce que Karl avait été pour elle. Ni un père, ni un frère, ni un enfant. Son camarade peut-être. Son prochain.

Vera avait conduit Marlene à la gare, en silence, elles s'étaient écorché la peau en se frottant l'une à l'autre pendant les trois jours et les trois nuits où elles avaient été sœurs. Ou fait semblant de l'être.

Les filles de Hildegard von Kamcke, son enfant de la guerre et son enfant d'après-guerre, quatorze ans les séparaient – et l'Elbe. Vera avait poussé la petite Marlene sur sa balançoire dans le grand jardin du quartier de Blankenese, et joué avec elle aux petits chevaux à la table ronde du salon de Hildegard, trois, quatre dimanches par an, quand le maître des lieux était absent, Hildegard ne mélangeait pas les genres.

Chez elle Vera était l'invitée, à déjeuner, et au thé aussi, l'après-midi. Hildegard s'appelait maintenant Jacobi.

Elle envoyait son chauffeur chercher Vera au bac, et il la ramenait à l'embarcadère en fin d'après-midi.

L'homme que Vera ne voyait jamais s'était enrichi en bâtissant des barres et des lotissements pavillonnaires à Hambourg. Cloisons minces et fenêtres étroites pour ceux qui ne s'en étaient pas très bien sortis dans l'après-guerre.

Lui, personnellement, aimait les demeures Art nouveau, les façades à stuc, les fenêtres en plein-cintre et les parquets de chêne. Sa maison avait tout cela en abondance, et Hildegard savait vivre dans ces grandes demeures. La villa n'était pas une maison de maître,

Jacobi pas de son rang, tout cela pas vraiment *comme il faut*[1], mais presque.

Hildegard n'avait plus mis les pieds dans la maison de Karl Eckhoff ; le village près de la digue, le Vieux Pays, elle les avait laissés derrière elle, comme si cette terre-là aussi était dévastée, terre brûlée.

Son enfant de la guerre, elle l'avait laissée là-bas, comme si elle l'avait perdue en route.

À l'instar de l'autre, le petit qui était mort, gelé dans ses langes. Qu'elle avait laissé dans son landau au bord de la route.

Elle l'avait bordé une dernière fois, lissé la couverture, comme le faisaient la plupart des mères avant de laisser leur enfant mort et de continuer, en passant devant toutes les autres voitures d'enfant silencieuses qui se dressaient dans les bourrasques de neige.

Il faisait trop froid en ce mois de janvier. Les petits mouraient les premiers.

Maintes femmes s'étaient assises dans la neige, longtemps avant d'atteindre la lagune de la Vistule, adossées à leur voiture d'enfant, et s'en étaient remises au gel.

D'autres s'étaient jetées des ponts, leurs enfants à la main.

D'autres étaient allées dans les bois, avaient pendu les enfants aux arbres et s'étaient pendues ensuite.

D'autres avaient, plus tard, pris une lame de rasoir, une corde ou du poison, parce qu'elles ne se retrouvaient plus dans les misérables créatures qu'elles étaient devenues.

Mais la plupart ne s'étaient pas autorisées à mourir,

1. En français dans le texte.

elles restaient des errantes dévorées par le mal du pays, toute leur vie.

Prussiennes au départ, racaille à l'arrivée, on finissait par s'y faire. À force, on pouvait venir à bout de l'humidité dans les blocs en brique et les petites maisons des lotissements, et on était reconnaissant de ne plus avoir à loger dans des baraquements ou de la tôle ondulée.

Elles avaient cultivé des haricots, planté des pommes de terre et refusé de penser au passé, de lorgner vers l'est, sauf dans leurs rêves et les jours de fête, alors elles pleuraient, sans dire pourquoi à leurs enfants. Et leurs fils et leurs filles s'habituaient à ce que leurs parents soient des blocs de glace à la dérive.

Hildegard von Kamcke avait mis son aînée à l'abri, c'était devenu une petite paysanne, mais sa mère n'avait rien d'une paysanne.

Elle n'envisageait pas une seconde de s'habituer. De se contenter de quelques hectares de cerisiers et de pommiers et d'un invalide sur un banc, dans une maison où elle avait dormi sur la paille et volé son lait. Où elle avait attendu devant le portail d'apparat dans ses bas troués, avec une enfant qui avait froid et de la morve sur les manches, « Tous des gueux, tous pouilleux. »

Elle serait restée une réfugiée, dans ce village, une moins que rien pour ces paysans des fermes à pans de bois, fièrement campés sur leurs jambes, qui jouaient les seigneurs et n'avaient jamais vu un champ de blé de Prusse orientale, ni les allées somptueuses qui menaient aux maisons de maître.

Elle voulait redevenir ce qu'elle avait été, elle voulait qu'on lui rende sa vie d'avant, tout.

Et aussi son petit garçon.

Mais quand elle eut un enfant de Fritz Jacobi, ce fut une fille, et il ne lui vint plus de garçon.

Vera nettoyait toujours ses souliers et se coupait les ongles avant d'aller chez les Jacobi, elle mettait ses beaux habits et voyait pourtant sa mère froncer les sourcils, à chaque fois, quand elle disait bonjour. Elles se serraient la main, et Vera ne faisait pas la révérence. Elle se promettait sur le bac de ne pas plier le genou, et elle tenait presque toujours.

Marlene était comme un chiot fou quand Vera arrivait, elle sautillait autour d'elle, tout excitée, avec ses poupées, son ballon, tirait Vera par la main dans sa chambre pour lui montrer sa boutique de marchande, sortait ses jeux et ses albums de l'armoire, jusqu'à ce que Hildegard les appelle pour le déjeuner.

Chaque repas était une épreuve, la nappe blanche, les serviettes amidonnées, les monumentales cuillers en argent. La petite Marlene la remportait, et Vera échouait, la dernière fois elle avait presque vingt ans, du velouté de tomate sur la nappe damassée.

« Dis-moi, tu manges à l'étable chez vous ? »

Hildegard ne vit pas Vera sursauter, ni Marlene laisser retomber sa cuiller, elles finirent de manger en silence.

Vera ne remit plus les pieds chez les Jacobi, elle cessa d'obtempérer quand Hildegard lui disait de venir, mais elle continua à lire ses lettres. Sa mère lui écrivait depuis qu'elle avait quitté la ferme d'Ida Eckhoff.

Elle évoquait les forêts de chênes et les nids de cigognes, les bluets, les martins-pêcheurs, les grues cendrées, et les baignades dans les lacs de Mazurie ou le patinage sur leur glace noire.

Elle recopiait les noms de ses chevaux, les noms de ses chiens, les noms de ses trois frères et sœurs, dont aucun n'était plus en vie. Elle lui recopiait les chants de son pays, *Le Pays des sombres forêts*, avec les partitions, et *Annette de Tharau*, les dix-sept strophes, elle dessinait des mauves, des trolles d'Europe, des pygargues à queue blanche et le domaine des von Kamcke.

Elle glissait des recettes dans les enveloppes, soupe de betterave, quenelles à la crème fourrées de viande, blinis.

Ma chère Vera, écrivait Hildegard Jacobi à la petite paysanne qu'elle ne supportait pas une demi-journée dans sa maison de Blankenese. Dont elle ne voyait que les souliers et les ongles quand elle l'avait en face d'elle, et dont elle serrait la main à bout de bras.

Hildegard parlait dans ses lettres de Vera petite fille, qui avait chanté presque avant de savoir parler, et voulait dormir à la cuisine dans le grand panier, parmi les chiots.

Elle lui envoya la photo d'un homme qui riait à gorge déployée, juché sur un cheval, et devant lequel se trouvait une enfant. *Friedrich et Vera von Kamcke sur Excelsior.*

Hildegard écrivait comme pour empêcher cette Atlantide prussienne de sombrer.

Ma chère Vera. Elle était capable d'affection tant qu'il y avait l'Elbe entre elle et sa fille.

Vera avait rangé les lettres dans un porte-documents, elles étaient dans le coffre en chêne et ne regardaient personne, pas même sa demi-sœur.

Mais elle avait perdu Karl, et elle s'était assise seule sur le banc familial. Trop de solitude, même pour Vera Eckhoff.

Le surlendemain de l'enterrement, elle sortit les lettres du coffre, les posa sur la table de la cuisine et alla se coucher.

Les lettres étaient toujours là le lendemain matin, dans le porte-documents fermé, mais elles avaient été lues, les yeux de Marlene étaient rouges et gonflés. Elles burent leur café en silence, une première tasse, une deuxième, puis Marlene saisit la corbeille de pain et la lança contre le mur, et les couverts suivirent. « Gare à toi ! » s'exclama Vera quand Marlene s'empara d'une tasse. Marlene se précipita dehors, traversa le jardin et courut dans les cerisiers en criant. Les derniers étourneaux qui cherchaient les cerises oubliées s'envolèrent, effrayés.

Il y eut des feuilles et des branches arrachées, des troncs d'arbres injuriés, des fleurs de pissenlit broyées, décapitées par des pieds qui ne pouvaient plus toucher Hildegard von Kamcke, parce qu'elle était morte, sans un mot. Un bloc de glace, toujours froide, insaisissable. Marlene ne connaissait aucune berceuse de Prusse orientale, aucune photo de maison de maître, elle n'avait jamais entendu parler de l'enfant mort au bord de la route, elle ne savait rien.

Une mère pareille à un continent inconnu, sa fille abandonnée sans boussole, sans carte, dans un pays rempli de précipices insondables, où le sol tremblait et où rôdaient les bêtes sauvages.

On n'en sortait pas indemne, Marlene était tombée dans tous les précipices, glissant encore et toujours de ces murailles lisses et froides. Cela n'avait pas été une partie de plaisir d'être l'enfant de Hildegard Jacobi.

Elle lui avait légué la musique, sa voix, son ouïe. Il y avait eu les leçons de chant et les cours de piano. Marlene jouait très bien.

Pas assez bien pour Hildegard Jacobi, qui à la moindre erreur dans l'exécution d'un impromptu haussait les sourcils et souriait en pinçant les lèvres, puis poussait un petit soupir résigné, comme si elle l'avait su par avance.

Quand on ne se trompait pas, quand on avait réussi sans une faute un morceau difficile et qu'on laissait joyeusement retomber les mains, satisfaite un instant, Hildegard aimait à citer Wilhelm Busch.

Qui pour avoir grimpé/sur l'arbre avec difficulté/ d'ailes déjà se croit doté/qu'il soit bien vite détrompé.

Son père, perpétuellement survolté, rarement sans un cognac à la main, venait s'asseoir à ses côtés sur le banc du piano et l'attirait à lui en riant.

« Ah ! ne t'en fais pas, petite Marlene, allez, joue-moi quelque chose de beau… »

Un crapaud qui tentait de grimper à l'arbre, voilà ce qu'elle était pour Hildegard Jacobi.

L'aînée lointaine, avec sa mention très bien au bac, ses études, son cabinet de dentiste et ses trakehner, « *ma chère Vera* », était un aigle.

Et n'avait jamais soufflé mot des lettres, pendant tous ces étés que Marlene avait passés au Vieux Pays avec ses nattes et son sac à dos, en vacances chez sa grande sœur ; elle avait mendié ce séjour chaque année, juste une semaine. Elle aimait tant Vera, même sa maison inquiétante, même le vieil homme qui boitait et sifflotait des chansons sur son banc blanc.

Pas un mot de ces lettres plus tard non plus, lors de ces dimanches de juillet où elle était venue cueillir les cerises à la ferme avec mari et enfant. Vera l'avait tenue à distance, l'avait laissée se consumer sans faire un geste.

Les escargots périssaient, les taupinières volaient en éclats sous les pieds de Marlene, les lapins détalaient.

Vera s'était postée à la fenêtre de la cuisine avec sa longue-vue de chasse et la voyait se déchaîner, faire des scènes aux arbres comme une femme trompée.

Vera regrettait déjà. Aurait voulu avoir laissé les lettres dans le coffre, pour les brûler un de ces jours.

Voilà ce que cela donnait, quand on proposait un *nous*, juste parce qu'on était épuisée et qu'on capitulait devant la solitude.

Marlene disparut, elle devait approcher du grand fossé, Vera appela les chiens et partit la chercher.

Elle la trouva sur un des petits pontons de bois, prostrée, pas étonnant après cette frénésie. « Couchés », dit Vera. Les chiens s'allongèrent dans l'herbe, elle s'assit à côté de Marlene sur le ponton, à bonne distance. Mais il ne s'agissait déjà plus des lettres.

Assise en plein soleil, Marlene pleurait parce que la glace ne voulait pas fondre.

Parce que la fille de Hildegard Jacobi qui avait eu tellement froid laissait, elle aussi, geler sa fille.

« Je fais exactement pareil avec Anne ! Tout ça continue indéfiniment. »

Elle n'avait pas de mouchoir et prit ses manches, son visage était noyé de pleurs d'enfant, les yeux obstinément fermés, la bouche grande ouverte : « Je ne l'ai pas fait exprès. »

Elle pleurait comme une petite fille qui a cassé le bras de sa poupée par mégarde, ou arraché sa tête.

Vera ne comprenait rien à ces choses, mais elle vit les cheveux de Marlene collés de sueur, son visage brouillé de larmes, le chemisier qui pendouillait sur elle comme un chiffon mouillé, maculé de terre, d'herbe et de larmes.

Elle l'aida à se lever, puis elles rentrèrent à la maison en titubant, deux soldats épuisés par la bataille.

Marlene s'allongea sur le banc sous le tilleul, Vera alla lui chercher de l'eau à la maison, mais elle s'était déjà endormie.

Vera la but elle-même, elle voyait Marlene sur le banc et ne savait pas où s'asseoir maintenant.

Le soir elles burent trop, Marlene s'enhardit avec le vin et l'eau-de-vie de pomme, elle posa des questions qu'on ne posait pas à Vera Eckhoff quand on était à jeun.

« Pourquoi est-ce qu'elle t'a laissée ici toute seule ? »

« Pourquoi tu n'as pas d'enfants ? Pas de mari ? »

« Pourquoi tu n'as personne ? »

Vera se leva, rangea les bouteilles et les verres : « J'avais Karl. » Puis elle alla se coucher. Le lendemain matin elle conduisit Marlene à son train.

Sur le chemin du retour elle s'arrêta au cimetière. Il faisait encore très chaud, la brassée de gerberas de l'association des chasseurs était déjà bien fatiguée.

Elle entendit le portail grincer et vit Heinrich Lührs remonter le chemin sablonneux, par ce temps il allait tous les jours au cimetière arroser la tombe d'Elisabeth. Il l'aperçut, quitta le chemin de sable, la rejoignit, et posa l'arrosoir et le seau. « Alors, Vera ? »

Ils restèrent un moment au soleil.

« 'L'a fini d'souffrir », dit Heinrich. Il prit l'arrosoir et arrosa les gerberas de Karl. « Pleure donc pas. »

Il arrosa la couronne de fleurs des champs de Vera et la gerbe de roses jaunes des voisins. Les quelques gouttes restantes, il les versa sur la tête de Vera, puis il écarquilla les yeux en mimant l'horreur, lui donna une petite tape sur l'épaule, et s'en fut.

Elle essuya l'eau de ses cheveux et vit Heinrich Lührs repartir au robinet avec son arrosoir, puis aller à la tombe de sa femme.

Il s'accroupit avec raideur et commença à passer au crible les deux arbustes de marguerites à gauche et à droite de la tombe, pour éliminer les fleurs fanées. Il les coupa, les jeta dans un seau et fit de même avec six roses qui se dressaient sur deux rangs, parallèlement au sentier de dalles de pierre très soigné. Elles étaient coupées exactement à la hauteur de la pierre tombale, soldats en fleur au garde-à-vous.

Même sur le chapitre des tombes Heinrich ne faisait pas de compromis.

Pourquoi si tôt ? Dans les cas de mort subite, l'entreprise Suhr conseillait de graver cette phrase, et généralement elle prônait aussi de graver un ange sur la pierre.

Mais Heinrich Lührs n'avait cure des anges, et la question sur la pierre tombale n'avait rien d'un pieux chuchotement, il fallait y lire un hurlement : *POURQUOI SI TÔT !*

Vera le vit s'agenouiller dans le cimetière et arracher les fleurs rebelles d'une main vengeresse, il l'avait portée lui-même avec ses trois fils.

Ils avaient hissé le cercueil sur leurs épaules, Heinrich devant avec son aîné, Jochen et Georg derrière, et, dans leurs costumes noirs neufs, avaient traversé tout le cimetière ainsi, portant à eux quatre le lourd cercueil en chêne. Trempés jusqu'aux os, leurs cravates noires et leurs pantalons à pinces flottant dans les bourrasques, il pleuvait et il ventait, le temps s'était mis au diapason du visage furieux de Heinrich une fois rendu à la tombe, quand il n'y eut plus rien à porter, plus rien à faire, et qu'il se retrouva les mains vides à côté de ses fils, et pas un n'osa pleurer.

Dans l'assistance nul n'avait été assez fou pour aller voir Heinrich Lührs et lui serrer la main, tous avaient déguerpi en vitesse.

Alors Karl avait boitillé jusqu'à lui et l'avait abrité sous son parapluie, jusqu'à ce que Vera ait reconduit ses fils trempés à la maison.

Lorsqu'elle revint au cimetière, ils étaient toujours sous le parapluie retourné, trempés, grelottant de froid tous les deux, et Heinrich toujours trop têtu pour rentrer en voiture avec eux.

Cela passait, même pour un homme comme Heinrich Lührs qui prenait tout au pied de la lettre et, de sa vie, ne réciterait plus un « Notre Père », parce qu'il avait appris à ses dépens ce que ça pouvait signifier, « Que ta volonté soit faite. » Il ne se laissait pas traiter ainsi, il en avait terminé avec les anges.

Vera le vit arroser soigneusement les roses et les marguerites. Les fleurs et les buissons, au moins, se soumettaient. Ils poussaient comme il le voulait. Sur cette tombe n'advenait que la volonté de Heinrich Lührs, même si elle était par excellence le territoire de Dieu.

17

Les affres de la campagne

L'article phare était tout trouvé. « Du chevreuil à la saucisse », une abondante série de photos, mais rien de joli, il les voulait brutes, réalistes, sanglantes, dures. Il ne lui restait plus qu'à demander à Vera Eckhoff quand il pourrait l'accompagner à la chasse, il ne dirait d'abord pas mot du photographe. Il n'était pas certain non plus que Florian soit la bonne personne pour cette histoire : quand Dirk zum Felde l'avait fichu dehors il s'était fait mettre deux semaines en congé maladie et avait prétendu qu'il en « garderait sûrement des séquelles psychiques ». Le type avait trente-cinq ans et faisait des manières comme une minette.

Mais sa revue *Culture-Nature* ne serait pas une feuille de chou kitsch et gnangnan sur la vie à la campagne, pas un de ces magazines avec oiseaux, agneaux et fleurettes en couverture, recettes de soupe à la betterave et idées de confection d'absurdes objets en bois, bougeoirs, nichoirs et autres foutaises, et surtout PAS de trucs en feutre. Pour l'amour de Dieu. Le feutre, ils avaient déjà donné.

Burkhard Weisswerth rétrograda pour prendre un petit chemin de terre, il coupa un peu trop le virage, ses pneus arrière chassèrent brièvement, il l'avait échappé belle. Pas terrible avec une bouteille de single malt dans une sacoche et un pot de chutney courgette-pomme d'Eva dans l'autre, il ralentit un peu. L'éclairage de rue se terminait ici, il faisait nuit noire, et le chemin de terre était boueux et glissant.

Il avait aperçu Dirk zum Felde quelquefois en passant depuis l'histoire du coup de pied, ils avaient échangé un signe de main de loin. En fait, Dirk aurait pu s'arrêter et se fendre d'un mot d'excuse, il avait clairement mal réagi. Mais bon, le ton de Florian n'était pas toujours top non plus. Passons l'éponge !

Burkhard Weisswerth n'était pas du genre à compter ses sous, il avait déboursé un billet de 50 euros et acheté un Glenfiddich de dix-huit ans d'âge ; Dirk zum Felde apprécierait, c'était peut-être un paysan, mais pas un imbécile. Eva lui avait donné du chutney pour Britta – et une invitation à la fête de printemps dans sa « manufacture de confitures ». Elle l'organisait pour la troisième fois maintenant, toujours le lundi de Pentecôte. Quand le temps jouait le jeu et que les Hambourgeois venaient passer la journée, elle faisait pas mal d'affaires ce jour-là.

Ce qui se vendait le mieux était ses gelées de pomme ancienne, Eva se faisait livrer ces variétés par un pomologue, un type génial, un néorural qui avait fait des études d'orientalisme. On voyait malgré tout que ce genre d'homme avait un autre horizon que le paysan lambda du Vieux Pays. Il y avait encore du pain sur la planche avant qu'un Dirk zum Felde prenne enfin conscience que la culture intensive des fruits avec ses productions à haut rendement, l'utilisation massive d'engrais, ses monocultures et toutes les cultures transgéniques étaient une absurdité. Une absurdité totale !

Cela interpellait aussi le journaliste qu'il était naturellement, il avait prévu un portrait du pomologue dans l'édition d'automne de *Culture-Nature*. Et Eva avait déjà planté dans le jardin quelques variétés anciennes, des reinettes ananas, des horneburger pfannkuchenapfel, des juwel von kirchwerder, seulement trois arbres de chaque pour le moment, c'était un début.

Quand il entra dans l'exploitation, il dut slalomer entre un bobby-car, un tracteur d'enfant, un go-kart et un tricycle, tous les véhicules semblant avoir été quittés précipitamment par leur conducteur. Le bobby-car était couché sur le côté, le go-kart et le tricycle imbriqués l'un dans l'autre probablement à la suite d'une collision, et le tracteur barrait l'accès à la porte d'entrée.

Une échelle de corde se balançait à un grand marronnier, dans le feuillage duquel on avait entrepris de construire une cabane, quelques lattes étaient clouées en tous sens à l'arbre et on avait déjà hissé un fanion John Deere.

Dans une petite brouette gisaient un tas d'animaux de la ferme – vaches, cochons, moutons – entassés pêle-mêle comme s'ils avaient été abattus après une épidémie. Une épée de bois était fichée dans un bac à fleurs. Il avait combien d'enfants, Dirk zum Felde, au juste ?

Burkhard Weisswerth chercha un coin libre où poser son vélo, ôta son casque, sortit la bouteille de single malt et le pot de chutney des sacoches et marcha vers la porte.

Il allait boire avec Dirk zum Felde un malt écossais assez classe, « tailler une bavette » d'homme à homme, « sans rancune », se confier un peu même, il fallait aller vers les gens si on voulait se faire accepter à la campagne. Il était rudement content de savoir y faire, de n'avoir pas de préjugés.

Mais on recevait aussi beaucoup en retour.

La plaque en terre cuite de la sonnette était une fabrication maison, un gros œuf dans une coquille brisée sur lequel était inscrit *zum Felde* et autour duquel serpentaient des lézards aux couleurs criardes. Ou des dragons ? Des dinosaures ? Avec des noms sur le ventre : *Dirk, Britta, Pauline, Hannes, Erik, Theis.*

Burkhard Weisswerth posa la bouteille, sortit son portable de sa poche et prit vite une photo de la plaque, il fallait qu'Eva voie ça ! Elle avait un faible pour les monstruosités en céramique, pâte à sel et terracotta, avec lesquelles les gens du cru « customisaient » leurs maisons.

Le phare en béton avec son système de feux alternés de Gesine Holst était difficile à battre, mais ce machin-ci pouvait honnêtement prétendre à la deuxième place. Il se réjouit d'avance de la tête que ferait Eva, rempocha son portable et sonna.

Un aboiement exaspéré derrière la porte, puis un trottinement de pieds nus sur des dalles de pierre, un petit garçon en pyjama ouvrit la porte, jeta un coup d'œil à ses boots de campagne en cuir de Russie et dit : « Pas de chaussures ! » Puis il disparut derechef à l'intérieur de la maison.

« Qui est-ce, Theis ?

— ’Sais pas ! »

Burkhard tenta de se débarrasser du grand chien qui lui tournait autour en reniflant ses vêtements et en le fouettant de sa longue queue, bavait sur son pantalon et flairait le pot de chutney, il avait horreur de ça, il cria : « Bien le bonjour ! »

Britta zum Felde parut. Elle portait un T-shirt Simpson qui lui arrivait aux genoux, des chaussettes vert fluo et une serviette de toilette enroulée en turban sur la tête.

« Ah, salut Burkhard. Schnuppi, laisse-le tranquille, allez, à la cuisine ! » Elle donna une petite tape au chien qui s’en fut en trottinant comme s’il avait enfin quartier libre.

« Tu veux entrer une minute ?

— J’espère que je ne dérange pas, dit Burkhard.

— On vient juste de manger, entre. Tu peux laisser tes chaussures sur le paillasson. »

En s’acheminant vers la cuisine Burkhard Weisswerth marcha dans du liquide, il espéra que ça ne venait pas du chien, qui s’étalait maintenant comme une descente de lit sur le carrelage, à côté du garçon en pyjama, lequel remplissait de grains de maïs une mélangeuse miniature. Il avait déployé tout un parc d’engins agricoles au milieu du plancher, mais ça n’avait l’air de déranger personne, la cuisine des zum Felde était immense.

La table et le long banc évoquaient l’auberge de jeunesse ou la colo. Dans les assiettes gisaient les restes du dîner, coquilles d’œufs, croûtes de fromage, peaux de saucisson, une tartine de beurre entamée. Un rouleau de papier absorbant trônait à côté d’une gigantesque bouteille de ketchup et d’une casserole, où, sur un reste de chocolat au lait, s'était formée de la peau.

Sur le banc d'angle une petite fille aux longues nattes blondes lisait un gros livre, le menton appuyé dans ses mains ; elle leva la tête en le voyant, marmonna « 'Jour », et continua à lire. À côté d'elle, deux garçons qui se ressemblaient comme des gouttes d'eau tentaient d'expliquer à leur père un tour de magie difficile. Ils parlaient tous les deux en même temps en brandissant un torchon et en agitant une salière destinée à se volatiliser, mais qui résistait apparemment à l'entreprise.

« Hello, Burkhard, dit Dirk zum Felde en lui tendant la main sans quitter la salière des yeux. Minute, il faut que je me concentre. »

Il était assis à la table dans un T-shirt en Thermolactyl et portait un caleçon long assorti, autant que puisse voir Burkhard. C'était la première fois qu'il voyait Dirk zum Felde sans sa combinaison de travail : c'était presque gênant, il se sentait un peu voyeur.

« Assieds-toi », dit Britta, et elle posa devant lui une tasse dans laquelle elle versa un liquide rouge et fumant, qui sentait les oursons Haribo.

Le tour de magie semblait avoir enfin réussi, les jumeaux souriaient de toutes leurs dents – moins nombreuses que les trous dans leurs bouches. « Allez ! Encore une fois ! »

Deux gamins blond paille, graines de magiciens édentés – il lui venait déjà une idée pour *Culture-Nature* : « Être père à la campagne ». Dirk zum Felde avec ses quatre enfants dans les champs, dans le hall de triage, sur le tracteur, en train de construire une cabane dans l'arbre. Et le père de Dirk vivait encore, on pouvait faire une histoire sur trois générations. La répartition des rôles à la campagne, la masculinité en milieu rural, quel sujet !

C'était étonnant. Depuis qu'il vivait loin de Hambourg, il avait une idée à la minute, les idées l'assaillaient littéralement ! Parce qu'il n'était plus continuellement abruti par le vacarme de la ville, plus distrait par les frimeurs et les bavards dans les réunions de rédaction, les bars à tapas, les foyers des théâtres et les galeries d'art – sans compter l'argent qu'il économisait maintenant ! Et le temps ! Il avait tout le temps du monde ici ; le stress, c'était terminé, le stress, c'était de l'histoire ancienne !

Il était un homme arrivé au port, à l'essentiel, bien dans son corps et son esprit, ressourcé. Il n'avait plus besoin de tout cela.

Eva en arriverait un jour aussi à cet état de sérénité.

Il l'avait surprise en train de consulter un site d'annonces immobilières de Hambourg. Elle avait vite quitté la page quand il était entré dans la pièce, mais il avait pu le voir après, elle n'avait pas effacé le formulaire de recherche : *À vendre, T3, avec cachet, Hambourg-Eppendorf.*

Il avait commencé par faire un tour à vélo le long de l'Elbe, jusqu'à Stade, l'aller et retour à une moyenne de 35 kilomètres-heure, ça l'avait quelque peu calmé.

Elle n'avait pas cherché de location, c'était déjà ça, pas de *studio à louer, idéal pour célibataire*, etc. donc elle n'avait pas l'air de penser à se séparer. Aussi, ça l'aurait… Il s'en serait aperçu.

Il y avait des gens qui se connectaient pour éplucher les recettes, les beaux hôtels, ou rechercher d'anciens camarades de classe, eh bien Eva épluchait les annonces d'appartements de ville avec cachet, un passe-temps comme un autre lors des longues soirées d'hiver.

Effectivement, l'hiver n'avait pas été facile ici à la campagne, il en convenait : presque pas de neige, peu de gel, rien que cet éternel vent d'ouest cinglant qui amenait ces éternelles averses. Grêle, neige fondue, averses, bruine, ondées. Un ciel plombé, sinistre, pratiquement pas une belle journée entre novembre et mars. De quoi vous saper le moral quand vous aviez une légère tendance à la dépression.

Et les soi-disant copines d'Eva n'étaient pas d'un grand secours en l'occurrence. L'hiver elles ne venaient pas, l'hiver il ne venait pas un chat.

Au début, oui, ils étaient tous venus, ils voulaient voir ce que fabriquaient les deux Robinson là-bas tout seuls, dans leur « monde des bottes en caoutchouc ».

Le premier hiver, la baraque était pleine le soir et le week-end, les amis se baladaient longuement dans leurs vestes en Gore-Tex, au bord de l'Elbe, dans les vergers, dégustaient la « sensationnelle » tarte aux pommes d'Eva, passaient des heures près du poêle crépitant tandis que la pluie fouettait les vitres. « Tout simplement merveilleux. » Ils adoraient ce calme, ces maisons « si pittoresques », ce paysage fluvial un peu engourdi. Ils parlaient d'écrire des livres, d'une vie « sans faux-semblants », rêvaient de faire un pas de côté, fantasmaient sur de petits troquets bio à toit de chaume qui marcheraient à coup sûr et sur « l'atmosphère dingue » de ces vieux cottages.

Le premier hiver, ils voulaient larguer leur job « qui leur prenait la tête », ils voulaient faire quelque chose de leurs mains ! « Écoute, moi, je me verrais vivre ici.

Sans blague, avait dit Sabine, la meilleure amie d'Eva. Regardez voir s'il n'y aurait pas quelque chose pour moi. Je n'ai pas besoin d'un palais. Quelque chose comme votre maison, ça me suffirait. »

Du vent. Le deuxième hiver, Sabine était venue une seule fois, pour l'anniversaire d'Eva fin janvier, la même pluie, la même tarte, le même feu de bois dans le poêle. « Franchement, Eva, moi, je mourrais ici. Mais comment tu tiens ? » Idéal pour arracher une copine à sa dépression saisonnière, merci Sabine !

Ils continuaient à venir au printemps, quand les arbres étaient en fleur, ou l'été, quand les cassis, les groseilles et les framboises étaient mûres et qu'Eva était occupée du matin au soir à cueillir, presser, cuire, on les voyait alors surgir à l'improviste en vélo à la clôture, *dring, dring, dring !* et hop ! une petite partie de campagne ! « Vous n'auriez pas un petit café, m'sieurs-dames les paysans ? »

Avec un peu de chance ils prévenaient avec leur portable, à bord du bac de Finkenwerder, et Eva avait encore le temps de faire quelques gaufres et de sortir les cerises du congélateur.

Elle détestait n'avoir qu'un paquet de petits-beurres à offrir, elle perdait la face, des biscuits de supermarché dans le monde des bottes en caoutchouc, un peu gênant.

Un avertissement de dernière minute lui permettait au moins de courir à la salle de bains mettre ses lentilles, se faire les cils, brosser un peu la terre sous ses ongles et d'expédier Burkhard à la boutique des Nodorp acheter quelques kilos d'asperges.

Car une fois là, les amis se sentaient bien. Ils avaient le temps, ils étaient à la campagne, se baladaient dans le jardin, cueillaient une fraise par-ci, des cerises par-là, « c'est paradisiaque ici ».

Ils s'asseyaient sous les pommiers, enlevaient leurs chaussures, parlaient de collègues insupportables et de textes incroyablement mauvais, de tous ces egos hypertrophiés aux conférences de rédaction du matin, « Tu as de la chance d'être débarrassé de tout ce cirque, Burkhard, espèce de veinard ! »

Ils ne refusaient jamais un petit verre de blanc. Eva rentrait alors à la maison préparer des asperges pour tout le monde. « Bon, maintenant, il faut qu'on y aille ! » *Dring, dring, dring !* retour à Hambourg, ils avaient des billets pour l'opéra. Une lecture publique à la maison des écrivains. Un vernissage au Kaispeicher. Une garden-party au bord de l'Alster.

Parfois Eva pleurait, ces soirs-là, en rangeant les assiettes et les verres au lave-vaisselle et en regagnant le jardin pour cueillir les baies mûres en vitesse aux dernières lueurs du jour, quand le pressoir tournait tard dans la soirée et qu'elle remuait jusque vers minuit les bassines de gelée et de confiture.

Quand, à une heure du matin, tout collait dans la cuisine, la cuisinière, le sol, les carreaux, et que le truc refusait de prendre une fois de plus, « Bordel de merde ! »

Elle les faisait avec de l'agar-agar, ce n'était pas aussi infaillible que le sucre gélifié. Dans la manufacture de confitures d'Eva, confitures et gelées étaient intégralement vegan.

Ces ploucs de l'association des femmes en milieu rural ne savaient même pas que ça existait ! Elles bourraient toujours bravement leurs confitures de sucre gélifié – et faisaient la moue devant les marmelades de courge et de courgette d'Eva. Ce que le paysan ne connaît pas…

Non, Eva ne s'était pas encore complètement faite à la campagne, Burkhard le voyait désormais clairement, elle avait besoin d'un petit coup de pouce, un peu de distraction, surtout à la saison froide. On n'était pas obligé d'aller voir les Douze Ténors au centre culturel de Stade ou l'ensemble de la Flotte de la mer Noire. Mais les matinées de jazz d'Agathenburg ou une pièce en platt à Ladekop de temps à autre, pourquoi pas ? Cela avait son charme !

Leur soirée d'hier avait été un flop. L'Italien, comme ça, en milieu de semaine, histoire de sortir un peu… sauf que les gens se couchaient très tôt au Vieux Pays.

À neuf heures et demie ils étaient les derniers clients, la serveuse avait mis les chaises sur les tables et demandé si elle pouvait encaisser, la maison offrait une grappa. Eva avait mal réagi.

« Si votre grappa est aussi dégueulasse que votre chianti, vous pouvez faire les chiottes avec. »

Même un gros pourboire n'avait pas pu rattraper la chose.

Burkhard espérait que le lundi de Pentecôte allait être ensoleillé et que les visiteurs viendraient nombreux à la fête de printemps d'Eva.

Dans le cas contraire il était pessimiste.

« Beurk, c'est quoi, ÇA ? » Un des jumeaux avait découvert le pot de chutney d'Eva et le brandissait à deux mains.

« On dirait du vomi de Schnuppi, glapit l'autre.

— Ah oui ? » Britta leur prit le pot des mains. « Et le Nutella, on dirait quoi ? »

Ils croassèrent « Pouah ! Beurk ! Dégueu ! » et escaladèrent l'escalier quatre à quatre en ricanant.

Burkhard Weisswerth était fin soûl quand il rentra chez lui, deux heures après, en poussant son vélo couché. Il était aussi bien dégrisé. On pouvait réellement être les deux à la fois. Un type dégrisé soûl ou un type soûl dégrisé, au choix. Dans un cas comme dans l'autre, ce n'était pas bon pour le moral.

D'abord les glaçons, puis le Coca. Dirk et Britta zum Felde s'étaient concocté « une bonne petite mixture » avec un Glenfiddich de dix-huit ans d'âge. Après avoir fini le Coca, ils étaient passés au Sprite. Glenfiddich-Sprite *on the rocks*.

Il y avait des gens drôlement obtus.

Sur le chemin de terre il faisait assez sombre pour pisser contre un pommier, au moins ça.

18

Pas regarder

L'hiver, il ne faisait que les cols et les poignets. Il portait des pull-overs sur ses chemises, personne ne pouvait voir si le reste était repassé ou non.

Il installa la planche dans la cuisine, assez près de la fenêtre pour pouvoir regarder dehors, mais pas trop près, afin qu'on ne le voie pas. Heinrich Lührs préférait repasser sans témoin.

Les températures se réchauffaient maintenant, bientôt il n'aurait plus besoin de pull-over et ne porterait que sa veste de travail sur sa chemise. Il fallait donc repasser tout le devant à présent, on ouvrait parfois un peu la veste au printemps quand on était dehors. Mais le dos il laissait tomber, il ne le faisait que l'été.

Rester planté dans la cuisine à repasser des chemises froissées ! Comme s'il n'avait rien de mieux à faire.

Leni Cohrs lui aurait fait aussi le repassage, elle le lui avait proposé, elle venait une fois par semaine nettoyer les carreaux, passer l'aspirateur et laver le sol, mais Leni Cohrs ne touchait pas à son linge. Rien que l'idée qu'une femme autre que son épouse puisse s'occuper de ses chemises ou de ses pantalons ! Pourquoi pas aussi de ses draps et de ses slips, « Et pis quoi encore » ?

Maintenant il existait des chemises qu'on n'avait même plus besoin de repasser, la vendeuse de chez Holst lui en avait montré une l'été dernier, elle avait bien vu qu'il était seul. Un homme qui vient acheter ses chemises tout seul chez Holst ne pouvait être que veuf ou célibataire.

Il en avait pris une, plutôt pour faire plaisir à la vendeuse, elle n'était pas du tout comme ses chemises à carreaux gris ou bleus, elle était rayée.

Et naturellement Vera l'avait vu tout de suite, elle l'avait sifflé, dans ses doigts, il avait d'abord cru qu'elle sifflait ses chiens, avant de voir son sourire et son pouce levé.

Vera avait toujours été comme ça, elle faisait de ces trucs !

Comme plonger la tête la première du pont de Lühe, enlever ses habits tout simplement et aller barboter dans le fleuve en sous-vêtements. Elle n'avait pas plus de douze ans. Et puis se glisser dans ses vêtements sans se sécher et rentrer à la maison sur le vieux vélo de Karl Eckhoff équipé du bidon de traite.

Personne ne plongeait la tête la première du pont de Lühe. Les pieds devant, oui, faire la bombe à la rigueur, et de toute façon pas les filles. Plonger, il fallait être fou. Ou Vera Eckhoff.

Plus tard elle lui avait montré comment elle avait appris à plonger : dans le grenier à foin des Eckhoff. Du grenier à blé elle sautait sur la petite rampe et de là, la tête la première dans le gros tas de foin. La rampe était assez haute, mais ce n'était pas si terrible.

Pendant tout ce temps, Heinrich n'avait pu s'empêcher de penser à Ida Eckhoff.

Il se demandait à quoi ça ressemblait quelqu'un qui s'était pendu, il n'en avait encore jamais vu.

« À quelqu'un qui s'est endormi en dansant », dit Vera en lui montrant. Elle laissa retomber sa tête de côté comme un sac et se mit à tournoyer de-ci de-là, les bras ballants. Puis elle remonta sur la poutre et sauta dans le foin.

Heinrich sauta aussi, mais il se demandait parfois si Vera Eckhoff était tout à fait normale.

Les grands pans de linge allaient toujours vite. Il prit le vaporisateur, humecta la taie d'oreiller et la housse de couette, avec les grandes pièces on avait moins de tintouin qu'avec les chemises.

De la fenêtre il vit Vera rentrer de l'Elbe à cheval. Ben voyons, sur son sable ratissé comme toujours ! Il alla à la fenêtre, frappa à la vitre et brandit un index menaçant, elle leva brièvement sa cravache. Elle avait l'air de reprendre enfin du poil de la bête, elle avait mis le temps.

On aurait dit qu'elle avait perdu un enfant et non un homme de plus de quatre-vingt-dix ans fatigué de la vie.

Ils avaient traîné Karl Eckhoff raidi dans son lit, ce matin de juillet, Vera était encore plus ou moins comme d'habitude, un peu pâle bien sûr, ça se comprenait.

Mais une fois sa sœur partie après l'enterrement,

elle s'était terrée dans la maison – *Le cabinet est provisoirement fermé*. Et quand l'hiver était arrivé, elle avait l'air d'un fantôme.

Elle avait tout de même continué à nourrir les chevaux.

Un jour Heinrich était venu voir si tout allait bien, et juste à ce moment elle était arrivée en traînant les pieds. En peignoir, à cinq heures de l'après-midi.

« Alors, Hinni, tu v'nais voir si j'm'étais pendouillée ? »

Ce qu'elle pouvait être teigneuse parfois. Quelle peste !

Il l'avait carrément plantée là, à l'écurie, dans son peignoir et ses bottes en caoutchouc. Il n'était pas obligé de se laisser marcher sur les pieds par Vera Eckhoff.

« Va t'faire voir, 'spèce de vieux poison ! »

Plus tard il vit à nouveau de la lumière chez elle, toute la nuit.

Il fallait drôlement s'y faire, à une maison vide comme ça, au début on était beaucoup trop petit.

Après l'enterrement d'Elisabeth, les femmes du voisinage étaient venues lui porter des pots de goulasch et des assiettes de gâteaux, tous les jours, elles se relayaient, elles pensaient bien faire.

Elles l'avaient achevé.

Des repas de veuf réchauffés, mangés sans un mot, il régnait un tel silence qu'il s'entendait mâcher, avaler.

Certains plats n'avaient pas du tout le même goût que ceux d'Elisabeth, alors c'était moins horrible.

Quand ils avaient exactement le même goût que les siens, c'était abominable. Comme dans ce rêve qu'il faisait tout le temps au début. Qu'elle vivait encore.

Et après, le réveil.

Le premier hiver de son veuvage, les terres derrière sa maison furent comme mortes elles aussi. Muettes, décolorées, et elles n'avaient pas d'odeur.

En décembre il avait eu l'impression que les arbres allaient désormais rester ainsi, des squelettes, leurs branches pareilles à des os rongés, pour toujours cette fois-ci.

Pourtant en mars ils s'étaient réveillés, ils s'étaient vraiment remis à bourgeonner.

Puis il y eut encore de sévères gelées en avril, il n'empêche que la plupart des bourgeons tinrent bon.

En juillet les cerises noires pendaient aux branches.

Beaucoup éclatèrent avec les pluies diluviennes et la grêle.

Puis les pommiers en août donnèrent bien, mais beaucoup se cassèrent dans les tempêtes de septembre.

Tout compte fait, sa récolte n'avait même pas été mauvaise lors de la première année sans Elisabeth.

Il se demandait comment faisaient les autres, les gens de la ville, ceux qui n'avaient pas de terre, les employés de bureau qui n'étaient pas un peu poussés par la nature, la première année. Ou secoués. Qui devaient traverser ce désert tout seuls, sans qu'on les rappelle à l'ordre.

Vera n'était pas venue lui porter de la soupe ou des gâteaux, elle ne faisait pas non plus de confitures. Vera ne vous posait pas la main sur le bras.

Elle regardait ailleurs quand il s'agenouillait dans

ses massifs de fleurs, les paupières rougies, elle n'écoutait pas quand il parlait tout seul dans le cerisier.

Vera venait taper du poing à six heures du matin contre la vitre de sa fenêtre quand il n'arrivait pas à se lever, ne pouvait se décider à entamer sa matinée de silence mortel. Et qu'il restait au lit avec des jambes de plomb, terrorisé à la pensée de cette unique tasse qui l'attendait sur la table de la cuisine comme une survivante.

« Debout là-d'dans ! » Chaque matin, pendant presque six mois, Vera Eckhoff frappa à la fenêtre de sa chambre à coucher et attendit de voir de la lumière.

Elle lui écrivit un pense-bête à coller sur la machine à laver :

Chemises, pantalons, pull-overs, chaussettes 40 °C
Draps, sous-vêtements, serviettes 60 °C
Lainages à la main, eau tiède (ne pas tordre !)

Elle l'accompagna à la supérette et lui montra ce qu'il fallait peser ou pas, où déposer les bouteilles consignées, où se trouvaient les flocons d'avoine et les boîtes de saucisses.

Elle se rendit vite compte que ce n'était pas possible. Il avait honte de son panier de courses, de ces trois quatre choses minables qu'il poussait devant lui, vieil homme qui n'avait plus de femme. Il suffisait de voir son chariot pour savoir qu'il était seul. Un homme avec une tare, il se faisait l'impression d'être un infirme, un type défiguré par les cicatrices.

Heinrich Lührs ne voulait pas que les jeunes mères de famille avec leurs grosses courses le laissent passer à la caisse, elles n'avaient pas besoin de savoir avec quoi il se brossait les dents, se lavait les cheveux, ce qu'il mangeait à midi et qu'il aimait les grains de café en chocolat au brandy.

« T'as qu'à m'faire une liste ! » finit par dire Vera, et dès lors elle lui apporta ses courses deux fois par semaine quand elle faisait les siennes. Il ne rouspétait jamais quand elle se trompait de produit, ce qui arrivait rarement d'ailleurs. De temps à autre, il trouvait dans les sacs une chose qu'il n'avait pas portée sur la liste, des souris en guimauve blanches, du porto ou des biscuits au fromage, qu'il mettait ensuite sur la table quand Vera venait jouer au rami.

Il retira la prise du fer et plia les draps, c'était encore un peu froissé au milieu, « 'M'en fous ».

Au début il changeait les deux couettes, lavait et repassait aussi chaque fois les draps et la taie d'Elisabeth, il ne le faisait plus, c'était absurde. L'oreiller et la couette d'Elisabeth étaient dans la penderie maintenant, depuis des années déjà, à quoi ça aurait servi ?

Mais aller au lit le soir, allumer la lumière et voir l'autre côté du lit vide, ça, on ne s'y habituait pas. *La place à ma droite est vide*, disait-on dans le jeu. Un cap à franchir, chaque nuit. Et le réveil, chaque matin, était amer.

Le petit zum Felde passait le coin de la rue en pédalant sur son tracteur, il évita soigneusement la bande de sable ratissé, *un p'tit gars d'paysan*, pensa Heinrich Lührs.

Dirk zum Felde avait trois fils qui voulaient tous faire paysan. Évidemment ! Il les voyait souvent partir dans le verger avec leur père, il en avait eu trois comme ça, lui aussi.

« P'pa, moi non plus », et on se retrouvait ici tout seul.

On ratissait son sable, taillait ses arbres, donnait de l'engrais, traitait, récoltait, nettoyait tout bien proprement l'hiver, et au printemps tout recommençait à zéro, on repeignait les fenêtres et allait quérir le couvreur parce qu'il fallait réparer un coin du chaume, puis on peignait sa clôture – en pure perte, puisqu'il n'y avait personne après soi.

Cette maison n'était pas faite pour qu'y vive en solitaire un seul individu, et qu'il soit le dernier.

Les maisons comme celle-ci, les pères les construisaient pour leurs fils, et les fils les entretenaient et les conservaient pour leurs fils à eux, et jamais un fils ne s'était demandé si c'était ce qu'il voulait, lui. Quand est-ce que ça avait commencé, cette histoire de vouloir ? Quand s'était glissée l'erreur ? Quand avait surgi ce malentendu, cette idée que les fils de paysans pouvaient choisir leur vie ? Opter tout simplement pour celle qui semblait agréablement variée et confortable ? Partir cuisiner le poisson au Japon, aller s'enfermer dans un bureau à Hanovre. Et Georg, qui était un vrai paysan, le meilleur des trois, et qui laissait tout tomber et allait chercher une ferme ailleurs, tout bonnement parce que son vieux ne lui convenait pas. Comme s'il y avait jamais eu un père qui convienne à son fils !

Ce n'était plus le monde qu'avait connu Heinrich Lührs. On avait élevé trois fils, vécu comme il faut, *ce que tu hérites de tes pères*, et on se retrouvait tout seul.

Et pas mieux loti que Vera, à côté, qui n'avait jamais fait comme il fallait et avait toujours été à contre-courant. Il n'y avait pas d'êtres plus différents que Vera et lui. Et voilà que tout à coup ils étaient presque pareils. Deux vieux dans deux vieilles maisons.

Jeter l'éponge, carrément, « bazarder tout c'bordel » et s'acheter un mobil-home, certains le faisaient. Mais on était quoi alors, c'était quoi, un homme sans sa maison ? Les maisons restaient, même quand les gens passaient – ou ne s'occupaient de rien, comme Vera Eckhoff. Un colombage ne s'effondrait pas. Il tenait contre vents et marées.

Heinrich Lührs, lui, ne tiendrait pas longtemps sans sa maison à colombages, il le savait.

On n'avait encore guère touché à celle de Vera, autant qu'il ait pu voir. Toujours la même vieille baraque branlante.

Cette drôle de nièce était juste allée gesticuler un peu du côté de la façade, au risque de se rompre le cou sur son échelle de quarante pieds.

« Faut pas regarder, tout simplement ! »

C'était sans doute de famille, cette phrase.

S'il était une chose qu'il avait apprise en six décennies de voisinage avec Vera Eckhoff, c'était bien ça.

« Pas regarder. »

Heinrich Lührs n'avait pas regardé quand la police de Stade était entrée dans la cour des Eckhoff parce qu'Ida était suspendue au grenier dans son costume. Et quand le corbillard était arrivé, il n'avait pas regardé non plus.

Pas plus que Vera. Ils jouaient aux petits chevaux, sa mère avait remis le poêle en route si tard le soir exprès pour elle. « Joue avec elle, lui avait-elle chuchoté dans la cuisine. Joue, Heinrich », et ses frères s'y étaient mis aussi.

Vera adorait vous virer du tapis, juste avant le but si possible, quand vous aviez déjà trois chevaux à l'écurie et n'aviez plus qu'un six à faire. Tac ! Elle avait gagné presque toutes les parties ce soir-là. « Mon jour de chance ! »

À cette époque, il ne se posait pas encore de questions sur Vera, il avait commencé quand elle lui avait montré de quoi avaient l'air les pendus. De s'être endormis en dansant, comme oma Ida.

Et il y en avait d'autres, avait-elle expliqué, qui ressemblaient à de grands épouvantails noirs, ceux-là pendaient aux arbres au bord des routes.

Mais seulement là d'où elle venait, pas au Vieux Pays. Ici on ne pendait pas les morts dehors.

« R'garde donc pas comme ça, Heinrich ! » Deux ou trois étés après le plongeon de Vera du pont de Lühe, sa mère l'avait éloigné de la fenêtre de la cuisine quand une Opel Kapitän bleu marine flambant neuve, six cylindres, soixante chevaux si ce n'est plus, était entrée dans la cour des Eckhoff. Et quand la mère de Vera était sortie sur des hauts talons, une petite valise à la main. « Mais r'garde donc pas comme ça ! »

Cela n'avait pourtant pas empêché Heinrich de courir après la voiture quand elle était ressortie de la ferme, pour jeter un coup d'œil sur l'arrière, une voiture pareille, ça faisait rêver !

Et Vera était près de la grange de Karl Eckhoff, un peu tassée, son poing dans la bouche. Pas regarder !

La nouvelle avait vite fait le tour du village : Hildegard von Kamcke avait pris la poudre d'escampette avec son chevalier en Opel Kapitän. Et laissé sa fille à Karl tel un lot de consolation.

Mais quand on n'y regardait pas de trop près, la vie chez les Eckhoff avait l'air tout à fait normale. Vera raflait les meilleures notes à l'école et roulait sans les mains sur la grand-route, avec le vélo de Karl Eckhoff équipé d'un bidon de traite. Quand Heinrich roulait aussi sans les mains à côté d'elle, elle croisait les siennes derrière la nuque ou les enfonçait bien au fond des poches de sa veste. Elle aurait fermé les yeux en roulant s'il avait accepté de relever le défi.

« Et comment qu'elle va faire, la p'tiote ? » demanda Minna Lührs lorsqu'on fut en février et que Hildegard n'était toujours pas venue rechercher son enfant, les confirmations avaient lieu en mars, le plus jeune des Lührs et Vera Eckhoff étaient de la même année. Qui s'occuperait de sa robe, puisqu'elle n'avait pas de mère à la maison ?

« J'ai tout c'qui m'faut », répondit Vera quand Minna Lührs alla poser la question chez les Eckhoff.

Quatre semaines plus tard, à l'église, tout le monde vit que personne n'avait cousu ni acheté de robe à Vera Eckhoff. Celle qu'elle portait était deux fois trop grande, les manches flottaient, on les avait froncées n'importe comment aux poignets pour les empêcher de glisser.

Cela sauta aux yeux un peu plus tard, quand elle leva son missel. Elle avait serré le bout des manches avec des caoutchoucs pour les bocaux. « Doux Jésus », murmura Minna Lührs.

Heinrich vit que Vera avait passé ses bottines marron à la cire noire et il détourna vite le regard.

Mais son père, Heinrich Lührs le vieux, ne détourna

pas le regard quand chacun rentra chez soi après la messe. Il se retourna vers Karl et Vera, qui marchaient derrière eux : ils allaient dans la même direction.

« V'là l'boiteux et sa romanichelle ! » Il avait pas mal bu avant l'église déjà, et il le dit très fort.

Les frères de Heinrich gloussèrent, sa mère accéléra subitement, courut quasiment à la maison, et Heinrich lui emboita le pas.

Une fois les invités assis dans la belle salle à manger autour de la table nappée de blanc, elle l'envoya porter chez les Eckhoff une soupe à la crème d'œuf et une grande assiette de gâteaux. Elle était en cuisine depuis des jours et des jours.

Il aurait dû s'en douter déjà à l'époque, et il avait cru mourir de honte en arrivant devant Karl et Vera avec ses aumônes.

Ils étaient installés à la cuisine devant un gâteau à la crème de la pâtisserie Gerdes, le carton était sur la table, et mangeaient à grosses cuillerées en buvant du soda rose.

Karl, qui nageait dans son costume bien trop large, et Vera, qui devait avoir déniché sa robe dans quelque armoire d'Ida ou de Hildegard, étaient attablés comme deux enfants déguisés. Deux orphelins jouant au papa et à la maman.

« D'la part d'la mère », avait dit Heinrich, Vera s'était levée, elle avait l'air effrayée, ne le regardait pas, fixait, décontenancée, la grande assiette de gâteaux, Heinrich la posa sur la table, le pot de soupe à côté, puis détala sans demander son reste.

« Tu r'mercieras ben la mère », dit Karl.

Heinrich Lührs avait compris la leçon du jour.

On pouvait être sans mère, sans invités, sans nappe blanche, on pouvait être seule dans une cuisine avec un petit homme bancal et manger du gâteau avec une cuiller à soupe, ce n'était pas grave.

Ce qui était grave, c'était que quelqu'un vous voie. Là, c'était très grave.

« Pas regarder. »

Heinrich s'en était tenu à cette règle quand la maison et l'exploitation des Eckhoff étaient parties à vau-l'eau, qu'ils avaient laissé les herbes envahir le jardin et omis de repeindre la clôture et les fenêtres.

Il avait juste un peu regardé plus tard, alors que Vera était adulte depuis longtemps et lui père de famille, quand elle partait au bord de l'Elbe avec des inconnus et qu'il se demandait parfois, ce qui se serait passé, si…

S'il ne s'était pas retrouvé dans les bris de verre chez Vera Eckhoff, saignant et pleurant comme un enfant en bas âge parce que son père l'avait poussé. Et si Vera n'avait pas chassé son vieux hors de chez elle avec le fusil.

Elle avait balayé tous les éclats de verre la nuit même, il l'avait entendue, ses frères dormaient déjà, les filles de Stade aussi. Il aurait pu aller la retrouver dans le hall.

Mais sûr qu'elle devait l'attendre lui, Hinni Lührs, le chialeur !

« C'est pas nos affaires, Heinrich », disait Elisabeth, quand Vera Eckhoff passait une fois de plus devant chez eux, main dans la main avec on ne sait quel Hambourgeois. « R'garde donc pas comm'ça. »

19

La caisse de Leon

Christoph prit des mains d'Anne la caisse pliable avec les affaires de Leon, pyjama, bottes en caoutchouc, vêtements de rechange, doudou, et parut se demander un instant s'il devait l'embrasser sur la joue.

Il s'en abstint. Posa la caisse dans l'entrée, souleva Leon, l'embrassa, et se contenta de presser le bras d'Anne comme à une vague parente.

C'était la deuxième fois qu'elle lui « remettait » Leon après un mois de séparation, ils n'étaient pas encore rompus à l'exercice. Autorité parentale conjointe, naturellement, ils n'étaient plus un couple mais toujours des parents – qui voulaient bien faire.

Ils boiraient un café ensemble un vendredi sur deux, discuteraient des questions à régler, chaussures neuves, rendez-vous chez le médecin. Des rapports policés, ne serait-ce que pour l'enfant. C'est ainsi qu'on réglait la fin des couples à Hambourg-Ottensen. On se donnait, on se reprenait, et on se « remettait » l'enfant. Deux bises avec la caisse du week-end, raisonnable jusqu'à l'asphyxie.

Anne n'était plus qu'une invitée dans cet appartement, encore moins que ça, un livreur, rien de plus. Elle espérait qu'elle s'habituerait un jour.

Leon courut dans sa chambre. Anne l'entendit farfouiller dans son coffre à jouets, dans ses trésors qu'il avait presque oubliés. Un vendredi sur deux, il redécouvrait sa chambre.

Du palier leur parvenaient des coups de marteau bruyants, comme si on cassait un carrelage mural. « Les Ude ont déménagé la semaine dernière, dit Christoph, tout va être refait. » Il ferma la porte et la débarrassa de sa veste.

« J'ai été voir l'appartement hier. Une pièce de plus que le nôtre, une grande salle de bains.

— Pourquoi, tu veux déménager ? »

Petit raclement de gorge. Elle comprit dès qu'elle arriva dans la cuisine.

La photo punaisée au mur la guettait visiblement, elle l'assaillit comme un félin. Un brouillard en noir et blanc, on ne distinguait pas encore grand-chose, une vague forme de haricot dans une bulle.

Une pièce de plus, grande salle de bains.

« Ben oui, dit Christoph en haussant les épaules, dix semaines. » Il lui fit un petit sourire. « Les choses vont vite parfois. Je voulais que tu sois la première à le savoir, j'y tenais, Anne. Un café ? »

Christoph nu à la table de la cuisine et les orteils laqués rouge de Carola. C'était il y a combien de temps ? Pas dix semaines.

Cela avait donc commencé bien plus tôt.

Elle sentit quelque chose se rompre en elle, toute sa force se dérobait, tout lui échappait, elle se dissolvait littéralement. Tout ce qu'elle avait été, tout ce qui était solide et intact en elle refluait, une vague glacée montait, la cernait de toute part, à toute allure, dérobait le sol sous ses pieds, emportait les chaises, la table, les armoires, la cuisine, cette maison, le monde sombrait, seul cet homme surnageait, indemne, sa tête, son regard, son bonheur.

Elle entendait Leon fouiller dans ses CD de chansons, il devait chercher Fredrik Vahle, Christoph ferma la porte de la cuisine. Il versa le café, en posa une tasse devant elle, « Mais assieds-toi », il se rencogna dans sa chaise, sans la regarder, il regardait dans la cour par la fenêtre du balcon, à travers elle, il secoua la tête en souriant : « C'est dingue, hein, tout de même. »

Saisir un couteau, le planter dans son sourire, jusqu'à ce qu'il sombre enfin, lui aussi, dans son sang.

Un voile noir passa devant ses yeux, dans sa bouche un goût amer de poison.

Elle parvint à se retenir jusqu'à la salle de bains, vomit comme une rescapée de la noyade, à la fin il ne lui venait plus que de la bile, ensuite elle s'assit au bord de la baignoire et s'adossa aux carreaux en pleurant. Elle n'ouvrit pas quand Christoph vint à la porte. « Anne, bon sang, ça va ? »

Son bonheur lui était une bonne carapace, il était amoureux, invulnérable, bien emmitouflé dans sa love story, imperméable à son ancienne vie. La souffrance que pouvait causer une caisse nomade pleine d'affaires glissait sur lui.

Le téléphone sonna, elle entendit Christoph regagner la cuisine. Elle se lava la figure à l'eau froide et rejoignit Leon dans sa chambre, il avait sorti ses voitures et les avait alignées sur le tapis : « Regarde, Anne, un gros bouchon ! »

Elle s'assit à côté de lui, eut envie de l'étreindre, de l'emporter, de s'en aller en courant avec son petit garçon qui ne lui appartenait pas.

Qui allait avoir une vie à la campagne et une vie à la ville, deux lits et un calendrier avec les *week-ends de papa*.

Bientôt il serait grand frère. Papa, maman, deux enfants, « une chambre de plus, grande salle de bains ».

Et quelque part au loin, dans une maison paysanne qui croulait presque, une mère supplémentaire, comme agrafée au tapis familial, plus du tout indispensable en fait. Elle ne collerait plus avec le reste, qui était beau et neuf. Une pièce rapportée, un patchwork mal cousu. L'étoffe dont on fait la misère. Des parents qui prennent sur eux aux anniversaires, la mélancolie ravalée lors des fêtes de famille. Remise de la caisse de Leon à Carola, entre personnes civilisées. Et la nuit, rêver de couteaux et de sang.

Savoir qu'elle s'allongeait à côté de Leon avec ses ongles laqués de rouge, lui lisait des histoires, lui chantait des chansons le soir, l'embrassait.

Un crime pour lequel il n'y avait pas de sanction, même pas de mot.

Ils n'étaient pas mariés, ne s'étaient jamais rien promis. Deux personnes et un enfant, un tissu crocheté au point lâche, trois mailles aériennes. Cela n'avait pas tenu, voilà tout.

Carola n'avait eu qu'à tirer très légèrement sur le fil.

Anne embrassa rapidement Leon : « À après-demain, mon grand. »

Elle enfila le manteau, les bottes, prit son sac, se précipita hors de l'appartement, descendit l'escalier en trébuchant. Tomba sur Carola en bas à la porte et ne prit pas sur elle. Ne s'arrêta pas, mais la bouscula elle, son ventre et ses poireaux bio à la con du marché du coin. Claqua la porte de l'immeuble à faire tinter les vitres.

Elle réussit à extirper la Mercedes de Vera de son emplacement sans accrocher d'autres voitures ni heurter de passants, réussit à gagner sans accident Hambourg-Barmbek, où la famille Drewe l'attendait pour le déjeuner.

Quand elle vit Anne, Hertha éteignit son fourneau, et Carsten alla refaire un petit tour à l'atelier avec Karl-Heinz.

Hertha l'aida à ôter son manteau, la poussa vers la table de la cuisine, puis elle s'assit sur le banc d'angle, l'attira contre elle et tira un mouchoir de sa manche. On ne comprenait pas grand-chose à ce que racontait Anne. Mais c'était la fin du monde, aucun doute là-dessus.

Généralement, le monde renaissait aussi de ses cendres. Hertha s'y connaissait un peu en fins du monde. Ce qu'on demandait ou ce qu'on disait n'avait pas d'importance. La bercer un peu. « Oh ! ma louloute. »

Elle l'avait vu deux ou trois fois, le gugusse d'Anne en chemise blanche, l'écrivain.

Une fois aurait suffi, on voyait tout de suite que ça ne donnerait rien. Ce type d'homme ne restait pas, enfant ou non, ce n'était pas un gentil du genre fidèle, trop étriqué pour lui.

Hertha voyait ça tout de suite chez les hommes.

Mais elle n'avait rien dit, c'était inutile. Personne ne voulait jamais rien écouter.

Elle savait aussi depuis le début qu'Urte n'était pas une femme pour Carsten. « Je pense que, je pense que » du matin au soir, et toujours le dernier mot. Et ce cinéma aux repas : elle ne voulait pas de viande, ne supportait pas le lait, n'aimait pas le café, rien que des infusions au gingembre – qu'elle apportait de chez elle – quand par hasard elle venait. On aurait dit que Hertha voulait l'empoisonner. Et pour être franche, ce n'était pas non plus un régal pour les yeux, même Karl-Heinz était d'accord, lui qui ne se mêlait de rien en général : « Pas bien affriolante. » Ses éternels trucs en laine pelucheux qui sentaient le renfermé, ses jupes qui lui battaient les talons, jamais rien d'un peu chic.

Carsten avait l'air de s'en apercevoir peu à peu, on n'entendait plus du tout parler d'Urte. Hertha ne posait pas de questions. Rien, pas une !

En attendant ils pouvaient faire une croix sur les petits-enfants.

Maintenant ils avaient Rudi, c'était mieux que rien.

Elle n'était pas du tout pour au début, quand même, un chien ne les remplacerait pas ! N'empêche que c'était une consolation, ce petit glouton, et que ça faisait rire Karl-Heinz, quand Rudi arrivait avec son canard en caoutchouc ou sautait le rejoindre sur le canapé.

Il n'était plus le même depuis son attaque, à l'atelier il ne faisait que gêner, son côté gauche était inutilisable maintenant. Carsten ne le lui disait pas, il était très patient avec son vieux père. Mais Karl-Heinz s'en apercevait bien tout seul, il avait encore sa tête.

Il parvenait mieux à parler à présent, mais il cherchait longuement ses mots et finissait souvent par choisir le mauvais. « C'est comme pour les puzzles, p'pa, disait Carsten, qu'est-ce qu'on peut chercher la pièce qui convient parfois ! »

L'avantage, c'est qu'ils ne se disputaient presque plus, sur quoi aussi ? Karl-Heinz ne pouvait plus scier de panneau de contreplaqué, et Carsten avait arrêté le stratifié et les fenêtres en VPC, plus d'apprentis non plus, il ne fabriquait plus que des meubles.

Et chaque mercredi, une horde de jeunes de treize à quatorze ans débarquait à l'atelier, d'on ne sait quelle association d'aide à la jeunesse, Carsten leur montrait comment fabriquer des étagères ou de petits tabourets. Au début, Karl-Heinz était aux cent coups, des « voyous » dans l'entreprise, mais ils avaient l'air plus méchants qu'ils n'étaient, il s'en était vite rendu compte.

Maintenant ils l'appelaient « opa Drewe » et elle « oma Bienenstich » à cause du gâteau à la crème et aux amandes. Ils rappliquaient tous à la maison à l'heure du café.

On ne pouvait pas se faire du souci à longueur de vie. Carsten n'avait pas de grands besoins, il n'en avait jamais eu, il s'était réinstallé au-dessus de l'atelier, dans sa pièce tout encombrée, il venait à la maison manger, se doucher et faire des puzzles.

Quand il n'était pas encore occupé le soir à raboter une de ses commodes en noyer, toutes des pièces uniques, qu'il dessinait lui-même, « On n'a pas intérêt à compter ses heures ! » Karl-Heinz ne le comprendrait jamais, pas un gramme d'ambition, ce garçon, et zéro sens des affaires.

Autrefois ils pouvaient se quereller trois jours là-dessus, maintenant c'était bien plus paisible à l'entreprise Drewe, vieillir n'avait pas que des mauvais côtés. On cessait d'espérer, mais aussi de s'angoisser.

« Alors, l'apprentie, on en est où, ça vient ? » Carsten, qui venait d'entrer dans la cuisine, faucha une boulette de viande dans la poêle. « P'pa fait dire que si vous en avez encore pour longtemps, nous, on va manger Rudi en apéritif.

— 'Suis toujours compagnon », corrigea Anne en allant se laver la figure à l'évier. Et Hertha ralluma la cuisinière.

Un peu plus tard, Anne alla chercher dans le coffre la fenêtre qu'elle avait détachée du mur de Vera Eckhoff et l'apporta à Carsten à l'atelier.

« Il m'en faut trente-deux du même genre dit-elle, c'est la plus petite. Je peux t'envoyer les mesures par mail, mais pour les portes et les poutres j'aurai besoin de ton œil de maître ébéniste. »

Carsten haussa les sourcils et sourit, il alla chercher son tabac dans la poche de sa veste en velours côtelé et se roula une cigarette.

Elle aurait aimé l'emmener sur-le-champ avec elle, dans la vieille Mercedes de Vera, avec Hertha et Karl-Heinz, et le clebs si nécessaire, elle appréhendait le trajet toute seule, l'arrivée dans cette grande maison vide, la nuit seule avec Vera qui avait aussi froid qu'elle et dont les mains étaient toujours bleues.

Et le spectacle du lapin qui croupissait dans la chambre de Leon, tout seul dans sa cage. « Élevage individuel, pas bon pour l'espèce. »

Carsten lui posa trois cigarettes roulées de sa main et un briquet sur le siège passager. Il frappa deux petits coups sur le toit de la voiture, puis il rentra à l'atelier. Hertha était dans la cour et lui faisait de grands signes d'adieu, des deux mains.

Après le tunnel de l'Elbe, Anne alluma la radio et tomba sur une station qui passait des vieux tubes, Kate Bush chantait *Don't give up*, elle éteignit.

Elle s'arrêta à l'embarcadère au bord de l'Elbe, alla chercher un gobelet de café et fuma les cigarettes de Carsten sur un banc au bord de l'eau. *Réjouis-toi, tu es dans le district de Stade*. Les fanions pendouillaient aux mâts comme des serpillères trempées.

Une mouette s'obstinait à flotter tant bien que mal dans le sillage du bac, seule à des lieues à la ronde, ça ressemblait à une épreuve d'endurance. Ou bien elle n'avait pas saisi que ce n'était pas un bon endroit pour une mouette, tout simplement.

Anne eut mal au cœur à sa troisième cigarette, elle continua quand même à fumer.

Marlene le savait depuis le début, bien entendu.

« Un homme sans aucun potentiel ! »

Au moins elle avait eu l'intelligence de ne pas le dire avant la séparation.

« Je sais que tu n'as pas envie d'entendre cela maintenant, Anne…

— Non, je n'en ai pas envie.

— … mais Christoph ne fera jamais qu'écrire de piètres polars et collectionner les femmes. Il n'y a rien de plus à attendre de cette sorte d'homme. C'est un frimeur. Tu devrais être contente de…

— Je le suis, maman. Je suis incroyablement contente. Je nage dans le bonheur.

— Bon Dieu, Anne. Pour une fois que je dis quelque chose. »

Le pire, c'est qu'elle n'avait même pas tort.

L'instinct de Marlene en matière de potentiel lui avait fait épouser Enno Hove, un fils de paysan qui étudiait la physique grâce à la bourse d'une fondation, laquelle avait même ensuite financé sa thèse.

La Fondation pour les études du peuple allemand, voilà qui avait suffi à persuader Hildegard Jacobi de son potentiel. Et Enno Hove n'avait pas déçu son monde. Pas une vie de nabab mais une existence aisée. Une petite chaire à la fac, un piano à queue dans le salon, deux enfants doués, une belle épouse.

La maison était payée quand Enno Hove décéda, le piano aussi, on pouvait lui faire confiance.

Un infarctus à cinquante-cinq ans, dans un amphi bourré de monde, fut l'unique épisode dramatique que cet homme paisible se soit jamais autorisé.

Anne eut son enfant trop tard, trois mois après sa mort ; elle aurait tant aimé lui montrer Leon, la seule réussite de sa vie.

Marlene pleura Enno Hove, avec véhémence et des torrents de larmes, pas trop longtemps, ses pleurs n'allaient pas le ressusciter. À présent, elle était souvent en voyage avec Thomas, sa femme et ses enfants, elle s'occupait des deux petits quand les parents avaient une répétition ou un concert en soirée, Thomas à la baguette, Svetlana au piano. Un peu de leur gloire rejaillissait sur Marlene.

Ces derniers temps, apparemment, il y avait un corniste dans les parages, Anne l'avait appris par Thomas.

Maman a une petite idylle, avait-il écrit dans son dernier mail, *mais tu n'es pas censée savoir, je n'ai rien dit.*

Un corniste avec du potentiel, elle l'aurait parié.

Marlene, championne des pauses téléphoniques, n'avait pas caché son irritation en apprenant qu'Anne s'était installée chez Vera.

« Tu aurais pu venir à la maison, Anne. » Pause. « Il y a plein de chambres vides ici. » Elle avait l'air de le penser vraiment.

« Nous deux sous le même toit, maman ! » Anne avait essayé de rire, Marlene avait raccroché.

Anne versa le reste de café dans l'Elbe. Puis elle remonta en voiture et partit chez Vera, vers la maison froide et têtue.

20

Pas de bruit

La maison était restée tranquille, telle une baleine en immersion profonde, elle avait retenu sa respiration, trois jours et trois nuits, jusqu'au départ de Marlene.

Vera avait rangé la cuisine, ôté les draps de Marlene et replacé les lettres de sa mère dans le coffre en chêne.

Puis elle s'était assise dehors sur le banc, jusqu'à ce que les essaims de moustiques sortent des fossés, en buvant le reste de vin de la nuit précédente. Il faisait encore jour quand elle alla s'attabler à la cuisine. Elle mangea la soupe de Marlene et vit la lune se lever de la fenêtre de sa cuisine.

Elle était presque rassurée.

Refusa d'abord d'entendre le craquement. Elle appela les chiens auprès d'elle.

Une vieille poutre ou un os qui se brisait ou qu'on brisait.

Un glissement furtif au-dessus de sa tête.

Un animal ou un souffle de vent, des danseurs fatigués qui traînaient des pieds sur le sol.

Et un silence qui n'en finissait pas.

Un battement devant la porte de la cuisine, un chuchotement venu des murs. Ou une respiration.

De lourdes chaises qu'on poussait sur des sols à nu.

Un chœur de vieilles voix entonnait tout bas un chant.

Il ne fallait pas être seule dans ces maisons, elles n'étaient pas bâties pour cela.

Celui qui après moi viendra, après elle ne venait personne, elle tombait.

Sous ces vieilles voix couvait un silence encore plus vieux, vieux et ténébreux comme la mer ou l'univers, elle ne cessait de tomber, tomber hors du monde, comme si on l'avait lâchée, personne ne la tenait plus. Impossible de trouver Karl dans tout ce noir, il avait sombré au fond, si tant est qu'il existe un fond, si la chute n'était pas sans fin, carrément.

Une chose roulait, une petite chose, une boule, une bobine.

Ou le bouton argenté d'un vieux costume du pays.

Ou elle-même, qui n'était qu'un jouet, une petite toupie que la maison faisait tournoyer entre ses murs épais.

Un enfant qui pleurait. Ou des chats qui gémissaient dehors, des oiseaux de nuit qui criaient, Vera ne pouvait plus sortir de la cuisine, plus pénétrer dans le hall où se dressait un cortège de voix méchantes.

Où déambulaient les soldats avec lesquels Karl avait marché durant des décennies, toutes ces nuits, il les lui avait laissés là, tous. Et Ida dansait en dormant au-dessus d'elle, et tous les autres qu'elle ne connaissait pas et qui avaient respiré ici et qui étaient morts.

La maison est mienne et pas tant mienne... Elle

ne pouvait plus partir d'ici. Elle était une mousse qui ne tenait que sur ces murs. Qui ne pouvait pousser ni fleurir, qui ne pouvait que rester.

Une réfugiée qui avait presque gelé un jour et ne s'était jamais réchauffée. Avait trouvé une maison, peu importait laquelle, et y était restée, afin de ne pas devoir repartir dans la neige.

L'Elbe avait gelé pendant son deuxième hiver au Vieux Pays, les enfants étaient allés sur la glace, Hinni Lührs et ses frères, Hans zum Felde et les grosses sœurs Pape. « Vera, viens ! »

Elle était bien allée avec eux jusqu'à la digue, mais pas sur la glace. Même plus tard, quand Karl lui avait offert des patins pour Noël et que les autres enfants faisaient la course sur les fossés brillants. Vera n'avait pas enfilé les patins à glace.

On ne pouvait pas se fier à la glace, elle l'avait vue se briser et engloutir des gens.

Certains avaient glissé en silence sous la glace, sans faire de bruit, comme si, en route, on leur avait fait passer l'envie de crier ; le plus horrible était les cris des chevaux.

On pouvait tout oublier quand on le voulait vraiment, Vera Eckhoff aussi le pouvait.

Oubliés le crissement des souliers dans la neige profonde, le grondement des avions, la tête des pilotes qu'on voyait quand ils volaient au-dessus de la glace. Oubliés la clarté des flammes rouges des villages qui brûlaient et les épouvantails au cou tordu qui pendaient dans les arbres, et tous les corps désarticulés et silencieux, dans les fossés de bord de route.

Oubliés le petit frère dans son landau froid, et même

la poupée, sa poupée à elle, couchée à côté de lui sur l'oreiller blanc, que Vera n'avait pas pu récupérer quand elles avaient abandonné la voiture d'enfant, parce que Hildegard l'avait tirée par la main. Tirée loin de sa poupée toute douce aux vrais cheveux que l'Enfant Jésus venait juste d'apporter, comme ça, tout simplement.

On pouvait tout oublier, mais le cri des chevaux, on ne l'oubliait pas.

Assise dans la cuisine, Vera tentait de se rendre invisible, elle ne faisait pas de bruit. Il était possible qu'alors on ne vous trouve pas.

Et qu'ils passent leur chemin, les soldats de Karl et toutes les créatures déracinées, gelées, aux pas crissants, avec leurs voitures d'enfants. Ces oubliés, que lui voulaient-ils après toutes ces années ?

Les oiseaux la délivrèrent au petit matin, un éveil bruyant de jour d'été. Quand le soleil se leva, elle prépara du café et fit sortir les chiens, elle avait dû s'endormir sur sa chaise de cuisine. Juste rêvé, juste eu peur du grand méchant loup, tel un enfant qui craint l'obscurité. À la lumière du jour les drames de sa nuit n'étaient que des scènes de Grand-Guignol et les démons, des spectres de train fantôme.

Le lendemain soir, elle alluma toutes les pièces avant la tombée de la nuit. Elle mit la radio dans la cuisine. Puis elle prit une pile de revues de voyage sur l'étagère, prépara du thé et alla s'asseoir à la grande table du hall en laissant les portes des pièces ouvertes ; elle entendait la musique depuis la cuisine.

Les chiens désorientés errèrent un temps entre les deux pièces puis vinrent se coucher à ses pieds.

Elle lut des articles sur les étendues glacées de Patagonie, les antilopes de Namibie, les abbayes de l'Engadine, et peu avant minuit elle alla se coucher. Elle laissa les lumières et la radio allumées, et cette fois, ignora obstinément les murmures, les gémissements, la danse et les pas des oubliés dans son hall.

Elle n'écoutait que la musique, tenta de penser à la Namibie et à la Patagonie, et s'assoupit une demi-heure. S'éveilla en sursaut et pensa aux villages de Prusse qui brûlaient.

Elle tira la couverture sur sa tête et s'immobilisa sans un bruit.

Elle s'endormit en entendant les merles. Se réveilla au soleil de midi qui perçait à sa fenêtre, tenta de rire des scènes grand-guignolesques et des spectres du train fantôme, et ne le put.

La troisième nuit, elle alla dormir dans son cabinet, sur le vieux canapé qu'elle avait acheté pour Karl. Elle se permit de fuir, cette unique fois, rêva que sa maison partait en flammes, se réveilla en sursaut à l'aube et rentra. La maison ne brûlait pas, elle alla au bord de l'Elbe avec ses chiens jusqu'au lever du soleil, et pensa à Hildegard von Kamcke : « Le cou sale mais la tête haute ! »

Les leçons prussiennes de sa mère, Vera les avait bien assimilées, elle les avait apprises assez tôt.

Mieux vaut être chasseur que gibier. Un cavalier doit traverser ces villages des polders au galop, des paysans il ne voit que le crâne s'il ne veut pas rester piétaille.

Elle ne se laisserait pas chasser de cette maison, ni par des simili-spectres ni par ces murs glacés, *cette maison est mienne.*

Elle suivit l'exemple de Karl, recourut au Valium et au docteur Burger. Ses nuits furent plus calmes, ses journées cotonneuses. Elle ne consultait plus que l'après-midi désormais, les patients se faisaient très rares de toute manière. Elle arrivait à peine à s'occuper des chevaux et des chiens, il était temps de se défaire des bêtes, mais qui aurait voulu de deux trakehners vieilles comme Hérode et de chiens de chasse fatigués qui bavaient tout le temps ?

La jeune Vera Eckhoff les aurait abattus, elle l'avait fait pour ses deux premiers chiens dès qu'elle avait vu que la fin était proche. L'un était mort à l'âge de douze ans, l'autre de seize, il lui en avait coûté mais elle l'avait fait.

La vieille Vera Eckhoff, qui avait enterré Karl, ne voulait plus tuer de bête. Elle allait encore à la chasse, mais elle ne tirait plus, elle faisait comme Karl. Les chiens dormaient la nuit au pied de son lit.

Les chevaux prenaient encore le mors aux dents dans leurs bons jours, à presque trente ans. Des pur-sang de Prusse orientale, ils étaient résistants et restaient têtus.

Pendant ce premier hiver sans Karl, elle pensa au petit flacon de Nembutal, il lui en restait assez. Ce n'était pas très compliqué, elle l'avait vu en juillet sur le banc.

C'était bien d'avoir une main à tenir après avoir bu le truc. Mais on pouvait faire sans. À qui aurait-elle bien pu demander, pas à Hinni Lührs tout de même, jamais il ne lui aurait tenu la main en la regardant mourir, on ne pouvait pas le prier de faire cela.

Elle ne l'avait pas prié non plus de lui apporter son journal le matin quand il l'avait terminé, un beau jour il s'était mis à le faire. Pile à dix heures du matin, il était dans sa cuisine, il avait déjà la moitié de sa journée derrière lui.

« T'aurais pas un p'tit café, des fois ? » Et le soir, une partie de rami. Quand elle n'allait pas chez lui, c'est lui qui venait.

Jusqu'à dix heures, après il fallait qu'il aille au lit, son réveil sonnait à cinq heures et demie. C'est Heinrich Lührs l'horloge qui lui donna la cadence pendant ce premier hiver.

Il croyait sans doute qu'elle ne s'en rendait pas compte. Ils jouèrent au rami jusqu'en janvier.

Puis débarquèrent ses réfugiés.

« C'est Anne. » Vera avait mis un moment à comprendre qui était au téléphone, ce soir de la mi-février. À l'enterrement de Karl, elle avait identifié Anne parce qu'elle était à côté de Marlene, sans quoi elles se seraient croisées dans la rue sans se reconnaître.

À présent elles se partageaient une maison, et Anne Hove arpentait les pièces de Vera en dressant l'état des lieux, recensant les fissures des poutres, les taches d'humidité des murs, les marches d'escalier branlantes, les cadres de fenêtre vermoulus et les fêlures dans les vitres de la vieille étable.

Vera la voyait examiner la maison, ausculter ses cloisons, prendre ses mesures, en consigner la décrépitude. La mienne aussi, se disait Vera. Sa vie, une liste de défauts de conformité : c'était dur à supporter. Anne ne savait rien de cette maison, elle n'avait aucune idée de ce qui pouvait vous arriver ici.

Il y avait tant d'autres maisons intactes et bien chauffées où se réfugier, mais celle-ci précisément semblait attirer les mères de famille aux lèvres pincées, tenant par la main des enfants emmitouflés jusqu'au cou. Anne avait dû se douter que Vera Eckhoff ne laisserait pas deux sans-logis devant la porte verte de sa maison.

Les réfugiés, on ne les choisissait pas, on ne les invitait pas non plus, ils arrivaient sans crier gare, les mains vides, des projets confus en tête, et ils mettaient tout sens dessus dessous.

La question était de savoir s'ils pouvaient aussi remettre les choses en état. Les fenêtres, les poutres, ou un être rongé de solitude jusqu'à la moelle. Qui ne voyait absolument pas comment il allait surmonter ce deuxième hiver et toutes ces longues nuits sans une présence humaine.

Il y avait une chose chez Anne que Vera avait immédiatement reconnue. Le geste qu'elle avait eu de s'essuyer brièvement les yeux, le nez, les joues des deux mains, quand elle avait posé son carton pour lui dire bonjour.

Et quand elles furent attablées toutes les deux un peu plus tard, elle le refit. Quand on l'écoutait, lorsqu'elle avait fini de parler et qu'on la regardait, elle esquissait ce geste, comme si elle voulait s'essuyer, effacer quelque chose, une pensée ou une expression. Vera le connaissait, elle l'avait vu à cette même table de cuisine, des années auparavant, chez Hildegard von Kamcke, esquissé des mêmes mains fines.

Mais Anne ne hurlait pas sa colère à travers la maison, elle ne balançait pas les tasses à filet d'or, elle était très silencieuse. Et quand son garçon était chez son père, le week-end, elle devenait quasiment muette. Elle restait dans le logis d'Ida Eckhoff à étudier des plans ou lire un de ses polars sanguinolents. Des histoires de serial killers givrés, rien que la quatrième de couverture rendait Vera toute chose. Elle voyait parfois Anne parcourir les rangées de cerisiers en fumant, toujours avec de la musique dans les oreilles, la plupart du temps elle marchait en mesure, on le voyait. Une fois elle s'était mise à danser, pas très élégamment, Vera avait vite détourné les yeux. Ce n'était pas le genre de danse qu'on exécute en public, on ne dansait ainsi que lorsqu'on s'oubliait totalement.

Elles étaient contentes de voir revenir Leon le dimanche, autant l'une que l'autre.

Pâques chez son père, Pentecôte chez sa mère, l'équité régnait, même pour les jours fériés, manifestement l'usage était aujourd'hui de se partager équitablement les enfants, dès qu'on en avait fini avec l'amour.

Les divorcés qui tiraient un trait, ça n'avait plus l'air de se faire, maintenant ils restaient accolés une fois pour toutes, ces couples qui s'étaient fourvoyés et voulaient se séparer, ils auraient voulu se défaire l'un de l'autre et ne le pouvaient pas, leurs têtes restaient soudées – par les enfants.

Autrefois on faisait autrement. On établissait les

torts et on consommait le divorce. L'un avait bousillé le truc, l'autre gardait l'enfant, c'était bien plus simple.

Rien que l'idée que Karl et Hildegard auraient été forcés de se voir un week-end sur deux !...

Ils ne s'étaient plus jamais revus. Quand on voulait le divorce, on en tirait les conséquences et on n'allait pas pleurer après son enfant. En tout cas, Hildegard Jacobi ex-Eckhoff ne l'avait pas fait. Elle avait tiré un trait. C'était mieux pour tout le monde.

Ça n'avait pas l'air si facile de vivre en couple, rares étaient les gens qui se rendaient heureux. Vera n'avait même pas essayé. Juste emprunté un homme de temps à autre quelques mois, quelques années même une fois, un très bel homme.

Mais qui ne savait pas mentir, c'est tout juste si sa femme avait voulu le reprendre quand elle avait su.

Tirer un trait ; il s'était ressaisi, c'était bien ainsi. Elle ne demandait pas qu'on le lui cède.

Mais elle aurait pu avoir un enfant, un enfant sans père, pourquoi pas. Cela n'aurait étonné personne au village. Quelquefois elle regrettait d'y avoir pensé trop tard.

Comment pouvait-on oublier d'avoir un enfant ?

21

Surgelés

Il importait de bannir toute émotion, il fallait rester neutre, éviter toute trace de reproche. Sigrid Pape préférait appeler elle-même. Elle avait eu ce genre de conversations assez souvent, son « savoir-faire relationnel » était infaillible.

Elle composa le numéro, assise bien droite sur sa chaise de bureau, et sourit.

« Madame Hove, bonjour. » (Continuer à sourire.) « Sigrid Pape à l'appareil, des Grenouilles de l'Elbe. » (Continuer à sourire.)

Ce qu'elle pensait, elle, de ces immondes bestioles, combien ça lui paraissait inconcevable qu'une mère ne les VOIE pas, quand elles GROUILLAIENT littéralement sur le crâne de son enfant, cela n'avait en l'occurrence aucune importance, aucune.

Les poux n'étaient pas signe de manque d'hygiène, je vous en prie ! Les poux pouvaient toucher toutes les familles, ce n'était pas une honte. Les spécialistes étaient d'accord là-dessus, c'est ce qu'on vous enseignait. C'était la théorie.

Dans la pratique, les éducatrices identifiaient toujours d'emblée les candidats aux poux. On ne le disait pas bien entendu, mais on le savait.

Que le petit nouveau de Hambourg-Ottensen en ait plein la tête ne surprenait nullement Sigrid Pape. Sa mère allait peut-être enfin se décider à lui couper ses cheveux longs, la chose avait parfois aussi ses bons côtés.

Les poux mis à part, il s'adaptait bien chez les Hannetons. Il pleurnichait encore un peu de temps à autre certes, enfant unique évidemment, mais là aussi ça allait déjà mieux. Et il demandait toujours du rabe de goulasch, comme végétarien il se posait là.

« Exactement, vous vous en procurerez à la pharmacie. Eh bien, à tout à l'heure, madame Hove. » Sigrid Pape raccrocha et laissa lentement s'effacer son sourire.

La tête d'Anne se mit à la démanger. Elle courut à la salle de bains, se pencha au-dessus du lavabo, farfouilla dans ses cheveux à pleines mains, se frotta le cuir chevelu, mais rien de suspect ne jonchait le lavabo.

La pharmacienne avait de longs cheveux tressés en une natte épaisse, Anne la comprenait mal, elle parlait tout bas. « Je vous le mets dans un sac. » À cette heure-là, il y avait toujours beaucoup de clients dans la pharmacie. Elle lui glissa vite le sac au-dessus du comptoir et sembla prendre l'argent des mains d'Anne du bout des doigts.

Leon attendait déjà tout habillé et botté devant la porte des Hannetons. Il portait son bonnet, son écharpe et sa peluche dans une poche en plastique bien fermée.

Il se grattait la tête et brûlait d'envie d'annoncer la nouvelle à Vera.

« Tu en as peut-être aussi », dit Anne, mais ils n'en trouvèrent pas chez Vera. Dans les cheveux de Leon par contre, elles n'eurent pas à chercher longtemps, ce n'étaient ni du sable ni des croûtes qui le démangeaient, ça crapahutait. Anne prit le peigne fin et la « lotion Marie Rose » dans le sac de la pharmacie et entreprit de lire la notice.

« Donne-moi ça, dit Vera, on va s'en occuper de ces poux. »

Elle pulvérisa le liquide huileux sur le crâne de Leon et le fit pénétrer dans les boucles blondes.

« Moi aussi, j'ai eu des poux quand j'avais ton âge. »

Anne changea les draps de Leon, puis les siens, on ne sait jamais, elle rassembla les pyjamas, les bonnets, les écharpes et fourra le tout dans le lave-linge, fit couler de l'eau chaude dans le lavabo, y jeta la brosse et le peigne, enferma toutes les peluches dans un grand sac en plastique, le noua solidement et le déposa dans le débarras de Vera. Trois jours, avait dit Sigrid Pape, après quoi il fallait produire un certificat médical attestant que Leon était exempt de poux.

« Et soyez gentille d'avertir les zum Felde. Theis n'était pas au jardin d'enfants aujourd'hui. Si Leon a des poux, Theis en a peut-être aussi. »

Vera avait assis Leon sur la table de la cuisine, posé une serviette sur ses épaules, et lui retirait les poux des cheveux avec le peigne, mèche par mèche.

« Réfugiés, tous des gueux ! Tous pouilleux ! »

Ils en avaient plein la tête, ils étaient sur les routes

depuis des semaines, avaient couché sur des matelas grouillants, dans des maisons abandonnées, des manteaux étrangers, parfois ôté leur bonnet aux morts, il faisait si froid. Ça démangeait tout le temps, on se grattait jusqu'au sang.

Après quoi on vous coupait les cheveux, très court. On avait l'air d'un criminel, et l'impression d'en être un, « un pouilleux, un Polack puant », même plus tard, quand les cheveux avaient repoussé.

Qu'auraient-ils bien pu dire, les enfants de Polacks, quand les autres les harcelaient ?

Qu'ils n'avaient rien fait de mal ?

Qu'eux, ils avaient dû marcher sur des cadavres ? Et que c'était mieux que de marcher sur les moribonds, parce que les morts ne faisaient plus de bruit ?

Qu'ils avaient vu des villages brûler ?

Qu'ils vomissaient en plumant les poules parce que les plumes brûlées avaient la même odeur que les cheveux qui brûlent ?

Que ce n'était pas la peine d'offrir des patins à glace aux enfants comme eux ?

Que c'était moche de trouver Ida Eckhoff dans le grenier à blé, parce qu'on se remettait à rêver des autres, qu'on avait oubliés depuis longtemps, qui pendaient des arbres avec leur cou de travers, pareils à des oiseaux géants ?

Que pouvaient bien savoir de ces étrangers pouilleux des gens qui n'avaient jamais eu à quitter leur village à colombages ? On les avait poussés comme du bétail galeux dans leurs maisons et leurs étables, toujours plus nombreux, troupeau sans fin.

« Réfugiés, tous des gueux ! Tous pouilleux ! »

On ne pouvait en vouloir aux enfants aux joues rondes.

« Raconte-moi une histoire », demanda Leon.

Ils avaient de petits chiots qui étaient nés peu avant la Noël, et Vera les avait fourrés en douce dans les poches de son manteau pour les emporter. Hildegard les avait trouvés tout de suite, ils geignaient doucement, les lui avait sortis des poches et les avait confisqués.

Elle avait abattu la vieille chienne avant leur départ, Vera s'en souvenait. Les chiots avec ? Que faisait-on de chiots si minuscules qu'ils tenaient dans des mains d'enfants ?

« Petits comment ? demanda Leon. Montre-moi. »

Anne savait où habitaient les zum Felde, elle passait devant leur ferme pour aller au jardin d'enfants. Elle voyait parfois Britta sur le parking des Grenouilles de l'Elbe et se demandait comment ça pouvait coller, ce Dirk zum Felde si mal embouché et cette femme qui riait tout le temps, avec des enfants plein les sièges de son minibus Volkswagen crasseux. Theis et les jumeaux, et il y avait une sœur encore, apparemment, Pauline, Leon en avait parlé avec considération, elle était censée en savoir encore plus que Theis sur les lapins nains.

« Elle en a plein plein, avait dit Leon, pas rien qu'un. »

La maison des zum Felde était grande et ancienne, elle avait dû être belle autrefois. Maintenant elle avait un air effaré avec ses fenêtres panoramiques qui trouaient les murs comme autant de bouches béantes. Le père de Dirk zum Felde en avait probablement eu sa claque des fenêtres à meneaux, du chaume et des colombages, « marre de ces vieux trucs merdiques », dans les années 1970, quand la protection du patrimoine n'avait pas encore son mot à dire, et que seuls les vieux et les arriérés voulaient encore habiter dans de petites pièces sombres.

Il avait mis la maison au goût du jour, installé une large porte à briques de verre, recouvert le toit de tuiles neuves et l'avait aménagé en perçant de grandes lucarnes ; les villages des bords de l'Elbe regorgeaient de ce genre de maisons.

« Un désastre », gémissaient les agents immobiliers quand ils devaient trouver des acquéreurs pour ces « monstruosités architecturales », rétrospectivement le progrès n'avait pas fière allure, et la plupart des vieux paysans se repentaient depuis longtemps de ces rénovations.

Ils auraient bien aimé se débarrasser des enveloppes de brique lisses dont ils avaient recouvert les colombages et du béton coulé sur le pavage des cours. Ils regrettaient leur vieux poêle de faïence et les portes sculptées qu'ils avaient jetées aux ordures dans les fossés, trente ou quarante ans auparavant. Et ils pleuraient leur langue d'antan, qu'ils n'avaient pas parlée à leurs enfants parce qu'elle sentait trop l'étable et faisait plouc.

Certains tentaient de réparer les dégâts, ils inculquaient quelques bribes de platt à leurs petits-enfants. Comme s'ils pouvaient encore sauver in extremis, avec quelques mots, quelques phrases et des chansons, cette langue qu'ils avaient sciemment laissé mourir, comme s'il n'était pas trop tard depuis longtemps.

Quelquefois leurs enfants reconstruisaient les maisons à l'identique en dépensant des fortunes, après quoi elles avaient presque l'air anciennes.

Quand l'argent manquait, ils se résignaient à leurs maisons aux façades inexpressives, mal ravalées. On finissait par ne plus le voir.

Un gros chien arracha presque Anne de son vélo, il aboyait, lui sautait autour, courait devant ses roues si bien qu'elle se mit à zigzaguer et finit par basculer.

Britta zum Felde sortit précipitamment de l'étable en combinaison verte, un chronomètre en main, prit le chien au collier et l'éloigna. « Il t'a fait mal ?

— Ça va », dit Anne. Britta l'aida à se relever. La lampe du vélo pendouillait du guidon un peu de travers, le reste avait l'air intact. « Tu es vraiment un chien débile, dit Britta en lui donnant une tape. J'reviens tout de suite. » Elle s'engouffra de nouveau dans l'étable en entraînant le chien, Anne appuya le vélo contre le mur et la suivit.

Dans un des box se trouvait un lapin nain marron, harnaché comme s'il avait pour mission de rechercher les victimes d'une avalanche ou d'aider les aveugles à traverser.

Ou comme un cheval dans une course d'obstacles. Dans le sable du box, on avait dessiné un parcours d'obstacles avec de petites barres rouge et blanc. « Le hop-lapin, dit Britta, un nouveau sport, c'est notre champion. » Elle prit la laisse : « Allez, Rocky, un dernier tour », posa le lapin dans le sable devant le premier obstacle et enclencha le chronomètre. Les oreilles dressées, il sauta le premier obstacle, s'arrêta net au deuxième et enfonça ses pattes dans le sable.

Puis il commença à creuser comme s'il avait enterré là quelque trésor inestimable.

« Dommage, dit Britta, normalement il y arrive. » Elle rempocha le chronomètre et libéra le lapin de sa laisse. « Avec Pauline, il saute mieux. »

Elle ramassa les obstacles, les rangea dans un vieux sac de supermarché, puis elle saisit son champion et le déposa dans un grand enclos à lapins. Anne comprit alors ce que Leon entendait par « plein plein de lapins ». « Je sais, dit Britta en riant, il faut toujours que j'aie la maison pleine à craquer, d'enfants, de lapins, peu importe. Et j'ai des poules aussi. Les chats, j'ai renoncé à les compter, ils se perdent dans la masse. »

Elle rit également quand elle apprit pour les poux de Leon. « Si Theis en a aussi, c'est mes beaux-parents qui vont être contents, ils sont avec lui au zoo de Hagenbeck. »

Elles entrèrent dans la maison, ôtèrent leurs chaussures dans l'entrée sur une vieille serviette où s'empilait déjà une montagne de godasses, et le chien s'empara d'une botte d'enfant bleue qu'il traîna jusqu'à son panier sous l'escalier.

De la cuisine leur parvint un sifflement, un fer à repasser crachait un reste de vapeur, « Oh ! merde », dit Britta en retirant la prise.

« Capuccino ? »

Anne vit la boîte de Nescafé trop tard, elle avait déjà dit oui, et Britta enclencha la bouilloire électrique. Elle remua le capuccino dans les tasses pour faire mousser, puis lécha la cuiller, la lança dans l'évier et s'assit sur le banc à côté d'Anne.

Deux femmes et deux cafés, ça commençait toujours ainsi.

Les grands déballages, les confidences à une table de cuisine, parler de tout et de rien, des enfants, du boulot, du mari, ma vie, ta vie ; déjà au Fischerspark de Hambourg-Ottensen avec les autres mères sur les bancs du square, Anne n'avait jamais pu. Des conversations qui étaient autant d'échanges de bons procédés, tu me livres un secret, je te fais une confidence, un mot de consolation contre une gerbe de louanges.

Les mères s'asseyaient sur un banc, passaient le temps en échangeant des états d'âme et en jouant à la psy, tandis que leurs enfants creusaient le sable ou s'éjectaient réciproquement des balançoires, ces petits diables si « volontaires ».

Un café en main, les mères voulaient « briser la glace », elles « s'ouvraient », « sortaient de leur coquille », et Anne se refermait comme une huître, il y avait des gens qui bégayaient ou qui boitaient, elle, elle était sauvage.

Elle n'avait pas le moindre don pour ces échanges, s'éparpillait, s'interrompait, bredouillait et se retrouvait en suspens au beau milieu d'une phrase tel un insecte pris dans une toile d'araignée ; il faut dire qu'elle manquait d'entraînement.

Elle ne s'était jamais entraînée qu'aux gammes depuis toute petite, sonates pour piano, pièces pour flûte, pas besoin de parler quand on pouvait jouer, il suffisait de connaître les notes et de laisser aller ses doigts. Et pas besoin non plus d'écouter qui que ce soit, on entendait la musique, il n'y avait pas de glace à briser, la musique vous tenait chaud.

« Apparemment, tu n'aimes pas. » Britta désigna la tasse d'Anne en souriant. « Je vais nous chercher une bière. » Elles trinquèrent à même les bouteilles, Britta apporta des chips, déchira le sachet et en renversa le contenu sur la table de la cuisine, de toute évidence elle n'était pas du genre à échanger des états d'âme.

Elle posait des questions qui ne sonnaient pas comme des questions. Elle disait : « J'aimerais bien entendre ta flûte une fois, Leon dit qu'elle est en argent. »

Elle disait : « Il faut avoir un sacré courage pour s'installer chez Vera Eckhoff. Ou un petit grain. » Puis elle souriait et vous laissait le choix. De rire ou de garder son sérieux, de parler, de se taire, de boire.

Tout était possible dans la cuisine de Britta, qui était grande comme un hall de gare.

Elles burent leur deuxième bière dans l'atelier de Britta, elle fabriquait des dinosaures en terre cuite. « Le brachiosaure me rend folle, dit-elle, son cou est si long, il se casse sans arrêt. »

Un véhicule de livraison blanc s'arrêta devant la porte, Britta le vit de la fenêtre, alla ouvrir et revint avec une grosse caisse Bofrost. Elle ouvrit le congélateur, y enfouit de grands sachets de cuisses de poulet, de frites, des cartons de pizza et des boîtes de lasagnes, puis elle shoota dans la caisse vide qui alla valser dans l'entrée.

Elle lui fut renvoyée aussi sec.

Une femme svelte surgit dans la cuisine, cheveux blancs et veste matelassée bleu marine, Theis à la main. « Voilà ton fils ! Pas besoin d'aller au zoo, des animaux il en a plein la tête ! » Theis avait entamé les sucreries de ses provisions, il tenait une barre de chocolat dans une main et se grattait la tête de l'autre.

« P'pa a eu sa dose. C'est moi qui te l'dis ! »

Helga zum Felde avait l'air d'un témoin sur les lieux du crime. Des bières et des chips à onze heures du matin, le linge pas repassé, les vitres pas faites, des moutons dans les coins et des surgelés au congélateur. Un gamin plein de vermine. Et à la table de la cuisine, une inconnue qui n'avait visiblement rien d'autre à faire que de s'enivrer en plein jour.

On n'avait jamais vu ça, dans cette maison, dans cette cuisine où tout avait marché comme sur des roulettes trente ans durant, tant qu'elle était à elle.

« Tiens Helga, assieds-toi, je te fais un café, dit Britta.

— Pas la peine. Bon appétit. » Elle disparut aussi vite qu'elle était arrivée.

Anne était pliée de rire sur le banc d'angle.

« Ma pauvre belle-mère, dit Britta, elle n'est pas à la fête avec moi ! » Elle but sa dernière gorgée à même la bouteille, puis elle rit aussi.

« C'est moi qui te l'dis !

— Et Leon ? demanda Theis.

— Il en a aussi, mon cœur, dit Britta, Vera est en train de les lui retirer. »

« Plus petits que Willy, murmura Leon, des minuscules bébés chiens. » Il joignit les mains en les creusant comme pour puiser de l'eau. « Ils pouvaient tenir là-dedans. »

Il resta muet un moment, tandis que Vera lui passait le peigne fin dans les cheveux, mèche après mèche. Puis il se retourna tout à coup et lui caressa la joue d'une main, juste une fois, brièvement, et dit : « Mon pauvre petit chou. »

C'est ce que faisait toujours Anne quand il était tombé et s'était écorché le genou, égratigné les mains, que ça ne saignait plus mais faisait encore très mal, elle lui caressait la joue, « mon pauvre petit chou ».

Vera était si interloquée qu'elle rit.

Bien plus tard, la nuit venue, elle tira la couverture sur sa tête quand les oubliés se remirent à arpenter son hall. Elle posa la main sur sa joue juste une fois, brièvement, et dit : « Pauvre petit chou. » Juste une fois, brièvement, elle ne le refit plus jamais, et elle eut longtemps honte de ce geste. Vera Eckhoff, espèce de vieille pleurnicheuse.

22

Résurrection

Elle était assise dans son manteau noir sous le voilier suspendu au plafond de l'église à colombages, le vieil orgue rendait un son un peu enroué, la dernière fois qu'elle l'avait entendu c'était à l'enterrement de Karl.

Vera Eckhoff allait à l'église le Vendredi saint, chaque année, non qu'elle soit pieuse mais elle aimait les chants de la Passion.

Les orgues du Vieux Pays pouvaient rendre un son aussi anodin que les orgues de Barbarie à une fête de rue. Et quelques mesures plus loin, clouer les gens sur leurs bancs d'église. Se déchaîner, tonner. Ils pouvaient vous insuffler la peur, probablement aussi la foi ; quant à Vera, ils l'apaisaient. On entendait trois siècles respirer et on respirait avec eux, comme s'il n'y avait pas de fin.

Anne était à côté d'elle, un week-end de Pâques sans enfant en perspective, elle faisait une tête de carême.

Ses yeux coulent, coulent ses larmes...

Les sopranos des dames du chœur se hissaient prudemment vers les aigus, toutes n'arrivaient pas à bon port sans hésitation, les paysans et les artisans grondaient dans les basses, et Vera aperçut le Hambourgeois deux rangs plus loin, son casque à vélo sur les genoux. Il grimaçait quand s'élevaient des voix vacillantes, poussait du coude la femme assise à ses côtés, et ils échangeaient un sourire. Ces deux-là n'avaient rien compris.

N'avaient pas saisi que les cantiques devaient résonner exactement ainsi, exactement comme les chantait ce petit chœur craintif.

Brise-toi, mon cœur, de soupirs et de regrets…

Anne se liquéfait littéralement sur son banc, elle semblait pleurer sans discontinuer. Vera ne regardait pas, elle faisait mine de ne pas sentir les tressautements à côté d'elle. À plusieurs reprises elle s'assoupit brièvement, le dos droit comme un « I », la tête haute, seuls ses yeux se fermèrent, jamais longtemps.

Vera Eckhoff dormait comme un animal en fuite, y compris le Vendredi saint à l'église, quand l'orgue était censé l'apaiser.

En rentrant elle passèrent voir Karl. Otto Suhr entretenait la tombe, il avait planté des narcisses et de petites jacinthes bleues, il savait ce qu'attendait la clientèle au moment de Pâques. Le cimetière regorgeait de tombes fleuries de narcisses et de petites jacinthes bleues.

« Ça ne te sape pas le moral, ton nom sur la tombe ? » demanda Anne.

Vera ne comprit pas sa question. « C'est là que je reposerai, c'est écrit là. C'est bien de savoir où on a sa place. »

Pâques était tard cette année-là, les cerisiers étaient déjà en fleur et le pissenlit répandait son désordre jaune sous les branches sagement taillées. Dans les jardins de devant, des œufs en plastique se balançaient dans les magnolias et les cerisiers du Japon, des lapins de bois appuyés aux clôtures et aux bacs à fleurs souriaient de toutes leurs dents.

Anne refusa d'abord de monter à cheval, il y avait si longtemps qu'elle n'avait pas monté. « On ira au pas et au trot », dit Vera en lui sellant Hela, la plus calme des deux, même les trakehners s'adoucissaient avec l'âge.

Sur la grand-route, les cars de touristes glissaient lentement vers la place du marché, les visites du village commençaient toujours à l'église et se terminaient dans le seul et unique café.

Elles s'insérèrent dans la file des bus et des voitures familiales, les chevaux connaissaient le chemin de l'Elbe, Anne n'eut pas grand-chose à faire. « Dos droit, talons baissés », dit Vera.

Anne la laissa passer devant, son maintien était irréprochable, cela ne lui demandait aucun effort, elle se tenait ainsi sur sa chaise ou sur son banc.

Elles restèrent sur l'herbe, il n'y avait pas de vent, le fleuve était calme. « Il ne l'est pas toujours, dit Vera, là il fait juste semblant. »

Seuls les gens qui n'avaient aucune idée des caprices de l'eau lui faisaient confiance – et les jeunes qui ne savaient plus ce que c'était que de voir soudain les flots tumultueux de cette bonne vieille Elbe envahir avidement votre salon, une nuit de tempête.

Mais même Vera, qui ne faisait pas confiance au

fleuve, en voyait la beauté quand il s'étalait au soleil, au printemps.

Anne la suivit sur la digue, elles trottèrent en direction de Stade, des rangées de fruitiers se déployaient à l'infini entre la digue et le Geestland, de petits arbres en forme de « u » qui n'avaient pas de couronne : ils prenaient peu de place et donnaient beaucoup. Une étendue sillonnée de fossés et de canaux comme taillés à la hache dans le sol.

Un fleuve et un pays tenus en bride, un paysage dompté. Vera semblait s'accorder parfaitement à ce pays. Anne contemplait les vastes maisons paysannes, les pignons décorés aux colombages impeccables, les jardins fleuris avec leurs massifs désherbés, dessinés avec soin, leurs pelouses au tracé géométrique, et les cours balayées, et se demandait pourquoi la maison de Vera Eckhoff n'était pas ainsi. Pourquoi un être qui menait son monde à la baguette laissait sa maison et sa propriété aller ainsi à vau-l'eau.

Il subsistait une plage de sable au bord de l'Elbe, la dernière qui soit restée au fleuve, les autres ayant disparu sous les monceaux de caillasses de ses berges rectifiées.

Le cheval d'Anne prit soudain de la vitesse, elle ne put le contenir, Vera devant elle partait au galop, et le cheval d'Anne s'engagea lui aussi dans un galop ample et souple.

Elle laissa tomber les rênes, s'agrippa à la selle, ses pieds glissèrent des étriers, elle poussa un cri, maudit Vera, mais le cheval paraissait aimer cette plage, il ahanait, galopait régulièrement, ne tenta rien contre elle. Puis il ralentit, trotta quelques mètres, et se remit tranquillement au pas. Anne put repêcher ses étriers et reprit les rênes.

« On pourrait travailler un peu la posture », dit Vera.

Heinrich Lührs vit la nièce de Vera rire alors qu'elles passaient devant sa maison au retour, sans casque bien entendu, l'une comme l'autre ; elles lui adressèrent un salut de nobles chevaliers et évitèrent son sable jaune. Tiens, de nouvelles mœurs !

Anne dormit d'un sommeil de plomb cette nuit-là, même la caisse nomade de Leon ne réussit pas à la tenir éveillée, même la maison avec ses craquements et ses étranges murmures.

Les oiseaux la réveillèrent au matin, un concert hystérique, ils étaient comme fous, c'était le printemps.

Elle eut du mal à s'extirper du lit tant elle était courbatue et, en allant à la salle de bains, entendit Vera rentrer avec les chiens ; elle faisait toujours sa ronde dès l'aube.

Elle vit passer Dirk zum Felde. Theis était à côté de lui sur le tracteur, ils amenaient à la digue une remorque pleine de bois : de vieilles caisses à pommes, des branches et des palettes, une charrette pour le feu de Pâques, et ils n'étaient pas les seuls, la moitié du village semblait transporter du bois à brûler.

Vera n'appréciait guère ce spectacle, on allumait des bûchers dans chaque trou perdu maintenant, c'était aussi absurde que cette idiotie avec les citrouilles en automne, ces enfants dans des déguisements hideux qui vous faisaient une peur bleue et réclamaient des bonbons par-dessus le marché. En revanche nul ne venait plus chanter la nouvelle année à votre porte. On était las des vieilles traditions, on allait en chercher de nouvelles ailleurs.

Elle ne comprenait pas qu'on autorise de grands feux dans une région aux toits de chaume, elle avait déjà appelé le maire à ce sujet, Helmut Junge, un vieux camarade de chasse.

« Mais Vera, ma mignonne, les pompiers sont sur place ! Allez, viens manger une saucisse avec nous, j't'invite, tout le village est là, et la sécurité passe avant tout, sois tranquille. »

Elle n'y alla pas. Que savait Helmut Junge des gerbes d'étincelles qui volent et du chaume ? Sa villa était ultrasécurisée contre l'incendie, on aurait probablement pu l'arroser d'essence sans qu'elle prenne feu.

Elle allait encore tourner la moitié de la nuit autour de la maison avec ses chiens, monter la garde jusqu'à ce qu'on ne voie plus ni flammes ni étincelles au-dessus de la digue, que les pompiers bénévoles aient éteint leur sono, démonté leurs barbecues et leurs stands de bière, et que les derniers amateurs de feux de Pâques bourrés comme des coings aient titubé jusqu'à leurs voitures ou se soient postés le long de sa haie de troènes pour pisser, ce qu'ils ne risquaient pas de faire deux fois, car les chiens de Vera Eckhoff ne connaissaient d'ordre plus excitant que le mot « Attaque ! ».

Heinrich Lührs lui non plus n'aimait pas les feux de Pâques ; c'était bon pour les jeunes, lui n'y allait pas, du reste il avait bien assez à faire comme ça.

Jochen venait chaque année avec Steffi et les enfants le dimanche de Pâques : comme ils n'avaient pas de jardin à Hanovre, Heinrich devait jouer les lapins de Pâques.

Avant, c'était Steffi qui apportait les œufs et les lapins en chocolat et Jochen qui les cachait, les enfants ne devaient pas les voir, il fallait donc les faire entrer dans la maison et les occuper jusqu'à ce que Jochen ait terminé, et en l'espace d'un quart d'heure ils mettaient tout sens dessus dessous.

Maintenant qu'ils étaient grands, les œufs de Pâques ne les intéressaient plus, ils voulaient des sucreries, et Heinrich Lührs pouvait les cacher lui-même, ce qu'il faisait très tôt le matin, bien avant qu'ils n'arrivent.

Il commença à dresser la table. Les petits pains, ils les apportaient de Hanovre comme la plupart des choses, ils n'aimaient pas ce qu'il avait. Le jambon ne devait pas être fumé, son fromage était trop gras, et l'an dernier il y avait eu aussi un problème avec le jus de pomme, « Te stresse pas, p'pa, on apporte tout ! »

Ses serviettes en papier étaient ridicules, des lapins en patins à roulettes jonglant avec des œufs multicolores, il soupçonnait parfois Vera d'acheter exprès pour Pâques les serviettes les plus abominables de tout le supermarché. « C'est tout c'qu'y avait, Hinni ! »

Elle avait déjà prétendu ça l'an dernier, où elles étaient tout aussi désastreuses : des moutons en jupette qui tiraient une charrette d'œufs de Pâques.

Il se demanda s'il ne valait pas mieux faire sans, Steffi allait encore se gausser : « Elles sont trop belles, les serviettes d'opa », puis il pensa à la nappe blanche d'Elisabeth. Il ne voulait pas que les enfants de Jochen malmènent encore plus que l'an dernier sa belle nappe de Pâques, et il posa malgré tout les serviettes débiles à côté des assiettes. Il n'aurait qu'à ne pas regarder.

L'année passée, Anne avait acheté de la peinture pour les œufs au supermarché bio, et des œufs bruns, parce qu'il n'y avait plus un seul œuf blanc dans tout Hambourg-Ottensen. Quand ils les eurent peints, leurs œufs de Pâques étaient de pauvres choses délavées aux reflets rougeâtres, verdâtres et jaunasses. Hideux. « Flûte, avait dit Christoph, ce n'est pas ce qu'un enfant s'attend à trouver dans son panier de Pâques ! » Ils étaient allés chercher à pas de loup la boîte de gouaches de Leon dans sa chambre et avaient repeint les œufs ratés toute la nuit en buvant des verres : ils s'étaient fait une telle joie de fêter Pâques avec leur petit garçon.

Anne arpenta les rangées de cerisiers aussi vite que ses courbatures le lui permettaient, elle fumait beaucoup trop pendant ses week-ends sans enfant, cela faisait tellement mal, ça ne s'arrangeait pas du tout.

Ils allaient retourner au Fischerspark pour chercher les œufs. Sans Anne, avec Carola, pas de problème. Exactement comme devenir père sans Anne, avec Carola, pas de problème.

Le seul problème, c'était elle et son amertume, l'empêcheuse de tourner en rond incapable de se réjouir du bonheur des autres, « Enfin, écoute, Anne, Carola fait vraiment tout ce qu'elle peut ».

Elle lui tendait la main, appelait Anne, voulait s'expliquer avec elle, tirer les choses au clair.

Ils avaient déjà presque tout, ils voulaient le reste. L'absolution, la réconciliation, la bénédiction de l'abandonnée, qui devait effacer la dernière petite ombre à leur bonheur.

Anne n'avait nullement l'intention de les dédouaner.

Elle accéléra encore le pas, tentant de prendre de vitesse ses ressassements, de les semer, mais en vain, une fois de plus.

Le supermarché n'avait qu'une marque de rouge qu'elle aimait, elle s'en achèterait deux bouteilles et les boirait ce soir, cela la ferait dormir.

Et vomir le lendemain, rien qu'à la pensée d'un œuf de Pâques.

« Le feu de Pâques commence à sept heures », dit Britta au téléphone. Elle ne posa pas de question, cette fois non plus, et raccrocha tout simplement.

Dirk zum Felde vendait de la bière dans la veste bleu marine des pompiers bénévoles, tous les pompiers étaient en uniforme, en service pour le feu de Pâques, il effleura du doigt son invraisemblable casquette et fit glisser une Jever sur le comptoir dans sa direction.

« La première, c'est moi qui l'offre. Britta est par là-bas. »

Hormis Vera et Heinrich, tout le village était manifestement à la digue. Les pompiers, au grand complet, avaient garé leur camion-citerne bien en vue et monté leurs stands dès le matin.

Anne trouva Britta à l'un des petits feux de camp que les pompiers avaient allumés pour les enfants. Elle se tenait au milieu de sa petite meute, un bonnet à pompon sur le crâne et une grande bassine en plastique dans un bras. Anne reconnut sa belle-mère à côté d'elle, elles riaient ensemble, l'homme qui les accompagnait devait être le père de Dirk zum Felde.

Theis fut le premier à voir Anne et courut vers elle. « Et Leon ? »

Quand il comprit que Leon ne viendrait pas, sa

lèvre inférieure se mit à trembler. « On a fait exprès plus de pâte pour le pain à griller au feu », expliqua sa sœur en montrant la bassine de plastique.

Britta fourra la bassine dans les mains de sa belle-mère, prit Theis dans ses bras, lui plaqua un baiser sonore sur la joue et lui essuya la figure avec son mouchoir, puis elle alla vers Anne et fit de même. Le beau-père de Britta entraîna Theis au stand de saucisses, et ils en rapportèrent de petites Thüringer pour tout le monde. On ne demanda rien à Anne, et elle ne posa pas de question, elle se contenta d'aller chercher une tournée de bières un peu plus tard. « Moi, c'est Helmut », marmonna le beau-père qui portait une casquette de marin Prinz Heinrich et ne dit plus un mot de la soirée sinon « Prost ! ».

La température fraîchit, les gens se pressèrent autour du feu, « On va encore puer l'anguille fumée », soupira la belle-mère de Britta, mais ça ne paraissait pas la gêner outre mesure.

Les enfants allaient en bandes de-ci de-là, enfonçaient de longs bâtons dans les braises, puis fourguaient leur pain charbonneux aux parents et demandaient des sous pour les frites.

Les adultes perdaient un peu le contrôle de la situation, ils sifflaient alternativement des bières fraîches et du punch de cidre brûlant. Tout le monde connaissait tout le monde et parlait à tout le monde, Anne apprenait des noms et des visages et les oubliait au fur et à mesure.

Sauver ou périr s'étalait en grosses lettres sur les vestes des pompiers. La plupart d'entre eux étaient blonds, il n'y en avait qu'un avec une fossette.

« Eh, la fille aux boucles, dit-il – il était déjà tard –, je te paie une bière. Et si je peux faire autre chose pour toi … »

Elle l'aurait pris même sans la fossette, il pouvait faire beaucoup.

Vera Eckhoff perçut des sons inédits dans l'appartement d'Ida, elle ferma la porte de la cuisine, et le lendemain matin, il ne faisait pas encore tout à fait jour, tomba dans son hall sur un homme en veste de pompier qui tenait ses bottes à la main et lui souhaita de joyeuses Pâques.

« Pimpon pimpon », répondit Vera avant de s'éclipser dans sa cuisine.

Heinrich Lührs était sur la pelouse. De la cuisine de Vera, on le voyait serrer les poings dans son dos, pendant que ses petits-enfants piétinaient ses plates-bandes, fouillaient sous la haie et écartaient sans précaution les branches des forsythias.

Jochen se tenait à côté de son père avec deux petites corbeilles de Pâques, dans lesquelles les garçons jetaient leur butin de lapins, poussins, œufs et coccinelles en chocolat.

« Ben et Noah, ne bougez plus ! cria Steffi qui prenait des photos avec son portable. Regardez par ici ! Noah, mais lève un peu le lapin, bon sang de bonsoir ! »

Le garçon décapita le lapin, puis en exhiba les deux parties vers l'appareil avec une grimace. Son frère dénicha un poussin en chocolat derrière un bac à fleurs, « ce cirque nul avec ces caches hyper fastoches » l'énervait, il prit le poussin et le lança à la tête de son opa.

« C'est toujours aussi sympathique », dit Vera. Anne remuait sa tasse de café et suivait le spectacle en silence. Les parents attrapèrent leurs fils. Heinrich laissa toute la troupe en plan sur la pelouse et rentra dans la maison.

« On lui remontera le moral, ce soir », dit Vera. Heinrich Lührs arriva pile à sept heures et demi dans sa chemise blanche, il apportait une bouteille de Spätburgunder de la Moselle, elles mangeaient précisément du lapin rôti. « On n'aime pas l'agneau. »

Ils trinquèrent dans de beaux verres anciens qui étaient en cristal de Bohême, la nappe était un peu élimée par endroits, mais immaculée.

Anne se demanda tout à coup si elle ne dérangeait pas.

Vera la réveilla le lendemain matin, alors que le soleil venait juste de se lever. « Viens voir, dit-elle, je vais te montrer quelque chose. »

Elles sortirent, passèrent devant les cerisiers, franchirent le fossé pour gagner les pommiers que Dirk zum Felde avait plantés quelques années plus tôt et qui étaient encore très petits ; ils avaient commencé à fleurir.

Ils étaient gelés. Les branches, les feuilles et les fleurs avaient l'air d'avoir été coulées dans du verre, les arbres ressemblaient à des lustres, ils resplendissaient dans le soleil matinal, on marchait dans une galerie des glaces. Elles avancèrent en silence, sans rien entendre d'autre que leurs pas sur l'herbe givrée et les mouettes au-dessus d'elles. L'eau s'écoulait des arbres à grosses gouttes, la glace fondant maintenant au soleil.

« On n'a pas si souvent l'occasion de voir cela », dit Vera. Elles s'immobilisèrent, les mains dans les poches, c'était très beau.

« Tout est fichu », dit Anne.

Vera secoua la tête.

Ils appelaient ça « l'aspersion », les paysans le faisaient dans les nuits froides de printemps, ils aspergeaient leurs fleurs de très fines gouttelettes d'eau que le gel nocturne transformait en une mince couche de glace. Un manteau de glace pour les fleurs. La glace les protégeait du gel.

« Mais qu'est-ce que tu racontes ? » Anne était trop fatiguée pour les leçons de physique, il n'était même pas sept heures, elles rentrèrent à la maison et firent du café.

Elle questionna ensuite Dirk zum Felde qu'elle rencontra quelques jours plus tard sur le chemin de terre. « C'est ce qu'on appelle la chaleur de cristallisation, ça ne te dit rien ? » Il remit le moteur du tracteur en route. « On peut encore apprendre des choses, chez nous. »

Il toucha sa casquette du bout des doigts, exit Dirk zum Felde. Surtout pas un mot de trop. Des fois qu'on n'en aurait qu'un petit pécule à faire durer jusqu'à la fin de ses jours.

23

Mazette

Carsten avait déjà rangé la fenêtre dans le coffre, un cadre et des croisillons en chêne laqué blanc et vert foncé, avec double vitrage. Pour cette petite fenêtre située sous le faîte, tout en haut de la façade de Vera Eckhoff, une simple vitre aurait suffi, mais le maître ébéniste Carsten Drewe ne faisait pas les choses à moitié.

« Bon, eh bien, prie le bon Dieu que tes mesures soient exactes, compagnon », dit-il en lançant son vieux sac Adidas sur le siège arrière de la Mercedes, avant de monter à la place du passager.

Il prit son tabac dans la poche de sa veste et se mit à rouler ses cigarettes, ils restèrent silencieux jusqu'à Finkenwerder puis il dit : « Les Alpes de Lechtal, mille pièces. J'espère qu'ils s'en sortiront deux soirs sans moi. »

Cela faisait longtemps qu'ils n'avaient pas acheté de nouveaux puzzles, ils reprenaient les vieux, encore et toujours, ça ne les gênait pas. Karl-Heinz commençait chaque fois par les bords, le plus facile, et même là il mettait un temps fou.

Hertha avait encore plus vieilli que lui, elle en rejetait la faute sur ces « imbécillités de lampes basse consommation », incriminait la qualité de la lumière et ses nouvelles lunettes de lecture, mais c'était la tête, elle perdait un peu la boule. Il lui arrivait de forcer pour tenter d'imbriquer l'une dans l'autre deux pièces de puzzle qui n'allaient « manifestement » pas ensemble, ça crevait les yeux, elle lui fendait le cœur mais c'était exaspérant en diable, et Carsten sortait alors fumer une clope.

Hertha s'emmêlait dans les jours de la semaine, elle lisait le journal en entier le matin, puis recommençait l'après-midi. « Pratique, dit Anne, on rentabilise son abonnement ! »

Carsten grimaça un sourire, et ils se turent jusqu'à Borstel.

« Le régime vegan, c'est fini aussi, non ? » demanda Anne.

Il acquiesça, baissa la vitre et secoua la cendre de sa cigarette sur la chaussée.

Willy dut déménager pour le week-end dans le salon d'Ida Eckhoff. « C'est lui ou moi, dit Carsten en désignant la cage. Je ne dors pas dans la même pièce que le rongeur. »

Il posa son sac à côté du lit de Leon et alla rejoindre Vera dans le hall. « Rien que de l'entendre grignoter, dit-il, scrunch, scrunch, ça me soûle déjà. »

Anne entendit Vera éclater de rire, c'était tellement inattendu qu'elle faillit laisser choir le lapin.

Elles lui firent visiter la maison, pendant près d'une heure.

« Mazette ! » s'exclamait Carsten. Il vérifia l'état des colombages en les cognant du poing, examina les sculptures de la porte de la mariée, le bois vermoulu de la grande porte du hall, les cadres des fenêtres. Il s'attarda longuement devant le portail d'apparat, puis devant la façade. « Mazette ! » Quand il demanda ce qui était marqué, Vera le lui lut. Si c'était Carsten Drewe qui posait la question, ça passait. « Et qu'est-ce que ça veut dire en allemand ? » Il tira une cigarette de sa poche, Vera la lui confisqua en montrant son toit de chaume du doigt.

« La maison est à moi, mais pas qu'à moi, celui qui après moi viendra lui aussi la possédera. »

Il hocha lentement la tête, puis fit un petit sourire complice à Vera. « Pas pensé à écrire "ou celle qui viendra", hein ? » Il secoua la tête. « C'étaient des drôles de machos, dans le temps ! »

Elles lui montrèrent l'intérieur de la maison, Carsten traversait les pièces comme dans un rêve : des surprises à chaque coin. Ces armoires ! Ces commodes ! Et la marqueterie des plafonds ! « Mazette ! »

« Rien que du massif, dit Anne. Maître Drewe est au septième ciel. »

Ils s'installèrent à la cuisine pour planifier les travaux ; assis à la table dans sa veste de velours côtelé, Carsten tailla son crayon de menuisier avec son canif :

« Donc, l'échafaudage arrive quand ? »

Ils parvinrent à « causer franchement » avec Vera, parlèrent argent, délais, protection du patrimoine, maçons, charpentiers, menuisiers, chaume, pierre et bois, sans que Vera bondisse une seule fois de sa chaise, elle se contenta d'effleurer sa table des mains, de temps à autre, comme un animal ou un enfant qu'elle aurait voulu tranquilliser.

Ils dressèrent des listes, firent des calculs. Vera resta sur sa chaise sans broncher ; un peu plus tard elle prépara des petits sandwichs et sortit la poire du buffet.

Ils burent à la santé de la maison, puis Carsten alla se coucher dans le lit de Leon, et Anne resta longtemps sur le tapis dans le salon d'Ida Eckhoff à caresser le lapin solitaire.

Vera caressait la table de sa cuisine.

Début mai, ils arrivèrent avec l'échafaudage, des hommes en maillot de corps, déjà brûlés par le soleil, qui se lançaient de lourdes pièces à longueur de journée en hurlant des consignes. Puis ils disparurent, et la maison de Vera se retrouva pareille à un vieillard sur ses béquilles.

Anne partit à Hambourg et en revint avec de jeunes gens en costumes de leurs corporations, ils avaient des anneaux dans les oreilles et des chapeaux noirs, d'« honorables compagnons », dit Anne, mais Heinrich Lührs n'en était pas si sûr, ils ressemblaient à des vagabonds, à une tribu de nomades, il ne les aurait pas laissé entrer dans sa maison, mais à Vera de savoir ce qu'elle faisait, ça ne le regardait pas.

Ils déroulèrent leurs sacs de couchage dans les chambres des domestiques et, quand le temps se réchauffa, accrochèrent leurs hamacs dans les arbres. Ils arrivaient comme ça se trouvait – certains restaient deux jours, d'autres des semaines –, puis ils poursuivaient leur itinérance, et d'autres les remplaçaient.

Anne montait avec eux sur l'échafaudage, notait leurs heures et les payait.

Vera gardait la maison à l'œil jour et nuit, à certains moments elle ne supportait plus les coups de marteau sur les murs, les grincements des vieux cadres de fenêtres qu'on arrachait, les raclements des joints qu'on grattait côté pluie. On aurait dit que c'était sur sa tête qu'on tapait, ses os à elle qu'on brisait, et dans ses dents qu'on s'escrimait à gratter, jusqu'au nerf.

Elle se remettait alors à faire tinter ses casseroles et claquer ses tiroirs dans la cuisine, perdait ses couleurs, devenait injuste, attrapait Leon quand il mettait du miel partout le matin, lui achetait des animaux miniatures pour se faire pardonner et rouspétait de plus belle le lendemain.

Anne savait ce que cela signifiait quand Vera se débattait dans sa cuisine : ne plus toucher aux murs pendant quelques jours, laisser souffler la maison, donner congé aux compagnons.

Il lui fallait un moment de calme ; Vera semblait alors ausculter sa maison comme un patient cardiaque, prenait son pouls, il lui fallait entendre le son de sa respiration.

Il fallait qu'elle dorme, mais elle ne le pouvait pas, avec les compagnons il y avait bien trop de bruit, sans eux il y avait trop de silence.

Tout allait mieux quand Carsten était là, un vendredi sur deux, Anne le ramenait de Hambourg, où elle conduisait Leon chez son père. Carsten apportait de nouvelles fenêtres, qu'il fabriquait dans son atelier, tranquillement, l'une après l'autre ; Karl-Heinz Drewe devenait fou en voyant sa façon de faire.

Un vendredi sur deux, Carsten inspectait le chantier, il faisait le tour de la maison et arpentait les pièces avec Vera, il voyait ce qui avait changé et allait chercher ses outils, « je supporte pas les trucs pas bien finis ». Il trouvait toujours quelque chose à améliorer, aucun compagnon n'était aussi tatillon que maître Drewe.

Il était le seul à trouver que la maison de Vera ne posait pas de problème, il ne voyait là ni ruine ni catastrophe. Tout au plus un vieux héros qui devait se retaper, « 'tit peu abîmé, mais s'en sortira ».

Ils passaient les soirées à la cuisine et essayèrent de jouer au skat, mais avec Anne c'était impossible, elle n'était pas douée et n'avait pas envie non plus. « Compagnon, gémit Carsten en balançant son jeu sur la table, je regrette, mais tu joues comme un pied. »

Ils se rabattirent sur Heinrich Lührs, et il oublia d'aller au lit à dix heures : ils jouèrent jusqu'à une heure du matin.

Le morceau de piano que Heinrich préférait était *La Lettre à Élise* ; s'il n'avait tenu qu'à lui, Anne aurait pu la jouer en boucle chaque soir, indéfiniment.

Le piano dans le hall de Vera crevait les yeux, Anne avait pourtant réussi à l'éviter pendant près de trois mois.

Par un jour de juin pluvieux, alors que Vera était sortie avec les chiens, elle débarrassa son couvercle en noyer des vieux livres et des piles de revues de voyage poussiéreuses qui l'encombraient depuis vingt ou trente ans.

La maison était silencieuse, c'était une période sans compagnons, les touches du piano ressemblaient à des dents gâtées. D'ivoire jauni, un peu branlantes, Anne les sentait bien sous les doigts.

Le piano était si désaccordé qu'on se serait cru dans un bar de port, une vraie casserole, il faussait les morceaux qui sonnaient comme des ritournelles enfantines, il était parfait pour quelqu'un qui avait fui l'emphase d'un Bechstein à queue.

Les *Préludes* de Chopin tournaient aux refrains populaires sur le piano du hall de Vera Eckhoff, ils n'effrayaient pas Anne, libre à elle de faire des erreurs, cela ne pouvait sonner plus faux.

Vera surgit sur le seuil de la porte dans une veste trempée, un chien lança un aboiement en entendant les sons discordants. Anne ôta ses doigts des touches. « Ça fait longtemps que personne n'a joué de ce machin », dit-elle.

Vera la regarda et réfléchit. « La dernière fois, c'était ta mère. »

Marlene devait s'exercer, même pendant les vacances chez Vera, trois heures par jour, Hildegard Jacobi était inflexible. Elle appelait le soir pour vérifier, or c'était mal connaître sa fille, nul besoin de le lui dire, elle jouait à s'en donner des crampes dans les doigts. Un jour, Vera lui avait demandé « Ça t'amuse, Marlene ? », puis elle s'était rendu compte combien sa question était bête.

Vera avait appris à Marlene à monter à cheval, d'abord à la longe, puis au bord de l'Elbe, une fois qu'elle avait bien tenu en selle et n'avait plus eu peur, Marlene filait maintenant au grand galop sur la plage, parfois c'est tout juste si Vera pouvait la suivre.

« Pas du tout son genre », remarqua Anne. Vera

enleva sa veste de pluie et ses bottes en caoutchouc trempées. « Tu ne connais absolument pas Marlene, dit-elle, tu ne connais que ta mère. »

Que savaient donc les filles de leur mère ? Elles ne savaient rien.

Hildegard von Kamcke n'avait jamais dit mot de l'homme au rire gras. Et elle n'avait jamais parlé de ce qu'elle avait éprouvé pour l'homme à la jambe raide. Ou à la vue de sa belle-mère, qu'elle avait chassée en musique, jusqu'à ce qu'on la retrouve pendue à une poutre de chêne.

Elle n'avait jamais dit si, par moments, quand elle ne pouvait dormir la nuit, elle pensait à ses enfants, au petit, qui était resté tout froid au bord de la route. Et à la grande, qui couchait sous un toit de chaume.

Et si elle était une de ces femmes malades de nostalgie, qui rêvaient, la nuit, dans leur lit, d'allées et de champs de blé.

Vera ignorait totalement si Hildegard von Kamcke s'était toujours enveloppée de glace, comme d'autres de visons ou de renards hérités de leur mère. Lui avait-on légué son manteau de glace ou le portait-elle seulement depuis qu'on l'avait chassée dans la neige avec ses enfants ?

Toutes les filles savaient que leur mère n'était que la fille de sa mère, elle aussi, et toutes l'oubliaient. Vera aurait pu poser des questions, on pouvait tout demander aux mères.

Encore fallait-il ensuite pouvoir vivre avec les réponses.

Elles n'avaient pas révélé à Hildegard Jacobi que sa cadette savait monter, qu'elle avait la fougue d'un hussard. « Elle ne le croira pas, de toute manière », avait dit Marlene.

Puis elle tomba de cheval le dernier jour des vacances et se cassa le poignet.

Six semaines dans le plâtre, huit sans piano, plus jamais de vacances au Vieux Pays. Ni de lettres à « *ma chère Vera* ».

24

Prodiges de lumière

Marlene avait dû s'y préparer depuis des semaines, elle avait emporté des cartes routières et des guides qu'elle avait lus du début à la fin, cela se voyait aux petites fiches jaunes collées entre les pages. Dans son sac, elle transportait une pochette avec des documents, les lettres de leur mère qu'elle avait empruntées à Vera pour les photocopier. Anne la vit les feuilleter dans le salon de l'hôtel à Danzig et songea à fuir, leur voyage n'avait même pas vraiment commencé.

« Mon plus grand souhait, mon unique souhait. » C'était le soixantième anniversaire de Marlene. Thomas avait de bonnes raisons de ne pas venir, un concert à Melbourne, impossible. Anne, elle, n'avait aucune raison, elle avait lâché un juron et l'avait accompagnée.

Chambre individuelle, tout de même. Dix jours en chambre double, elles se seraient massacrées.

Elle avait presque oublié comment c'était de partir avec sa mère, l'allure de Marlene, c'était le galop de travail, elle avait une manière bien à elle de voyager ;

inlassable, elle passait au peigne fin les paysages et les villes, jusqu'à ce qu'elle sache tout et qu'elle ait tout vu.

Donc, à présent, la Prusse orientale, la Mazurie en minibus, Marlene elle-même était trop jeune pour ce voyage en réalité, née après guerre, elle ne pouvait avoir la nostalgie du « *pays des forêts sombres* », Anne n'avait aucune idée de ce qu'elle cherchait.

C'est Vera qui aurait dû faire ce voyage, Marlene l'avait pratiquement suppliée de l'accompagner, mais Vera ne voyageait pas, il aurait fallu quitter sa maison, il n'en était pas question. « Surtout pour aller là-bas ! » Vera était contente quand elle pouvait oublier, la dernière chose qu'elle souhaitait était de se souvenir.

Marlene avait fait une liste de villages et de villes que leur mère avait décrits dans ses lettres à « *ma chère Vera* », elle voulait rechercher la propriété des von Kamcke, et arpenter en minibus les allées qu'avait parcourues Hildegard en janvier avec ses enfants, dans la neige épaisse, par moins vingt degrés. Et ensuite aller à la lagune, le Haff, c'est ce que voulaient tous ceux qui parcouraient la Mazurie dans des bus allemands. Ils voulaient se tenir au bord de l'eau dans leur parka couleur sable, ces réfugiés aux cheveux blancs, à l'endroit même où ils avaient attendu, jadis, avec leur mère dans le froid glacial, expulsés.

Le guide connaissait sa clientèle, ces messieurs-dames âgés aux âmes blessées, qui espéraient un peu d'apaisement. Il les conduisait aux lacs, aux cigognes et aux plages d'ambre, à Nikolaiken, à Heiligelinde et à Steinort. Il savait qu'à un moment ou à un autre pendant ces dix jours, au bord d'un de ces lacs, devant une vieille maison, dans une église, une voix chancelante s'élèverait. *Le Pays des forêts sombres*, à chaque voyage il y en avait un qui commençait. Le guide distribuait alors les feuilles, les cinq strophes, il chantait toujours avec eux, « *au-dessus des vastes champs courent des prodiges de lumière* », puis tout le bus s'y mettait, et tout le monde pleurait.

Il les conduisait aux maisons dans lesquelles ils étaient nés, certains étaient trop bouleversés pour sortir du minibus, d'autres prenaient leur courage à deux mains et allaient frapper, l'interprète les accompagnait alors. En général, les familles polonaises étaient aimables, les priaient d'entrer, leur faisaient visiter les lieux, se postaient en souriant pour une photo sur le seuil de la maison, serraient les mains et faisaient des signes d'adieu aux étrangers, quand ils remontaient dans leur bus.

Les vieillards se ratatinaient alors sur leur siège et n'avaient nullement l'air apaisés. Ils évoquaient des opérés qu'on aurait rouverts, puis laissé sortir trop tôt, à leurs risques et périls.

Marlene était du côté de la fenêtre, elle commentait chaque coquelicot, chaque panneau, prenait en élève modèle des notes dans son carnet de voyage. À chaque nid de poule, elle soupirait, chaque fois que le car doublait, on l'entendait gémir. Sans cesse elle sortait sa gourde du sac à dos, toutes les cinq minutes, elle s'essuyait le front de son mouchoir, s'éventait avec une feuille de papier, elle en faisait toujours trop. Comme si elle était la seule de ce voyage à transpirer et à être secouée. Anne ferma les yeux et augmenta le volume de son iPod.

Et Marlene voyait sa fille parcourir ce paysage sans un mot, elle lui semblait totalement émoussée, barricadée, verrouillée, bien décidée à ne manifester aucun sentiment, surtout ne rien partager avec elle ! Ça la rendait folle.

C'était dur à supporter.

Tout ce que faisait l'une agressait l'autre.

Puis vint le jour que Marlene attendait, par une brûlante journée de juillet ; le guide leur avait commandé un taxi à l'hôtel, Anne monta derrière, Marlene devant, carte en main.

Elles durent chercher longtemps, errèrent sur des chemins cahoteux en passant par de petits villages entre Rastenburg et Lötzen, qui s'appelaient tous désormais autrement que sur la vieille carte de Prusse de Marlene, elle avait ajouté les noms polonais au crayon rouge, mais elle fut bientôt perdue dans ses annotations.

Les petits villages s'étalaient au soleil comme anesthésiés, seules les cigognes paraissaient réveillées, une brise paresseuse soufflait distraitement dans de vieux arbres. Quand on roulait dans les allées, on était dans un autre siècle, un autre monde. Elles finirent par tomber sur un portail en pierre et en fer forgé, qui rappelait celui qu'avait dessiné Hildegard von Kamcke, avec l'inscription de l'année sur le pignon : *1898*.

Le portail ne semblait mener nulle part, on ne voyait que des fourrés verts, elles se faufilèrent de l'autre côté du fer rouillé.

Le chauffeur de taxi, resté près de sa voiture, fumait au soleil.

Anne se fraya péniblement un chemin dans les buissons avec Marlene, elles enjambèrent des arbres renversés. De l'allée qu'avait décrite Hildegard, il ne restait plus rien, à présent la vue sur la ruine était complètement dégagée.

Du toit de la grande maison de maître émergeait un bouleau. Ses murs semblaient avoir été dépouillés de leur peau, du crépi clair subsistait peu de chose, la maçonnerie était à nu. Les hautes fenêtres étaient aveuglées par des planches cloutées.

Marlene restait figée devant le pignon à volutes, elle qui voulait prendre des photos oubliait de le faire, Anne s'empara de l'appareil. Elle la laissa là et alla voir l'arrière de la maison, il y avait encore les grands et longs bâtiments de l'étable, tout était très calme. Une forêt, un fleuve. Un ciel, un lac. On ne pouvait s'imaginer le mal ici, des tirs, du sang. Cela ne pouvait pas s'être passé ici, dans ce paysage qui vous berçait comme un enfant.

On avait dû se sentir invulnérable dans cette maison, « la tête haute », puis on s'était retrouvé dans la neige, à fuir pour survivre.

Anne photographia le parc, les communs, la maison, puis elle retourna vers le perron effrité où Marlene se trouvait toujours, elle n'avait rien dit depuis qu'elles étaient arrivées ici.

Anne vit sa mère sortir un sac et une cuiller en plastique de son sac à dos, gratter un peu de terre et de gravier qu'elle versa dans le sac, puis se diriger vers le mur et briser de petits morceaux du crépi pour les emporter.

Anne se détourna précipitamment, elle ne voulait pas voir cela, Marlene avec sa cuiller en plastique devant la maison de maître détruite, une enfant de soixante ans qui cherchait sa mère.

Hildegard von Kamcke n'était pas ici, elle ne

voulait pas que Marlene la trouve, même la maison ne la renseignait pas, elle ne dirait rien. Elle se dressait tout bonnement là, son bouleau sur le toit, comme un soldat blessé dans le casque duquel un plaisantin aurait planté une fleur. Du reste, elle s'écroulerait bientôt.

Anne demanda à Marlene si elle voulait être photographiée devant la maison, Marlene secoua la tête et revint au taxi, sans se retourner, encore une opérée mal remise.

Elles refirent quand même les routes que Hildegard avait décrites et cherchèrent l'endroit où elle avait dessiné une petite croix sur la carte, *Gregor von Kamcke (11.10.1944-29.1.1945).*

Elles s'arrêtèrent quelque part au bord d'une route qui menait à Heilsberg, « Lidzbark Warmiński ! » énonça patiemment le chauffeur, il savait que les Allemands ne se souvenaient jamais des noms polonais, mais au moins qu'ils les entendent.

Il ne sortit pas de voiture avec elles.

L'endroit pullulait de moustiques et de mouches, Marlene agitait frénétiquement la carte. Anne alla chercher de l'ombre sous un chêne.

Qu'avait-on fait de tous les enfants morts qui étaient restés au bord des routes ? Qui les avait enterrés quand la terre durcie avait enfin dégelé ? Toutes les voitures d'enfant, les poupées, qu'étaient-elles devenues ?

On cessait de croire à la beauté des allées de Mazurie quand on commençait à se demander cela. Quand on se disait que, sous chaque chêne et dans chaque fossé verdoyant, gisaient encore les ossements, sous les coquelicots, des boutons et de petites chaussures.

Ils allèrent à Frauenburg en minibus, c'était le dernier jour du voyage. De la tour de la cathédrale, ils virent la lagune de la Vistule : le Haff. Les touristes de la nostalgie s'attardèrent là un long moment, triturant leur mouchoir, puis ils montèrent dans un bac qui devait les conduire à la presqu'île séparant la lagune de la mer Baltique.

Le capitaine avait l'air sombre, on ne pouvait lui en vouloir, rien que des vieillards éplorés, à longueur de temps. Il se sentait peut-être comme l'antique passeur voué à transporter les morts au royaume d'Hadès. *Ça suffit maintenant*, se dit Anne qui aurait voulu rester à l'embarcadère.

Mais Marlene était déjà à bord. Elle semblait avoir rétréci au cours de ce voyage.

Anne rejoignit sa mère à la rambarde, Marlene portait des lunettes de soleil, même sur le bateau elle avait son guide en main et sa carte déployée qui voletait follement et ne servait strictement à rien.

Il n'y avait rien à trouver en Mazurie, ni réponse ni consolation, aucune trace de Hildegard von Kamcke. Une mère pareille à un continent inconnu, on en restait là, il n'existait pas de carte pour cette terre.

Anne, à ses côtés, regardait l'eau qui clapotait. Elle enfila sa veste.

Puis elle raconta à Marlene ce que les paysans faisaient aux fleurs, lors des gelées nocturnes. « La glace qui protège du gel, dit-elle, ça marche vraiment, tu comprends ? »

Les lunettes de soleil de Marlene étaient très grandes, Anne ne vit pas ce qu'elle pensait.

Les femmes avaient dû être héroïques ou bestiales,

on ne pouvait traverser autrement toute cette glace avec des enfants.

Comment, après cela, auraient-elles pu leur chanter des chansons et rire avec eux ?

Elles n'étaient plus ces mères-là. Elles étaient devenues intraitables, ne racontaient rien, n'expliquaient rien, elles ne cherchèrent même pas un langage susceptible de dire l'indicible, elles s'exercèrent à l'oubli, et bientôt elles y excellèrent. Et elles continuèrent à avancer dans leur manteau de glace, pas besoin de leur expliquer à elles que la glace protège.

Marlene ne dit rien, à Kahlberg elles descendirent du bateau, trois heures d'escale, elles ôtèrent leurs chaussures et se promenèrent le long de la plage. Elles regardèrent les boutiques, mangèrent des glaces et sentirent toutes les deux que ça faisait mal.

Impensable de se promener de nouveau, un jour, bras dessus bras dessous, de se faire du bien mutuellement. Passer dix jours ensemble sans que le sang coule, ou les larmes, cela tenait déjà du prodige.

La Mazurie n'avait guéri personne, mais Anne avait vu Marlene avec sa cuiller en plastique devant la maison de maître. Une fille qui n'avait rien, qui devait gratter le sable, le crépi et les pierres, comme si elle avait pu s'en construire une mère. Pas avare, pauvre. Ce qu'Anne voulait d'elle, Marlene ne le possédait pas. Anne pouvait la harceler, retourner ses poches, la fouiller comme un dealer, elle ne trouverait rien de cette chose qu'elle désirait encore ardemment. Où l'aurait-elle pris ?

Elle devait cesser de chercher, il fallait faire sans, on pouvait faire sans.

Vera vint les chercher avec la Mercedes à la gare principale de Hambourg, elles allèrent chez Marlene, qui leur offrit un café, il y avait un peu de poussière sur le Bechstein noir, et une pile de partitions. « Je viens juste de m'y remettre, dit Marlene, maintenant je peux me tromper sans que personne m'entende. »

Elles étaient déjà dans l'entrée, elles s'étreignirent gauchement, Marlene fourra quelque chose de frais dans la main d'Anne et referma la porte de la maison derrière elle et Vera.

Un petit cœur d'ambre pendu à une chaîne d'argent. Un bijou d'enfant acheté dans une boutique de la presqu'île du Haff.

Vera le lui prit des mains, et regarda longuement ce cœur, jusqu'à ce qu'Anne ait fini d'user tous ses mouchoirs, puis elle l'aida à fermer la chaîne. « J'en ai eu une comme ça, moi aussi, dit-elle, elle doit être quelque part dans la maison. »

Elles allèrent à Hambourg-Ottensen chercher Leon, Vera resta dans la voiture, Christoph était à côté, dans le nouvel appartement qu'il fallait encore repeindre.

C'est Carola qui remit à Anne la caisse de Leon. « Y a mon petit frère dedans », dit Leon en montrant le ventre de Carola.

Anne acquiesça et le prit dans ses bras. « Viens, on rentre à la maison. »

Vera s'était assoupie dans la voiture quand ils arrivèrent en bas, neuf nuits entières seule dans la maison, elle manquait de sommeil.

Anne l'envoya rejoindre Leon sur la banquette arrière, le temps de passer le tunnel et ils dormaient tous les deux, la main potelée de Leon dans les mains bleues de Vera.

25

La fuite des cerveaux

On ne pouvait plus aller pieds nus dans le jardin, les limaces avaient envahi les lieux, de gros mollusques bruns. Burkhard avait marché dessus une fois, après quoi il avait gardé ses chaussures.

Chez Eva, la haine l'emportait sur le dégoût, elle les coupait en deux avec des ciseaux spéciaux. Burkhard n'aimait pas beaucoup la regarder faire, elle opérait sans ciller.

Eva ne relâchait pas non plus les araignées dehors, comme elle le faisait auparavant. Elle mettait l'eau chaude au maximum, et dirigeait la pomme de douche comme un lance-flammes sur les grosses araignées qu'elle trouvait dans la baignoire, les poussait du jet dans la bonde, et enfonçait même le bouchon pour les empêcher de refluer.

Les toits de chaume pullulaient en permanence d'araignées, qui pénétraient dans les pièces par les fenêtres entrouvertes, et certaines se faufilaient dans le lit. Le soir, en soulevant sa couette, on en découvrait d'aussi grandes que des mains d'enfants, qui s'échappaient souvent à toute vitesse. Et on ne pouvait plus s'endormir, ne sachant où elles s'étaient tapies.

L'été à la campagne était une guerre. La nature passait à l'attaque et ne vous faisait grâce de rien. Pas moyen de négocier.

Ils avaient encore à la cave le piège à mouches et à guêpes de chez Manufactum, en verre soufflé de Lusace, qu'ils avaient posé le premier été sur le rebord de la fenêtre. Un peu d'eau sucrée contre les insectes, histoire de les emprisonner le temps de manger la tarte aux fraises avant de les remettre tous en liberté. Vivre et laisser vivre, le respect du vivant, la coexistence pacifique des humains et des bêtes. Ils y avaient cru ! En grands naïfs échappés de Hambourg-Eppendorf, c'en était presque touchant quand on y repensait.

Les moustiques étaient assoiffés de sang, à l'instar des taons et des mouches piquantes qui venaient des fossés ; au début, ils avaient soigné leurs piqûres aux huiles essentielles, maintenant ils mettaient de l'Autan et ils ripostaient. Ils ne faisaient plus de quartier.

Le premier été, ils avaient ri, ils trouvaient tout drôle. De quoi alimenter toute une chronique, ce monde des bottes en caoutchouc, il avait écrit sans peine un premier livre. Sur les limaces et les insectes, les pelotes que les chats sauvages régurgitaient devant leur porte, les campagnols dans les plates-bandes, et les taupinières dans la pelouse fraîchement semée. Les paysans qui n'y allaient pas de main morte, et éliminaient radicalement tout ce qu'ils baptisaient du nom de nuisible. Les paveurs qui débarquaient en mobylette, et mangeaient de la gelée de porc avec les doigts.

C'était un bon livre, il pouvait le dire sans se vanter, ironique, spirituel, il se vendait encore, quatrième tirage, ses ex-collègues pouvaient toujours essayer d'en faire autant.

Il voyait Eva arracher les orties dehors. L'hiver elle luttait contre la dépression, l'été contre les mauvaises herbes.

Les mouettes criaient, perchées dans les arbres devant la maison, quant aux grenouilles des voisins, elles atteignaient des records de 80 décibels, il avait mesuré. Les tracteurs grondaient, les tondeuses et les tronçonneuses mugissaient, le Vieux Pays semblait faire l'objet d'une vaste entreprise de déboisement, un miracle qu'il y ait encore des arbres.

Perte d'audition plus acouphènes. « Ralentissez, mon cher, avait dit son médecin, pas de stress, pas de bruit. » Il mettait des boules Quies, maintenant, quand il devait se concentrer, mais le sifflement ne diminuait pas pour autant, surtout à droite.

« Voilà le résultat de ton changement de rythme à la con ! »

La réaction d'Eva n'avait pas été tout à fait celle qu'on attend de son épouse lorsqu'on revient à la maison avec un diagnostic d'acouphènes.

Sa manufacture de confiture était fichue, ils ne la rénoveraient pas non plus. Eva avait balancé contre les murs pour 1 000 euros de confiture, de chutney et de gelée : il n'était pas resté grand-chose d'intact après sa fête de printemps. Cela avait mal commencé. De gros nuages, un temps bien trop froid pour la saison, et des averses, pas un temps d'excursion, et comme personne du village ne venait jamais de toute façon…

Au fond, la mesure était déjà comble avant, pas seulement pour Eva, pour lui aussi.

Il avait enterré son projet.

Culture-Nature était mort, à commencer par l'histoire phare : « Du gibier à la saucisse », Vera Eckhoff avait omis de lui dire que la chasse au chevreuil était fermée jusqu'en septembre. Il l'avait appris en avril, en appelant pour convenir d'une date. Grande hilarité au téléphone, « Ah ! oui, et d'ailleurs j'ai cessé de chasser. » *D'ailleurs.*

Florian lui avait immédiatement réclamé un dédommagement pour ses photos, il avait soi-disant pris ses dispositions pour cette commande. Il n'avait qu'à porter plainte ! Une plainte groupée tant qu'il y était ! Il pouvait s'associer aux frères Jarck.

Burkhard avait failli tomber de sa chaise quand il avait reçu le courrier de leur avocat de Stade. Ses clients se sentaient « atteints dans leur image » par l'ouvrage illustré de Burkhard Weisswerth, *Gens de l'Elbe. Visages noueux d'un paysage*, les photos « n'avaient jamais été autorisées » par les frères Jarck.

Atteinte au droit à l'image, 10 000 euros de dommages et intérêts. Quand ces deux niais n'étaient même pas fichus d'épeler « dommages et intérêts » !

N'empêche qu'ils avaient été chercher l'avocat. À désespérer de l'humanité. Rouerie paysanne, probablement. Leurs chances de voir leur plainte aboutir n'étaient pas mauvaises.

Burkhard Weisswerth était déçu, sur le plan humain surtout, il était allé franchement vers les gens, et ils l'en avaient mal remercié.

Il avait idéalisé bien des choses, il est vrai, il s'en était rendu compte ces dernières semaines. Honnêtement, en dépit de sa sympathie pour les originaux qu'il avait rencontrés, à la campagne « la fuite des cerveaux » était indéniable.

Ceux qui avaient quelque chose dans le crâne, qui étaient doués ou qui en voulaient un peu ne restaient pas dans ce trou à contempler l'Elbe jusqu'à la fin de leurs jours. Ceux qui restaient, c'était la lie, le troisième choix. Du menu fretin, de pauvres bougres, de drôles d'oiseaux. Des paveurs limite débiles, des autistes comme cette Vera Eckhoff et des paysans bruts de décoffrage comme Dirk zum Felde.

Il était venu s'excuser de son numéro avec le Glenfiddich, quelques jours plus tard, le sourire aux lèvres, la « bonne petite mixture » de whisky avec la glace et le Sprite, c'était une blague. « Sans rancune, Burkhard. » Il ne voyait pas ce qu'il y avait de drôle là-dedans, mais bon. Aucune importance.

Il n'avait plus envie de se prendre la tête avec ces gens, d'écrire des articles ou des livres sur eux, il avait épuisé le sujet, il avait assez donné, il pouvait faire plus, il devait aller de l'avant, il avait fait le tour du monde des bottes en caoutchouc.

Il en avait aussi fini avec le journalisme.

Burkhard Weisswerth était à un tournant, il allait donner un nouveau cap à sa vie, revenir aux sources. Une villa à Hambourg-Othmarschen, une bonne adresse avec vue sur le Jenischpark ; pour la première fois de sa longue vie bien remplie, sa vénérable mère avait manifesté un sens certain de l'opportunité. Sa gouvernante l'avait trouvée, début juin, comme assoupie dans son lit, une mort de conte de fées.

Il pouvait se dire nanti, la maison à elle seule valait quatre millions, le reste n'avait pas de prix. Une vie de grand bourgeois hanséatique, les clubs les plus prestigieux : l'*Übersee* et la *patriotische Gesellschaft*[1], une place au port de Mühlenberg, il allait se remettre à la voile, peut-être aussi au polo, il revenait à ses origines après toutes ces années. Il s'était rebellé toute sa vie, *angry young man*, ne s'était jamais laissé acheter, ne s'était jamais conformé, n'avait jamais joué de l'influence du vieux. Il n'avait plus rien à se prouver.

Toute cette clique d'Eppendorf en serait malade. Ils vivaient plutôt bien dans leurs appartements à l'Isemarkt, l'Alster, ce n'était pas mal, mais les bonnes vieilles fortunes se trouvaient dans les banlieues chics des bords de l'Elbe, ils le savaient pertinemment. Une villa à Othmarschen, c'était tout simplement un autre monde.

Il voyait d'ici leurs lèvres pincées.

Eva était toujours dehors en train d'arracher les mauvaises herbes, il se demandait ce qui pouvait bien la mettre dans une telle rage, tout était pourtant pour le mieux à présent.

Il s'était passé quelque chose avec ce pomologue, Burkhard n'était pas aveugle. En soi, ce n'était pas un drame, à cet égard ils se laissaient libres, se permettaient de petits extras, il fallait pouvoir s'accorder cette liberté, cela n'avait jamais nui à leur mariage. Au contraire.

Mais les règles étaient claires, des aventures mais pas d'idylles, lui s'en était tenu là jusqu'à présent. De brèves histoires d'attirance physique, discrètes, une ou deux belles soirées et puis adieu.

Pour Eva, là, il n'en était pas si certain.

1. Clubs renommés de Hambourg, qui a une tradition de clubs masculins sur le modèle de l'Angleterre proche.

26

Dormir

Les tempêtes d'été arrivèrent en août, les rafales s'acharnaient sur le toit, s'attaquaient aux murs, qui gémissaient comme des vieillards, comme Karl dans les nuits les plus atroces.

Vera était à la fenêtre et voyait les arbres de son jardin se courber sous les coups de vent. Ils semblaient lui lancer des signaux désespérés pour qu'on les laisse entrer.

C'étaient des nuits où l'on ne pouvait pas rester sur sa chaise, encore moins dans un lit, il fallait tenir la barre, bien campée sur ses jambes, et attendre les lames et les éclairs, en espérant que le navire tiendrait le coup, cette fois encore.

Ils avançaient bien. La façade était quasiment méconnaissable avec ses fenêtres neuves et ses colombages intacts. Rien n'était encore crépi, ils faisaient d'abord les murs des côtés. Au printemps, ils commenceraient le toit.

Vera s'était habituée aux compagnons en chapeau noir, à leurs cheveux longs et à leurs anneaux dans les oreilles, le nez, ou les sourcils. Quelques-uns avaient les bras tatoués comme des matelots, et se mouvaient à la même allure. Pas de panique.

Quand la cadence se relâchait trop, Anne les mettait au pas Elle faisait deux têtes de moins, mais malheur au tatoué qui ruait dans les brancards.

La maison se tenait tranquille sous les coups de marteau.

Au début, Vera courbait le dos chaque jour. Redoutant du sang et des doigts sectionnés. Des hommes tombés de la plus haute planche de l'échafaudage. Des enfants trébuchant sur les scies en courant et marchant sur les grands clous avec leurs pieds nus. Depuis le jour où Anne avait extirpé la première petite fenêtre du mur de la maison, elle s'attendait au pire.

Mais l'été arriva, et la maison était toujours debout, comme un bon vieux cheval qui se laisse ferrer en levant gentiment son sabot sans se rebeller, et pour la première fois depuis bien des années l'idée vint à Vera que cette maison n'était peut-être qu'une maison.

Et non quelque ange exterminateur qui expédiait les vieilles femmes au grenier avec une corde à linge quand on déplaçait une vieille armoire dans son hall. Ou poussait les jeunes gens dans les bris d'un saladier en verre, les mains et les genoux en avant, juste parce qu'on avait remplacé une vieille porte latérale.

C'était une ridicule superstition d'enfant, elle le savait bien, elle en avait honte le jour.

Et elle y croyait dur comme fer la nuit. Quand s'installaient le silence et l'obscurité, que les oubliés se glissaient dans son hall et que les voix du passé sortaient des murs en chuchotant à ses oreilles, alors elle croyait encore la maison capable de tout.

L'été suivant, après avoir terminé le toit de chaume, ils continueraient à l'intérieur, les murs, les sols, les plafonds, après quoi on aurait peut-être enfin la paix, même la nuit.

En même temps que la maison, ils avaient retapé Heinrich, semblait-il à Vera.

Il jouait au skat avec eux tard dans la nuit, et ne mettait pas son réveil le lendemain, enfreignant tout à coup ses propres lois. Peut-être Heinrich Lührs sentait-il qu'il avait été esclave et non maître de sa vie, et que ses règles strictes ne valaient pas tripette.

Vera n'avait jamais fait comme il faut, et pourtant tout semblait finalement lui sourire. Elle avait un petit garçon qui dessinait le matin dans sa cuisine, et une nièce qui lui ressemblait et osait monter ses chevaux. Et voilà qu'on lui remettait même sa maison en état, « ben prop'ment », sans qu'elle ait jamais rien fait pour.

Alors que lui était seul dans sa maison, il gardait sa ferme pour rien ni personne, et ses petits-enfants piétinaient son jardin et lui jetaient des poussins en chocolat à la figure.

Le dimanche de Pâques, Heinrich Lührs avait dû décider de changer, « d'arrêter d'faire l'nigaud ».

Plus de chasse à l'œuf de Pâques dans son jardin, ni de visites d'anniversaire ou de Noël, il l'avait dit à Steffi, il ne lui en avait même pas coûté. Il souhaitait simplement que Jochen vienne trois ou quatre jours en septembre, ça lui suffisait.

On pouvait dire ces choses. On pouvait décider de ne plus inviter ses petits-enfants et sa belle-fille, et il ne vous arrivait rien, la vie continuait exactement comme avant.

Heinrich construisit derrière la grange de Vera un grand clapier pour le lapin nain de Leon, qui n'était plus seul désormais, car Theis zum Felde avait pris l'affaire en main.

Il avait « prêté » un lapin à Leon et l'avait mis dans la cage de Willy, ils avaient maintenant six petits.

Heinrich cueillait chaque matin du pissenlit, parce que Leon n'y arrivait pas encore tout seul.

Et parce qu'il aimait bien s'asseoir sur un seau renversé à côté des lapins, comme autrefois quand il était petit, et qu'il élevait des géants gris. À l'époque, les lapins n'étaient jamais assez gros, aujourd'hui, tout le monde voulait des lapins nains. Heinrich Lührs ne comprenait pas bien pourquoi, mais les petits lui plaisaient aussi.

Vera le regardait assis sur son seau renversé, deux lapins sur les genoux, Heinrich Lührs, le meilleur de tous.

Il avait appris à danser à Anne dans le hall. Posé ses cartes, retroussé ses manches, et inspecté les pieds d'Anne en hochant la tête – ses chaussettes trouées !

« Mais vous savez faire quoi, vous, finalement, les jeunes femmes ? Pas plus danser que repriser les chaussettes ! »

Carsten avait tourné le bouton de la radio jusqu'à ce qu'il obtienne une station qui passait de vieux tubes.

« Vous dansez ? »

Il était bon danseur, il l'avait toujours été.

Au reste, ce n'était que pour la fête au Kirschenhof,

le bal des pompiers bénévoles – une invitation de la main d'un homme blond à fossette. Anne voulait réellement y aller. « Rien de sérieux, Vera, dit-elle avec un sourire, je veux seulement m'amuser. »

Dirk et Britta y allaient tous les ans, les pompiers y étaient au grand complet, en uniforme de parade, c'était l'événement du village, encore plus important que le bal des chasseurs.

Les gens auraient de quoi regarder cette année, il y aurait une femme aux boucles brunes dans une robe pas trop longue.

Vera n'était jamais allée au bal de sa vie. Avec qui aurait-elle bien pu danser ? La plupart des hommes de son âge, elle les avait rossés un jour ou l'autre, derrière l'école ou dans la rue, parce qu'ils lui criaient des injures.

Elle avait dansé avec Heinrich une fois, la *Valse des neiges*, dans leur hall. Karl avait dû la rejouer trois fois puis quatre puis cinq, pour qu'elle parvienne à se mettre les pas en tête.

Avant qu'elle ait vraiment pris le coup, le père de Hinni était arrivé et avait bu tout le punch à même le saladier.

Vera Eckhoff ne savait toujours pas valser.

Elle voyait Heinrich Lührs danser avec Anne, et elle aurait aimé redevenir jeune, pour de bon cette fois.

Début septembre, les jours se mirent à briller, le ciel arborait un bleu intense, il y avait comme un éclaircissement de gorge dans l'air, comme lorsqu'on s'apprête à prononcer un discours d'adieu. Les pommes rougissaient, les premières prunes tombaient le matin dans l'herbe humide. Seuls les hirondelles et les bourdons feignaient encore de ne pas sentir l'automne.

La maison était très silencieuse, tous les compagnons étaient partis, et Anne n'en avait pas recruté de nouveaux, une fois de plus Vera avait besoin de quelques jours de répit pour ausculter les murs.

Seul Carsten était admis le week-end, comme toujours, il ne dérangeait personne. Il parcourait la maison en faisant le point sur les travaux.

Vers le soir, Vera et Anne allaient chercher les chevaux dans la prairie et partaient vers l'Elbe. Elles croisaient Heino Gerdes sur son vélo pliant, il ne levait jamais les yeux à leur vue et continuait à fixer la route droit devant lui, mais il effleurait toujours sa casquette des doigts pour saluer.

Elles voyaient passer Hedwig Levens avec son clebs malingre, ils marchaient comme deux chiens battus qui s'enfuient pour échapper à une raclée.

Peu à peu, Anne réussissait à garder les noms en mémoire, Vera les lui disait chaque fois, ainsi que ceux des oiseaux qu'elles voyaient. Elle décrivait les animaux avec la même précision que les humains, expliquant leur morphologie et leurs caractéristiques, elle ne faisait pas de différence.

Quand elles arrivaient à la plage de sable, elles lâchaient la bride aux chevaux.

Anne donnait des concerts à la demande, les week-ends, pendant que les autres jouaient au skat à la cuisine, *La Lettre à Elise* encore et toujours, mais Heinrich aimait aussi Chopin, sauf les morceaux rapides. Carsten voulait du boogie-woogie, et Vera ne demandait rien, elle aimait tout, excepté *La Marche turque*.

Lorsque Anne en joua les premières mesures, Vera bondit, se précipita dans le hall et claqua le couvercle du piano. « PAS ÇA ! »

Anne put tout juste retirer ses mains. Le temps parut suspendu quelques secondes. Carsten et Heinrich se figèrent à la table de la cuisine, les mains d'Anne restèrent en l'air.

« Pas ça, dit Vera.

— Et sinon, d'autres morceaux interdits ? demanda Anne quand elle se fut ressaisie. Autant le dire tout de suite !

— Non, dit Vera, juste celui-là. »

Pendant la semaine, Anne jouait des berceuses pour Leon, elle laissait la porte de sa chambre ouverte et jouait jusqu'à ce qu'il s'endorme.

Et elle continuait à jouer quand elle voyait que Vera était encore à la cuisine, à feuilleter de ses mains bleues quelques revues de voyage. Anne jouait jusqu'à ce que Vera s'adosse à sa chaise, ôte ses lunettes de lecture, croise ses mains sur son giron et s'endorme, comme nul ne le pouvait sauf Vera Eckhoff, assise, le dos bien droit – seuls ses yeux se fermaient.

Il fallait quelquefois jouer longtemps, certaines nuits il n'y avait que Satie qui faisait l'affaire, mesure à trois temps languissante, *lent et douloureux*[1]. Anne s'endormait presque en jouant.

Elle mit longtemps avant d'oser enfin lui dire d'aller au lit. « Vera, va te coucher, je garde les lieux ! »

D'abord Vera se contenta de rire en secouant la

1. En français dans le texte.

tête comme si elle plaisantait, Anne dut le lui redire le lendemain. Puis le surlendemain. L'hiver était venu quand Vera Eckhoff se risqua enfin à aller au lit.

Deux portes restaient entrouvertes dans sa maison, deux êtres dormaient, une vieille femme et un petit garçon. Et un troisième était là, qui veillait sur leurs rêves.

La maison s'était tue.

Merci !

Barbara Dobrick (De huit à midi, et pas l'été !)
Alexandra Kuitkowski (Je vois Anja de toute manière.)
Sabine Langohr (Ne nous énervons pas.)
Claudia Vidoni (Qu'est-ce qu'y peut la maison ?)

Table des matières